KB126804

삼천아살 1

三千鸦杀

Sanqian Ya Sha

삼천아살

십사랑十四郎 지음 | 서미영 옮김

1

한스미디어

1권 차례

유리화 琉璃火

이별의 밤, 달빛 없는 어둠에 절망이 느껴졌다.

광풍이 나무창을 마구 때려 문창지 한쪽이 찢어졌다. 미처 손볼 틈이 없었는데 앞으로도 손볼 사람은 없을 성싶다. 찢어진 구멍으로 바람이 흐느끼는 소리를 낸다.

궁녀 아만阿滿은 보따리에 마지막 옷을 챙겨 넣으며 불안한 얼굴로 입구 쪽을 내다보았다. 앞뜰에 서 있는 제희希姬, 황제의 딸이란 뜻, 공주라는 호칭으로 불림의 긴 머리카락이 세찬 바람에 휘날린다. 수놓인 그녀의 기다란 소매는 부러지기를 기다리는 날개 같다.

아만은 잠시 머뭇거리다 제희에게 다가가 가냘픈 어깨에 두꺼운 피풍披風, 소매가 있는 망토식 외투을 걸쳐주었다.

"공주님, 이제 가셔야 해요."

아만의 말에 제희는 고개를 끄덕였다. 그녀의 소매 속에서 희고 가는 손이 나와 분백색, 담홍색으로 가득한 뜰을 가리켰다.

"아만, 저것 좀 봐. 해당화가 피었어. 아바마마와 어마마마는 이 해당화를 다시는 보지 못하시겠지?"

제희가 가녀린 목소리로 말했다.

"공주께선 아직 어리니 너무 깊게 생각 마셔요. 이만 가야겠어요, 공주님."

아만이 부드러운 목소리로 답했다.

제희는 바닥에 가득한 담홍빛 꽃잎들이 바람에 휩쓸리는 것을 가만히 지켜보았다. 흩날리는 눈송이가 환심을 사려는 듯 그녀의 품에 뛰어드는 것 같았다. 분명 5월이었으나 비바람과 함께 공기가 갑작스레 쌀쌀해지며 해당화가 연약한 가지를 축 늘어뜨렸고, 막 피어난 꽃들은 참담하고 쓸쓸하게 가지를 떠나 진흙 바닥에 떨어졌다.

"아만, 나라가 망했는데, 나는 왜 아바마마와 어마마마처럼 끝까지 목숨 걸고 지키면 안 되는 거야? 정말 남아 있으면 안 되는 거야?"

아만은 울음이 터지기 직전이었으나 가까스로 눈물을 참으며 웃는 얼굴을 보였다.

"공주께서는 이제 겨우 열네 살이에요. 앞으로 살날이 얼마나 많으신데요. 황상과 황후 폐하께서 바라시는 건 그저 공주님이 무사히 목숨을 건지고 남은 생을 편히 사시는 거예요."

제희는 천천히 고개를 내저었다. 막 떨어지려는 해당화한 송이가 눈에 들어왔다. 그녀는 얼른 손으로 받아 자신의 염낭허리에 차고 다니는 주머니에 집어넣었다.

"아만, 조금만 더 구경하고 가도 될까?"

제희가 나직이 물었다.

아만은 눈물을 몰래 훔치며 떨리는 목소리로 답했다.

"그러세요…… 조금 더 보세……."

갑자기 유성 같은 불빛이 하늘을 가르고 씽씽 날카로운 소리를 내며 황궁 쪽으로 날아들었다. 곧이어 쾅 소리와 함께 제희의 금방궁錦芳宮 유리기와琉璃瓦, 유리 유약을 바른 고급 기와가 산산이 깨져버렸다. 기와 조각과 흙먼지가 뒤섞인 불꽃이 비처럼 우수수 쏟아졌다.

아만이 날카로운 비명을 질렀다.

"황성皇城을 불태우려나 봐요! 공주님, 더 지체하면 빠져나가지 못할 거예요!"

아만은 다짜고짜 제희의 팔을 붙잡고 황궁 뒤편의 비밀통로로 나가 산으로 내달렸다.

여리고 가냘픈 제희는 바람을 거슬러 달리기가 벅찬지 금방이라도 넘어질 듯 휘청거렸다. 오솔길 안쪽으로 어지럽게 뻗어 나온 가시나무 가지가 땀으로 흥건한 얼굴을 할퀴었다. 문득 고개를 돌리니 화려하게 하늘을 수놓은 불빛이 황성을 향해 수도 없이 쏟아지고 있었다. 마치 유리 속에서 불꽃이 타오르는 것처럼 황성도 투명하게 반짝이며 불꽃에 곧 녹아 없어질 것 같았다.

두세 사람 키만 한 괴기한 모양의 새들이 불빛이 쏟아지는 황성을 빼곡하게 둘러쌌다. 새들의 적홍색 머리에 핏방울이 방울방울 엉겨붙어 있었다. 황성 안의 참혹한 비명 소리가 광풍에 실려 귓가에 전해졌다. 아만은 끝내 손으로 얼굴을 가리고 바닥에 무릎을 굽힌 채 대성통곡했다.

그것은 적두귀赤頭鬼였다. 사람만 먹어치우는 욕망의 괴물.

제희의 입가에서 가느다란 피가 흘러내렸다. 입술을 독하게 깨문 까닭이었다. 온몸이 으스러질 듯 고통스러웠다. 제희는 결국 말리는 아만의 손을 뿌리치고 산 아래로 내달렸다.

하지만 몇 발 내딛지도 못하고, 필사적으로 달려온 아만에게 붙잡혔다. 끊어진 나뭇가지가 땅바닥 곳곳에 떨어져 있었다. 제희는 상처 입은 새끼 짐승처럼 온몸을 떨었다. 얼굴이고 몸이고 질퍽한 흙에 덮여 있었다.

그렇게 얼마 동안 떨었던가, 조금씩 무기력해지는가 싶더니 마침내 온몸에 힘이 풀리며 엄청난 공포와 허무감이 밀려들었다. 죽음의 손아귀가 자신을 잡아챌 것만 같았다. 그러나 제희는 죽지 않았다. 소리쳐 울고 싶었지만 숨이 막히다 이어지기를 반복하여 그저 헐떡거리는 수밖에 없었다.

제희는 자신의 모든 것이 무너져 내리는 것을 두 눈으로 지켜봐야 했다. 영혼이 칼로 도려내져 갈가리 찢겨나가는 심정이었다. 하지만 마음이 약해져선 안 되었다. 고개를 돌려서도 안 되었다. 두 눈 똑바로 뜨고 보아야만 했다.

아만의 품속에서 발버둥치던 제희의 몸은 이제 미동도 하지 않았다. 눈물을 훔친 아만은 손수건을 꺼내 제희의 머리카락을 젖히며 얼굴에 묻은 진흙을 닦아주었다.

불빛 아래 제희의 낯빛이 혈색 하나 없이 창백했다. 아름답고 생기 넘치던 표정은 온데간데없고, 그저 황망하고 참담한 빛만 남아 있었다. 두 눈을 질끈 감았으나 짙고 긴 속눈썹은 계속해서 파르르 떨렸다. 한참 지난 후에야 커다란 눈물방울이 또르르 흘러내렸다.

날이 밝을 즈음 제희가 깨어났다.

"……아만, 이만 가자."

제희는 더 이상 눈물을 흘리지 않았다. 눈에 실핏줄이 가득했지만 목소리는 지극히 담담했다.

아만은 걱정스러운 듯 제희를 보았다.

"제가 공주님을 업고 가는 게 좋겠어요. 좀 더 쉬셔야 해요."

제희는 고개를 내젓고는 소매춤에서 백지 두 장을 꺼냈다. 손끝을 깨물어 백지 위에 핏방울을 떨어뜨렸다. 그 종이를 바닥에 내던지자 순식간에 준마 두 필이 나타났다.

제희가 말에 훌쩍 뛰어올라 고삐를 잡아당겼다. 준마가 높고 우렁찬 소리를 내며 울었다.

"내려가서 어디 발붙일 곳이라도 있는지 찾아보자."

아만은 제희의 평온한 얼굴이 오히려 더 걱정스러운지 낮은 소리로 겨우 물었다.

"공주님…… 대체 무, 무슨 생각을 하고 계신 거예요?"

제희가 아만을 향해 웃어 보였다. 볼에 옅은 보조개가 일렁이며 푸르스름한 새벽빛과 어우러지니, 예전의 천진난만했던 어린 공주의 모습이 비쳤다.

"아만, 걱정 마. 끝까지 잘 살아낼 테니까."

반드시 살아 있을 것이다. 죽어야 하는 날까지는.

준마가 걸음을 떼며 산 아래로 향했다.

"저희 어디로 가는 거예요?"

"전쟁의 불씨가 없는 곳으로."

1장

어둠 속 그윽한 향기는
누구의 것일까?

한 해의 끝, 향취산香取山에 첫눈이 내렸다. 밤새 날리며 내린 눈은 무릎을 넘지 않을 정도로 쌓였다. 주방에서 나온 담천후川은 추운 듯 부르르 떨며 어깨를 움츠렸다.

주방을 관리하는 진陳씨가 쫓아 나왔다.

"천아, 잠깐만!"

"제가 뭐, 더 도와드릴 일이 남았나요?"

추워서 발을 동동 구르는 담천의 모습이 작은 토끼 같았다.

"아니, 내일 주방일 도우러 언제쯤 오나 해서. 우리 아들 명明이가 내일 아궁이 고치러 온다는데, 글쎄 천이 얘기를 하더라고. 혹 만날 수 있겠느냐고 말이야."

진씨가 주름 꽃을 피우며 환하게 웃어 보였다.

눈치가 백단인 담천도 웃음을 지으며 대답했다.

"저도 잘 모르겠어요. 조 관사管事, 규모 있는 집안이나 기관의 잡일을 책임진 관리집사님께 여쭤봐야 할 것 같아요. 저도 만나보고 싶긴 한데…… 그 오라버니, 운이 꽝장하다고 들었어요. 열 번 내기를 하면 아홉 번을 이긴다면서요? 그런 기술은 저도 엄청 배우고 싶거든요."

진씨의 주름진 얼굴이 순간 붉게 변했다. 담천이 완곡한 말로 그의 체면을 깎아내린 것이다. 사실 그의 아들은 열 번 내기에 아홉 번을 지는 노름판 망나니였다. 아들에게 색싯감 하나 찾아주는 게 여간 힘든 일이 아니었다.

담천은 조금 어색하게 진씨와 인사를 나눈 뒤 목을 움츠린 채 왼쪽 연못으로 내달렸다. 지난밤 내린 큰 눈으로 연못가 버드나무 정령이 얼어버릴까 걱정이었다. 눈을 털어내고 이파리들을 잘라주어야 했다. 안 그러면 나중에 괜히 자신을 찾아와 울고불고 난리 칠지도 몰랐다.

반쯤 갔을까, 맞은편에 조 관사의 모습이 보였다. 고기완자같이 둥글둥글하게 생긴 사내 하나를 데리고 걸어오고 있었다. 담천은 재빨리 한쪽에 서서 소리 내 웃으며 인사를 건넸다.

"조 관사님, 안녕하셨어요?"

조 관사는 담천을 보자 갑자기 눈을 번뜩이며 고기완자 사내를 앞세워 가까이 다가왔다.

"천아, 마침 잘 왔다. 내 안 그래도 네게 볼일이 있었거든."

고기완자도 좋아서 잡혀온 것이 아닌 듯했다. 입을 삐죽이고 눈살을 잔뜩 찌푸린 것이 굉장히 언짢아 보였다. 조 관사가 사내를 억지로 담천의 코앞까지 밀어냈다.

"맞다, 여기는 우리 조카 녀석이란다. 여기서 매판買辦, 외국 상단과의 거래를 중개하는 사람 일을 하고 있어. 올해 스무 살인데 혼인은 아직……."

그때 고기완자가 분에 찬 목소리로 내뱉었다.

"이모님! 안목이 어쩜 이렇습니까? 어찌 이리 못생긴 처자를! 누렇게 뜬 얼굴이 진피陳皮, 말린 귤껍질을 오래 묵힌 약재보다 못하네요! 현주玄珠 대인의 새끼손가락도 이만큼은 아닐 겁니다. 어찌 이런 처자를 제게 갖다 댈 수 있습니까?"

한마디 한마디 피를 토하는 듯한 목소리였다. 담천은 어이가 없어 할 말을 잃어버렸다.

고기완자가 갑자기 눈을 부라리며 말했다.

"저기, 내 미리 말하는데, 혹시라도 나한테 들러붙을 생각일랑 꿈도 꾸지 마시오! 댁이랑 꼼지락댈 시간 따위 없으니까!"

담천은 재빨리 고개를 끄덕였다.

"그럼요, 그럼요, 이렇게 지체 높으신 분께 제가 어디 가당키나 하겠어요?"

담천은 그의 둥글둥글한 뱃가죽을 바라보았다. 얼굴이

며 몸집이며 솥에서 막 삶아낸 탕원湯圓, 팥, 깨 등의 속을 넣어 만든 찹쌀경단처럼 빵빵하고 뽀얘서 절로 웃음이 나왔다.

"화나무가 바람을 맞듯 이렇게 뛰어난 풍채에 준수한 용모를 지닌 미남자께는 당연히 경국지색의 미인이 걸맞지 않겠습니까."

"흥, 그래도 주제는 알아 다행이군."

사내는 기분이 좋은지 히죽히죽 웃었다.

"이모님, 저는 이만 갑니다. 다음에는 저한테 걸맞는 어여쁜 처자로 소개해주셔야 합니다. 아시겠지요!"

"그럼 조심히 살펴 가십시오, 조심히……."

담천은 눈을 가늘게 뜨고 웃으며 말했다. 고개를 돌려 조 관사를 보자 그녀가 미안하다고 연거푸 사과하며 어쩔 줄 몰라 했다.

"천아…… 쟤가 성격이 좀 못됐어도 인품은 좋은 아이 란다. 그, 그러니까 너도 너무 마음에 두지 마라……."

"에이, 어찌 그런 말씀을 하십니까. 솔직하고 바른 소리 도 잘하고, 시원시원하고 가식도 없고, 이보다 더 진정한 사내가 어디 있다고요."

담천이 안색 하나 바꾸지 않고 말했다.

조 관사는 아쉬운 나머지 절로 한숨이 나왔다. 담천이 이곳에 온 지 석 달밖에 되지 않았는데 하는 일마다 똑 부러지고, 잡생각도 하지 않고, 말재간도 어찌나 좋은지 적

재적소에 재치 있고 듣기 좋은 말만 골라 했다. 이 정도로 영민하고 총명한 처자는 좀처럼 찾기 어려웠다. 조카에게 좋은 색싯감을 찾아주고 싶은데, 그 귀하신 조카분이 절세의 미인이 아니고서는 거들떠도 보지 않으니 조 관사라고 어쩌겠는가.

담천, 이 아이는 구석구석 마음에 들지 않는 것이 없었다. 그저 생긴 것이 조금 빈약할 뿐이었다. 실낱같은 눈썹에 눈매도 가늘고 길었으며, 입술도 얇고 코도 낮았다. 최소 10년간은 배불리 먹어본 적이 없었던 것처럼 낯빛이 누르스름했다. 사람 많은 곳에 갖다놓으면 눈 깜짝할 새에 군중에 묻혀서 찾지도 못할 인물이었다.

"맞다, 관사님. 저를 찾으셨다고요? 혹 분부할 일이라도 있으신 건가요?"

담천이 곧장 화제를 바꿨다.

조 관사는 품에서 조심스레 목함을 꺼내 건넸다.

"내가 할 일이 좀 쌓여 있어서 말이야, 이 목함을 남전南殿에 전해주고 오너라. 절대 조심해야 한다. 부딪히거나 흔들려서도 안 되는 것이야. 현주 대인께서 가져오라 하신 것이니 꼭 명심해야 한다."

담천은 고개를 끄덕이며 함을 손에 받쳐 들고 발을 돌렸다. 그때 문득 뭔가 생각이 난 듯 고개를 돌려 말했다.

"관사님, 취아翠丫가 병이 다 나아서 이제 일할 수 있겠다

고 하더라고요. 내일 주방일 보조는 취아에게 맡겨야 할
까요?"

조 관사는 생각할 필요도 없이 즉시 대답했다.

"그럼 내일 주방은 취아를 보내고, 너는 와서 내 일을
도와라. 안 그래도 일손이 부족하던 참이었어."

담천은 씨익 웃으며 남전으로 향했다.

향취산은 신선의 땅으로 외촌과 내촌으로 나뉘어 있었
다. 외촌은 잡일을 하는 하인들이 생활하며 일하는 곳이
었고, 내촌은 향취산 산주山主와 그 제자들이 거주하는 곳
이었다. 내촌에는 하인들의 출입이 엄격히 금지되었다. 그
들처럼 힘없는 범인凡人들은 등에 날개가 생긴다 해도 날
아들 수 없는 곳이었다.

이때의 풍조는 신선들도 게으르고 염치가 없었다.

과거 향취산 정상에서 신선이 된 산주는 산을 점유한
뒤로 세상의 진귀한 보물이란 보물은 마구 긁어모았다.
물론 고생하는 범인을 불쌍히 여겨 선한 일도 적잖이 했
지만, 이제 노구가 된 산주는 온갖 잔혹하고 뜨거운 세상
사를 훤히 꿰뚫어 보는 탓인지 종일 집안에만 틀어박혀
있었다. 그간 모은 보물들을 손꼽아 세는 것이 그의 주된
일과였고, 용모가 준수하고 아리따운 젊은이들을 제자로
삼아 편안한 노후 생활을 보내고 있었다.

이곳 향취산은 두 계층으로 이루어진 빈틈없는 새장 같았다.

담천은 목함을 들고 남전으로 향했다. 손화로를 껴안고 서책에 눈을 꽂은 문지기는 담천을 보지도 않고 웅웅거리는 콧소리로 말했다.

"잠깐, 물건은 내려놓고 여기다 서명해. 자진紫辰 대인께 진짜 전해드릴 수 있을지는 나도 장담을 못 해. 무슨 말인지 알지?"

담천은 눈알을 굴리더니 웃으며 고개를 내저었다.

"모르겠는데요. 그게 무슨 말씀이시죠?"

문지기가 무심한 척 뒤쪽을 가리키며 귀찮다는 듯이 말했다.

"저 많은 게 전부 자진 대인께 보내는 거라고. 이걸 대인께서 어떻게 다 받으시겠어? 하여튼 너희 같은 외촌 하인들은 어쩜 그렇게 낯짝도 두꺼운지! 자기 주제는 생각도 않고 허구한 날 권세에 빌붙으려 아첨하는 꼴이라니. 별의별 물건을 갖고 들어가도 매번 다 버려지는데, 그걸 또 꾸역꾸역 들고 오는 발길이 끊이질 않으니, 나 원 참!"

담천은 호기심 어린 눈으로 안을 들여다보았다. 과연 방 하나가 온갖 상자와 병, 단지, 함, 동전들로 가득해 눈이 어지러울 지경이었다.

"저게 다…… 자진 대인께 드리는 거라고요?"

문지기는 그제야 얼굴을 들고 가늘게 뜬 눈꺼풀 사이로 담천을 훑어보았다.

"그래, 맞아. 눈치 있는 사람은 재빨리 줄행랑치기 바쁘더구먼. 가져와도 안에 들여보내질 리 없다고 생각해서겠지."

담천은 미소 지으며 상자를 그 앞에 내려놓았다.

"알겠습니다. 다음에는 저도 주의하도록 하겠습니다. 오늘은 현주 대인께서 가져오라 하신 물건이니, 대인께 늦지 않도록 전해주시면 감사하겠습니다."

문지기가 화들짝 놀랐다. 너무 놀라 앉은 채로 몸이 껑충 뛰었다. 두 손으로 상자를 받쳐 든 그가 속사포로 말했다.

"어찌 진즉에 고하지 않은 것이야! 조금이라도 지체했다간 현주 대인 성격에…… 어우!"

담천이 명부에 자신의 이름을 쓰면서 물었다.

"어르신, 매일 그렇게 많은 사람들이 외촌에서 자진 대인께 물건을 보내온단 말입니까?"

"매일은 아니지. 새로 왔나 보지? 어쩐지 뭘 모른다 했어. 모레가 자진 대인의 스물세 번째 생신이니 보내오는 선물이겠지. 한데 외촌 하인들도 참, 자진 대인이 어떤 신분인데 그런 싸구려 고물들을 좋아하겠어? 매년 똑같이 그리 보내오는데, 결국 그것들 일일이 버린다고 나 같은 늙은이만 고생이야."

담천은 이마를 짚으며, 동전과 은합을 품에 가득 안고 있는 좌자진左紫辰의 모습을 상상했다. 물론 여전히 범접할 수 없는 자태이긴 하나 그 모습이 우스운 건 어쩔 수 없었다. 문득 5년 전 그를 만난 날이 떠올랐다. 난간에서 날아갈 듯한 자태로 서 있던 한 소년이 긴 버드나무 가지를 손에 잡은 채 바람을 맞으며 흔치 않은 미소를 날리고 있었다. 수려한 난초보다 더 수려한 그 모습이 얼마나 많은 소녀들의 가슴에 불을 지폈는지 모른다.

마음은 얼음장보다 더 냉혈한 사내인데, 그를 좋아하는 여인은 늘 그렇게 많았다.

담천이 이름을 쓰고 손을 털며 떠나려 하자 별안간 문지기가 그녀를 불렀다.

"잠깐, 잠깐, 마침 잘됐네. 이 서신을 조 관사한테 좀 전해주게. 굉장히 중요한 일이야."

"알겠어요. 꼭 전해드리겠습니다."

남전을 나오니 날이 이미 어두워져 있었다.

담천은 외지고 조용한 곳을 찾아 담벽에 몸을 기댄 채 화절자火折子, 휴대용 불에 불을 밝혔다. 서신은 입구가 봉해져 있지 않았다. 이곳에서는 평소 사람을 경계하거나 의심하는 일이 없었다. 모든 일을 숨김없이 드러냈고 서신 역시 마찬가지였다. 그 덕분에 오늘 이 서신이 꿍꿍이 많은 담천을 만나게 된 것이리라.

불빛을 비춰 서신을 재빨리 훑어보았다. 담천의 눈썹 끝이 돌연 일그러졌다. 놀라서인지 기뻐서인지 알 수 없었다. 내촌 관사가 보내온 것인데, 다음 달 백하용왕白河龍王이 향취산에 손님으로 방문할 예정이니 하인 인원 일부를 내촌으로 들여 온갖 준비에 힘쓰게 하라는 내용이었다.

서신에 정신이 팔려 있는데 갑자기 뒤에서 눈을 밟는 미세한 소리가 들렸다. 화들짝 놀란 담천은 재빨리 화절자를 바닥에 던져 발로 밟았다. 그때 누군가의 팔이 그녀를 강하게 끌어안았다.

켕기는 것이 많았던 담천은 그저 숨죽인 채 꼼짝도 하지 않았다. 상대는 체격이 엄청났고 술을 마신 것 같았다. 짙은 술내가 따뜻한 호흡에 실려 그녀의 귓가에 닿았다. 간지럽고 저릿저릿했다.

"내가 조금 늦었소. 날 원망하고 있었던 것이오?"

나직한 웃음과 함께 상대가 물었다. 목소리가 진중하면서도 나른한 기색을 띠어서인지 한마디 한마디가 매혹적이었다.

담천은 입을 꾹 다물고 고개를 내저었다.

사내가 담천의 어깨를 붙잡고 그녀를 돌려세웠다. 담천

은 어쩔 수 없이 그대로 끌려갔다. 천만다행히도 날이 어두운 데다 옆에 높은 담벽이 서 있어 마주보는데도 얼굴 윤곽이 또렷하지 않았다.

"청청★★, 왜 아무 말이 없소? 속으로 욕이라도 하는 건가?"

그의 손이 어깨를 쓸며 올라오더니 담천의 뒷머리를 받치며 머리카락을 쓰다듬었다. 다른 손으로는 담천의 보드라운 귓불을 잡고 애틋하게 어루만졌다.

담천은 간지럼을 탈까 봐 황급히 고개를 돌려 피했다. 그가 취기 가득한 웃음을 지으며 물었다.

"계속 아무 말도 안 할 것이오? 그대가 말하게 하는 방법을 내가 알지."

다음 순간 코끝이 따뜻해졌다. 그의 얼굴이 바짝 다가온 것이었다. 그가 담천의 입술 주변에서 숨을 훅 들이쉬더니 향기의 근원을 찾은 듯 그곳을 향해 입김을 불며 낮게 읊조렸다.

"음, 좋은 향이야…… 무슨 향을 쓴 것이오?"

담천은 또다시 놀란 마음에 황급히 고개를 돌렸는데, 뜻밖에 그가 턱을 잡아당기며 입을 맞췄다.

담천은 대경실색했다. 다급한 신음소리를 내며 그를 밀쳐내려고 발버둥쳤다. 그러나 아무 소용 없었다. 그는 더없이 진한 입맞춤을 이어갔다. 강하고 단단하게 그녀의 얼굴을 붙들고 맞닿은 입술과 혀가 형체를 잃을 정도로 누르며 닿아왔다. 담천은 숨을 거의 쉴 수가 없었다. 심장에 맹렬한 불꽃이 타오르면서 온몸 곳곳으로 타들어가는 것 같더니 역으로 다시 큰 불길이 되어 솟아올랐다. 입술이 몹시 뜨겁고 아팠으나 너무 놀라서인지 손발은 차갑게 식어갔다. 더 이상은 참을 수 없었다.

담천은 힘겹게 손을 더듬어 허리춤에 달린 염낭을 뒤졌다. 손이 떨려서 좀처럼 손에 잡히는 게 없었다. 무력한 자신을 책망하며 손가락 두 개로 간신히 은침 하나를 집었고, 쥐도 새도 모르게 상대의 어깨를 찔렀다.

침이 살을 반도 파고들기 전에 사내의 몸이 경직되기 시작했다. 그 순간 쇠 집게 같은 그의 다섯 손가락이 벼락같이 담천의 손목을 틀어잡았다.

"침에 독이 있군. 그대는 대체 누구요?"

낮게 깔린 목소리에 당황한 기색은 전혀 없었다.

담천은 입술을 질끈 깨물었다. 손목뼈가 으스러질 것 같았으나 끝내 소리 한 번을 내지 않았다.

사내의 두 눈이 어둠 속에서 번뜩였다. 마치 별이 반짝이는 듯했다. 담천을 한참이나 응시하던 그가 옅은 미소를 지으며 말했다.

"내가…… 그대를…… 차, 찾아낼 방도는…… 얼마든지……."

말을 채 끝내기도 전에 그가 미끄러지듯 바닥에 나자빠졌다. 은침에 발린 마취약은 피와 살에 닿기만 해도 효과가 급속도로 나타났다. 이 사내처럼 이렇게 오래 버티기는 쉽지 않았다.

담천의 온몸이 식은땀으로 젖었다. 잠시도 더는 이곳에 머물고 싶지 않아 사내의 손을 떨쳐내고 잽싸게 달아났다. 바닥이 온통 눈으로 덮여 있어 달리면서 몇 번이나 넘어졌는지 모른다.

얼마나 지났을까, 사내가 바닥에서 몸을 일으켰다. 멀지 않은 눈밭 한쪽에 담황색 염낭이 떨어져 있었다.

그는 염낭을 집어 코끝에 대고 숨을 깊이 들이마셨다. 은은한 향이 가슴을 가득 채웠다. 그녀의 머리카락과 입술에서 나던 향이었다. 그는 염낭을 손바닥에 놓고 만지작거리며 생각에 잠겼다.

자라 보고 놀란 가슴 솥뚜껑 보고 놀란다고, 그날 이후 담천은 사소한 일에도 깜짝깜짝 놀라며 온종일 불안에 떨었다. 언제 어디서 그 사내가 나타나 자신을 지목할까 겁이 났다. 그리되면 당장 짐 싸서 이곳을 떠나야만 했다.

그렇게 가시방석에 며칠을 있었더니 금세 살이 빠져서 죽을병에라도 걸린 듯 초췌해 보였다.

조 관사가 더는 눈 뜨고 볼 수 없었는지 담천의 손을

잡고 말했다.

"천아, 마음고생이 심했던 모양이구나. 우리 조카가 철없이 던진 말이 너를 이렇게 상하게 하다니…… 외모가 뭐가 중요하니? 인심 좋고 똑똑하고 재주 많은 것이 최고지."

담천은 그저 씁쓸히 웃으며 묵묵히 듣고 있는 수밖에 없었다.

담천이 불안한 나날을 보내는 사이, 최근 날아온 소식은 외촌 하인들의 마음을 들썩이게 했다. 조만간 백하용왕이 향취산에 방문할 예정이라 손님맞이 준비를 위해 일부 외촌 하인들을 선발해 내촌으로 들여보낸다는 것이다. 이 소식이 하룻밤 만에 외촌 전체에 퍼지면서 모두가 그 큰 떡이 자신의 머리 위로 떨어지기만을 간절히 바랐다. 그 떡에 맞아 쓰러지는 한이 있더라도 말이다.

조 관사는 근래 뇌물을 받으면서 꽤 여럿에게 선심을 베푸는 중이었다. 그 덕에 웃음을 달고 살아 그런지 얼굴에 몇 줄 더 늘어난 주름과 함께 봄꽃이 활짝 핀 듯했다.

드디어 최종 명단이 나왔다. 확실히 돈을 많이 쥐여준 이들이 명단에 올랐다. 그 외 대부분은 비교적 일을 잘하고 사리분별이 밝은 하인들이었다. 신선들을 곁에서 직접 섬겨야 하니 아무나 할 수 있는 일은 결코 아니었다.

지극히 당연한 결과로 담천의 이름이 명단의 맨 꼭대기에 올랐다. 그녀가 퍼부은 뇌물이 가장 많았기 때문이다.

담천이 일순위에 오르자 모두가 그녀를 숭배하는 눈빛으로 뜨겁게 바라보았다. 마치 걸어 다니는 황금을 보는 것처럼 말이다.

내촌은 규모가 대단히 큰 데 비해 준비할 시간이 턱없이 부족했다. 조 관사는 남녀를 반반 섞어서 이 일에 총 80명의 하인을 배치했다. 그들에게 내촌의 규율을 설명하는 데만 하루 꼬박 걸렸다. 내촌 사람들은 모두 지체 높은 이들로, 순간의 실수로 밉보이기라도 했다간 보따리 싸서 떠나는 정도로 끝나지는 않을 것이다.

다음 날 아침 80명 모두가 남전 앞에 집합했다. 한껏 치장하고 나온 여인들은 애교 섞인 웃음소리를 내며 서로 속닥거렸다. 단장을 하니 평소와 달리 꽤나 고운 모습이었다. 담천도 적당한 시간에 도착해 나무에 몸을 기댄 채 사람들과 우스갯소리를 주고받았다. 그녀는 깔끔한 회색 옷차림에 작은 보따리 하나만 챙겼을 뿐이었다. 얼굴에 분질조차 하지 않아 행색이 소박하기 그지없었다.

조 관사가 담천만 따로 한쪽으로 불러내 진지하게 말했다.

"너야 알아서 잘할 테지만, 한 가지 꼭 명심해야 할 것이 있어. 안에서 현주 대인을 만나거든 말과 행동거지를 절대 조심해야 해. 그분 성격이 괴팍해서 더 매몰차면 매몰찼지, 결코 아랫것들을 봐주시는 분이 아니야. 혹여 그

분께 잘못해서 미움을 사게 되는 날에는 나도 너를 어찌해줄 수 없으니, 내 말 꼭 명심해야 한다."

담천은 마음 깊은 곳에서 따스함을 느꼈다. 조 관사가 평소 엄하고 매정하긴 하나 담천을 아주 살뜰히 챙겨주었다.

"걱정 마세요. 잘 알겠습니다. 다만 현주 대인께서 어떤 것을 싫어하시는지 아세요? 혹 마주칠 경우를 대비해 알아두면 좋을 것 같아서요."

조 관사가 한숨을 쉬며 말했다.

"내가 알았으면 진즉에 말했겠지. 듣기로 현주 대인이 산주를 스승으로 모시기 전에는 일국의 공주로 꽤 귀한 신분이었다는구나. 나라가 망하자 어쩔 수 없이 여기 거하게 되셨지만, 산주께서도 현주 대인께는 예를 차리신단다. 워낙 금지옥엽으로 자란 분이라 보통 사람들보다 조금 거만하신 것도 당연지사겠지."

담천은 입꼬리를 살짝 올려 보일 듯 말 듯 미소를 지었다.

"알겠어요. 현주 대인을 뵈면 깍듯하게 예를 차리도록 할게요."

하인 80명은 향취산의 내촌 관사를 따라 청회색 돌이 깔린 남전 뒤쪽의 큰길을 줄지어 올라갔다. 처음에는 홍분해 이야기를 나누던 사람들도 반 시진時辰, 한 시간가량이 넘어가니 입을 다물었다. 그저 바람 소리만 들릴 뿐이었다. 큰길 양쪽에는 한 번도 본 적 없는 나무들이 늘어서 있었는데, 키가 얼마나 큰지 구름을 찌를 듯했다. 한겨울인데도 나뭇잎은 여전히 푸르고 싱그러웠다. 수풀 사이로 바람이 드나들자 나뭇잎들이 솨솨 소리를 냈고, 눈꽃이 천천히 바닥으로 떨어졌다. 그 광경에 절로 숙연한 기분이 들었다.

두 시진쯤 걸었을까, 갑자기 시야가 탁 트이더니 거대한 평야가 나타났다. 정자와 누각이 즐비했고, 높게 쌓아 올린 탑도 여럿 보였다. 하나같이 웅장하고 아름다웠다. 이렇게 높은 곳까지 올라왔는데도 고개를 젖히고 올려다봐야 탑의 끝이 보였다.

깎아내린 듯한 언덕이 평야 주변을 둘러싸고 있었다. 언덕 곳곳에 좁은 계단이 구불구불 나 있었고, 중간 중간 두세 갈래로 갈라지기도 했다. 여기저기에서 폭포도 쏟아져 내렸다. 은빛 용들이 매끄럽게 쏟아지며 무지갯빛을 만들어냈다. 하인들은 뱀이 똬리를 튼 듯 구불구불한 계단을 타고 언덕을 내려갔다. 그러자 곳곳에 기이한 꽃과 풀이 넘쳐났고, 날아갈 듯 솟아오른 처마와 그림으로 꾸며진 담장이 눈앞에 펼쳐졌다. 한 번도 경험한 적 없는 아름다운 절경에 질식할 것만 같았다. 부귀와 영화의 절정을 보는 듯했다.

보아하니 신선이 노년에 이르러서도 속세의 향락과 취미는 버리지 못한 모양이었다.

담천은 눈앞에 보이는 전당 건물을 묵묵히 바라보았다. 익숙하면서도 낯설었다. 과거의 기억이 지금의 시야와 겹쳐지면서 순간적으로 현실도, 꿈도 아닌 아득한 기분을 맛보았다. 지금의 자신은 기억 속 그녀와는 전혀 다른 얼굴을 하고 있었다. 시간은 유수와 같고 덧없는 찰나와 같다더니, '풍경은 그대로인데 사람만 변했다'는 말의 의미가 바로 이런 것이던가 싶었다.

갑자기 행렬의 걸음이 멈췄다. 생각에 빠져 있던 담천은 앞에 있던 취아의 등에 몸을 부딪히고 말았다. 취아는 휘청거리는 담천을 부축해주려고도 하지 않았다.

"무슨 일이야?"

담천이 작은 소리로 물었다.

취아가 손을 들어 처마 끝이 올라간 정교한 건물의 자그마한 전당을 가리켰다. 앳되고 아리따운 여인 여남은 명이 흰 돌층계 주위를 둘러싸고 있었다. 서 있는 여인도 있었고 자리를 잡고 앉아 있는 여인도 있었다. 그리고 층계 위에 몸을 비스듬히 기대앉은 한 사내가 보였다. 사내는 노곤한 자세로 영롱한 빛의 가로피리를 손에 들더니 입술에 갖다 대고 유유히 불기 시작했다.

맑고 은은한 피리 소리에 생기가 넘쳤다. 담천은 마음속 슬픔과 원망의 마음까지 모조리 씻기는 기분이었다.

그들을 이끌던 관사는 매우 공손한 태도로 한쪽에 서 있다가 피리 연주가 끝나자 낭랑한 소리로 말했다.

"구운九雲 대인을 뵙습니다. 소인들이 대인의 고아한 흥취를 깨뜨렸습니다. 죽을죄를 지었습니다."

부구운傅九雲은 턱을 괴고서 청록빛 가로피리를 손가락 사이로 잡고 만지작거렸다. 그러고는 흥미로운 듯 눈앞의 칙칙한 무리를 훑어보았다. 봄물을 녹이는 듯한 눈빛이 하인들 얼굴 하나하나를 스쳐지나갔다. 그와 눈이 마주친 이마다 따스한 기운이 온몸에 퍼지며 아스라이 취한 듯한 느낌을 받았다.

산주의 제자들은 하나같이 용모가 수려했고, 부구운은 그중에서도 뛰어난 축에 속했다. 그동안 하인들은 그의 명성만 들어봤지 실제로 그를 보는 행운은 아무도 누리지 못했다. 그런 부구운이 지금 눈앞에 나른한 자세로 앉아 있었다. 그의 모습을 보건대 신선들은 모두 청초하고 여리여리할 거라던 하인들의 믿음은 한낱 편견에 불과했다.

부구운은 고동빛 피부에 기다란 눈썹이 귀밑머리로 향해 있었고, 심지어 빼어난 기개가 엿보였다. 따스한 바람에 얼굴이 간지러운 듯 웃는 모습에 특유의 천진함도 엿

보였다. 왼쪽 눈 밑에 난 눈물점은 얼굴에 처연한 분위기를 더해 마음 약한 처자들을 끌어당길 만했다. 과연 주위를 에워싼 여인들이 피리 부는 그의 모습에 푹 빠져 곁을 떠날 줄을 몰랐다.

취아는 그의 미색에 반해 순간 다리에 힘이 풀릴 정도였다. 휘청이던 그녀가 담천에게 몸을 기댄 채 가느다란 목소리로 말했다.

"너, 너무 아름답다……. 천이 언니, 다리가 풀려 제대로 서 있지도 못하겠어요. 저 좀 잡아줘요……."

담천이 어이가 없다는 듯 말했다.

"저거 보고 마음이 녹아버린 거야?"

그때 무리를 한 번 훑어본 부구운이 싱긋 웃으며 물었다.

"설마 이 많은 사람들이 이번에 산주께서 새로 받은 제자는 아니겠지?"

"구운 대인께 고합니다. 이들은 모두 외촌 하인들로, 다음 달 백하용왕 방문에 대비해 이곳에 일하러 온 것입니다. 하인들이 대인들께 방해되는 일이 없도록 필히 잘 관리하겠습니다."

내촌 관사가 대답했다. 그녀는 하인들을 이끌고 구운 대인과 여인들을 멀찌감치 피해 전당 뒤쪽으로 돌아갔다.

"천이 언니…… 저, 힘이 없어 걷지도 못하겠어요. 어떡해요?"

취아가 울상을 하고서 담천의 팔을 붙들었다.

참으로 세상 물정 모르는 아이였다. 담천은 어쩔 수 없다는 듯 취아의 팔을 단단히 부축했다. 그때 쨍그랑 소리와 함께 취아의 품에서 옥석 팔찌 하나가 떨어져 멀리까지 또르르 굴러갔다. 담천은 그것이 취아 어머니가 남긴 값비싼 유품이라는 것을 알았다. 황급히 허리를 굽혀 집으려던 그때 담천보다 한발 앞서 팔찌를 집어 든 이가 있었다. 그의 옷자락이 바람에 펄럭이며 짙은 은실로 수놓인 작약 한 송이가 눈에 띄었다. 올려다보니 부구운이었다.

"이렇게 투명하고 촉감이 고운 것을 보니 양지옥羊脂玉 중에서도 상등품이군. 낭자의 것인가?"

부구운이 팔찌를 취아 앞으로 내밀며 미소를 지었다.

취아는 어쩔 줄을 몰랐다. 축 늘어진 몸으로 담천의 품에 안긴 채 작은 소리로 웅얼거렸다.

"저…… 저희 어머니…… 유품입니다……."

짧게 대답했으나 그 끝음이 길게 이어지는 것이 매우 유혹적이었다. 그때 부구운이 취아의 아래턱을 손끝으로 가볍게 당기며 그녀의 얼굴을 내려다보았다. 꽤나 꼼꼼히 살피는 듯했다. 그의 코끝이 취아의 입술과 불과 세 마디도 되지 않는 거리에 있었다.

불쌍한 취아는 이제 혼절하기 직전이었다.

바람이 불자 은은하고도 밀도 높은 향기가 취아 뒤쪽에

서 부구운의 코 안까지 파고들었다. 그는 살짝 눈을 감는가 싶더니, 다시 번쩍 뜨면서 턱을 잡은 손가락에 힘을 주었다. 그러고는 나지막이 물었다.

"좋은 향이야……. 낭자, 내가 낭자에게 입을 맞춰도 되겠소?"

아…….

취아는 그만 혼절하고 말았다. 그 순간 담천은 취아의 머리 위로 그녀의 혼백이 솟아나와 기뻐 날뛰는 것을 맹세코 본 것만 같았다.

하인 몇 명이 황망히 다가와 취아를 부축해 안았다. 이 망신스러운 계집아이를 어떻게든 빨리 데려가야만 했다. 담천도 무리를 따라 고개 한 번 돌리지 않고 달아났다. 귀 뿌리까지 뜨거운 것이 끓는 물에 들어갔다 나온 것만 같았다. 부끄러워서인지, 두려워서인지 그 이유는 알 수 없었다.

분명했다. 그날 밤의 호색한이 저 사내임에 틀림없었다. 정말 뜻밖이었다. 그가 산주의 제자였다니.

담천은 맥빠진 한숨을 내쉬었다. 웬일로 갑자기 탄탄대로가 열린다 싶었는데, 난데없이 다시 위험천만한 상황에 놓이고 말았다.

2장

그와 그녀를 다시 만나다

"세상에 어떻게 그분이 나한테 그런 미소로 그런 말을! *좋은 향이야……. 낭자, 내가 낭자에게 입을 맞춰도 되겠소?* 아…… 꿈에도 상상할 수 없었던 일이 내게 일어나다니! 저는 아무것도 가진 것 없는데 정말 그분의 마음에 들었던 걸까요?"

코피까지 흘리며 침상에 누운 취아는 반짝이는 눈으로 벌써 서른한 번째 이 말만 반복했다.

담천은 아무렇게나 대꾸해준 뒤 분주하게 뭔가를 찾았다. 내촌으로 들어오면서 그걸 챙겨왔는지 기억조차 나지 않았다.

"세상에 어떻게 그분이 나한테 그런 미소로 그런 말을……."

취아가 쉰 번째 그 말을 할 때쯤 담천은 드디어 찾아냈다. 여인들이 머리를 단장할 때 쓰는 계화유桂花油였다.

"세상에 어떻게 그분이 나한테 그런 미소…… 엥? 잠깐만, 천이 언니, 지금 뭐 하는 거예요?"

취아가 침상 아래로 껑충 뛰어내리더니 눈을 휘둥그레 뜨고 담천을 쳐다보았다. 담천은 계화유를 병째로 머리에 들이부었다.

"미, 미쳤어요, 언니! 냄새가 심하잖아요!"

담천은 미소를 짓고 유난히 부드러운 목소리로 말했다.

"에이, 이 정도는 발라야지. 우리 취아도 좀 부어줄까?"

담천은 남은 계화유를 취아의 몸에 주르륵 쏟아냈다. 취아가 깜짝 놀라 펄쩍펄쩍 뛰었다.

"진짜 미쳤어요? 주임 관사님께 무슨 욕을 들어먹으려고 그래요!"

"그럴 리가."

담천은 태연히 대꾸하며 기름 범벅이 된 머리카락을 빗으로 가지런히 빗어 내렸다.

"이따가 응벽전凝碧殿에 가면 우리보다 심한 애들이 수두룩할걸? 아무리 금한 일이라도 다수가 어기면 법도 감당 못 하는 거야."

킁킁거리며 자신의 몸에 코를 갖다 대던 취아는 만두피가 오무라들듯 얼굴이 구겨졌다.

"향이 과해도 너무 과하잖아요. 어우, 느끼해!"

담천은 모처럼 귓가에 머리 장신구를 꽂았다. 얼굴에 분도 살짝 발랐으나 낯빛이 워낙 누렇고 이목구비가 못난 까닭에 오히려 더 못생겨 보였다. 취아는 그 참혹한 몰골을 차마 그냥 볼 수가 없었다. 평소 유순하기만 하던 천이 언니가 오늘은 해도 해도 너무해 보였다.

"저기, 천이 언니…… 향이 너무 느끼한 거 같지 않아요?"

취아가 조심스럽게 물었다.

"전혀. 이 정도는 나야 향이 난다고 할 수 있지 않겠어?"

담천은 거울 속 자신을 바라보며 만족스러운 듯 웃었다.

두 사람은 매혹적인 계화유를 머리에 뒤집어쓴 채 서둘러 응벽전으로 향했다. 가는 내내 사람들이 두 사람을 힐끔거렸다. 대전 안에는 하인들이 거의 다 모여 있었는데, 다행히 젊은 여인 대부분이 머리에 꽃을 꽂거나 향을 묻힌 듯 실내가 잡다한 향기로 가득했다. 느끼했던 계화유 향도 그 속에 묻혀서 특별히 두드러지지 않았다. 다만 실내로 들어선 주임 관사가 재채기를 열댓 번이나 해댔다.

"에취…… 너희들이 하인 신분으로 이곳 내촌에 들어온 게 감개무량한 일이라는 건 나도 안다만…… 그래도 너무 심하게 기뻐해서는……."

주임 관사가 하인들을 일깨워준다고 몇 마디 하는가 싶

더니 이내 그만두었다. 아무도 그의 말에 귀 기울이지 않았기 때문이다. 이곳 내촌에서만 지내며 외촌 하인들과 교류한 적이 없었던 주임 관사는 이들을 어떻게 대해야 할지 난감했다.

"됐고…… 그럼 일을 배분해줄 테니 이름을 부르면 앞으로 나와 패를 받아가도록."

담천이 맡은 일은 경화해瓊花海 꽃밭을 가꾸는 것이었다. 드넓은 꽃밭에 기이한 화초들이 많았는데, 백하용왕이 올 때쯤 그중 아름답게 핀 꽃을 택해 각 대전을 꾸미는 데 사용할 것이었다.

담천은 받은 패를 허리춤에 단단히 묶었다. 그때 취아가 담천의 어깨를 치더니 귓가에 대고 소곤거렸다.

"천이 언니, 또…… 또 그분이에요. 저…… 저 좀 부축을……."

'또 다리에 힘이 풀린다고?' 담천이 혀를 차며 고개를 돌렸다. 부구운이 코를 막고서 대전 문 앞에 몸을 기댄 채 서 있었다. 대전에서 벌어지는 난장판을 흥미롭게 구경하면서도 지독한 향기는 불쾌한 듯 보였다.

주임 관사가 불안한 듯 급히 부구운 앞에 뛰어와 시선을 내리깔고 물었다.

"구운 대인, 혹 분부하실 일이라도 있으신지요?"

부구운이 고개를 끄덕였다.

"오늘 현주 대인이 응벽전을 사용할 거라고 했는데, 듣지 못했나 보군."

관사의 낯빛이 시퍼렇게 변하더니 말까지 떠듬거렸다.

"네, 네? 현주 대인께서 응벽전을 쓰신다고요! 어……어찌 아무도 소인에게 알려주지 않은 것인지…… 이, 이를 어찌합니까!"

부구운은 관사의 반응이 재미있는지 또다시 정색하며 말했다.

"아, 자네가 깜빡 잊고 있었나 보네. 자네가 외촌 하인들을 응벽전으로 데려와 아수라장을 만들어놨다는 소리를 현주 대인이 듣고 어찌나 성을 내던지, 허옇게 얼굴이 질렸더라고."

주임 관사는 끽소리도 못 하고 갑자기 흰자위를 뒤집으며 뒤로 넘어가버렸다.

관사의 간이 이렇게나 콩알만 했다니, 부구운은 절로 헛웃음이 나왔다. 관사를 툭툭 건드려보았지만 진짜 혼절한 모양이었다.

"하! 이렇게 허술하다니."

부구운은 눈을 들어 대전 안을 훑어보았다. 화려하게 차려입은 여인들의 몸에서 짙은 향이 날아와 코를 찔렀다. 우습기 짝이 없었다. 그는 코를 막고서 말없이 층계를 내려가 한 사람씩 뜯어보았다. 그때 취아의 모습이 눈에 들어왔다. 취아는 양볼이 붉게 물든 얼굴로 그를 바라보고 있었다. 구운은 주저 없이 취아 앞으로 가서 부드러운 목소리로 말했다.

"낭자, 또 만났군."

그 순간 가느다란 코피 두 줄기가 취아의 인중을 타고 흘러내렸다.

"구운 대인…… 좋, 좋아요. 제게 입을 맞추셔요……."

취아는 자신의 목소리가 꿈결처럼 아득하게 울리는 것 같았다.

그녀의 대담한 발언에 주변의 하인들이 대경실색했다. 담천이 뒤에서 몰래 그녀를 꼬집었지만 취아는 아무 감각이 없는 듯했다. 아마 진즉부터 유체이탈을 경험하고 있을 터였다.

뜻밖에도 부구운은 전혀 놀라지 않았다. 길고 가느다란 세 손가락으로 취아의 아래턱을 잡고 고개를 숙였다. 취아의 얼굴에 대고 냄새를 맡는가 싶더니 갑자기 실소하며 말했다.

"……여전히 향긋하군."

취아가 홀린 듯이 입을 열고 말했다.

"산 아래 잡화점에서 산 계화유인데 한 근에 5문전을 주었지요. 계화가 신선해서……."

구운은 한층 더 유쾌하게 웃으며 말했다.

"그렇다면 눈을 감아보겠소?"

취아는 눈을 질끈 감았다. 속눈썹이 파르르 떨렸고, 얼굴에 붉은 기운이 파도처럼 일렁였다. 담천은 복잡한 표정으로 취아를 바라보았다. 많은 사람들이 보고 있는 이곳에서 정말 구운에게 입맞춤을 당한다면, 취아는 평생 불명예의 꼬리를 달고 살 것이다. 아니, 그보다 더 문제인 것은 일방적으로 푹 빠져버린 취아가 깊은 마음의 상처를 받게 되리라는 것이었다. 아직 어린 나이였다. 자신의 모든 연정을 쏟아내더라도 결국 남는 것은 아무것도 없을 터였다. 사내는 돌아서자마자 그녀를 기억에서 지워버릴 테고, 그 사실은 취아에게 평생의 상처로 남을 것이 분명했다.

담천은 보일 듯 말 듯한 움직임으로 염낭에서 은침을 꺼내 취아의 등에 가볍게 꽂았다. 취아는 그 즉시 스르륵 주저앉듯 쓰러졌다. 담천이 황급히 그녀를 부축해 일으키며 소리쳤다.

"취아! 취아! 또 쓰러진 것 같아요! 어서 빨리 와서 도와주세요! 바람이 잘 통하는 곳으로 옮겨야겠어요!"

넋 놓고 구경하던 하인들이 달려와 취아를 창가 의자로 옮기고 창문을 열어 바람을 들였다.

담천은 대전 한구석에 놓인 꽃병에 깃털부채가 꽂혀 있는 걸 보았다. 부채를 가져와 취아에게 부쳐주려고 몸을

돌리던 순간 누군가의 가슴에 몸을 부딪히고 말았다. 상
대가 담천의 어깨를 가볍게 부축하며 나지막한 소리로 물
었다.

"괜찮소?"

그 목소리에 담천은 온몸이 굳는 듯했다. 멍한 표정으
로 고개를 드니 과연 부구운이 은근한 눈빛으로 그녀를
응시하고 있었다. 담천은 재빨리 허리를 굽혀 얼굴에 봄
바람을 실은 듯 허허 웃으며 말했다.

"소, 소인 괜찮습니다. 감사합니다, 구운 대인! 저희 외
촌 사람들이 듣기로 대인께서는 사람을 대하실 때 참으로
친절하고 선하시다 하더군요. 한데 오늘 소인이 직접 뵙
고 보니 그 소문이 대인의 선량하심을 반도 다 표현하지
못했다는 걸 알았습니다. 제가 이곳에 들어오다니 소인이
참으로 복이 많은 것 같사옵니다!"

담천은 해괴망측한 화장 탓에 차마 봐주기 힘들 정도로
옹졸한 몰골을 하고 있었다. 고개를 끄덕이고 허리를 굽
힐 때마다 머리에 꽂은 장신구가 마구 흔들렸다. 그 모습
이 우습기 그지없었다. 시커멓고 묵직한 느낌의 기름진 머
리와 온몸에서 진동하는 계화유 향에, 괴로워 나자빠지지
않을 사내가 있다면 분명 희귀종일 것이었다.

그런데 구운은 유난히 그녀를 집중해서 애틋하게 바라
보았다. 심지어 뭔가 깊은 생각에 잠긴 듯 그녀의 아래턱

을 붙잡은 채 왼편으로 돌려보고 오른편으로도 돌려보고, 위로 들어올렸다 아래로 내려서 보기도 했다. 그러더니 삐져나온 담천의 머리 장신구를 쏘옥 잘 꽂아주고는 그녀를 향해 부드러운 미소를 지어 보였다.

담천은 온몸의 털이 삐죽삐죽 솟는 것을 느꼈다. 티 나지 않게 뒤로 반걸음 물러선 그녀가 취아를 가리키며 입을 열었다.

"소인은 아우가 걱정이 되어, 그럼 이만……."

순간 구운에게 손목이 붙잡혔다. 담천은 온몸에 소름이 돋았다. 그의 숨결이 귓가에까지 와 닿았다. 간지럽기도 하고 떨리기도 한 것이 그날 밤의 일이 떠올라 저도 모르게 얼굴을 피했다.

"……낭자는 꽤 독특한 염낭을 가지고 있군."

한참을 말없이 있던 그가 생각지도 못한 말을 던졌다.

담천은 그의 시선을 따라 아래로 눈을 내렸다. 자신의 허리춤에 찬 염낭이 눈에 들어왔다. 묶어놓은 끈이 조금 풀려서 주둥이가 헐렁해져 있었다. 담천은 소리 내 웃으며 황급히 염낭 주둥이를 묶었다.

"좋게 봐주시니 감사합니다. 3년 전 서쪽 마을에서 하나에 10문전을 주고 산 것이지요."

"그런 것이오?"

구운이 무심한 듯 한마디 내뱉더니 갑자기 손을 돌려

담천의 염낭을 덥석 집어 들었다.

"그럼 내가 잠시 봐도 되겠소?"

딤천은 곧바로 몸을 날려 구운의 팔에 매달렸다.

"대인, 소인의 염낭에는 은자 두 돈밖에 들어 있지 않습니다. 앞으로 그걸로 밥도 먹고 계화유도 사야 합니다. 부디 저를 가련히 여기시고……."

구운이 태연한 얼굴로 염낭 주둥이에 달린 끈을 잡아당겼다.

"은자 두 돈도 큰돈이지. 이화백梨花白, 배꽃 향이 나는 이름난 백주을 두 독이나 살 수 있겠어."

"구운 대인!"

담천이 처량한 목소리로 외쳤다.

결국 염낭이 열렸고, 몇 개의 물건이 구운의 손바닥에 놓였다. 은자 한 덩이는 딱 두 돈 크기였다. 낡은 머리끈 하나는 그런대로 깨끗해 보였다. 계화유 향이 짙게 밴 나무빗은 떨어져나간 이빨 사이에 머리카락 몇 가닥이 걸려 있었다. 그 밖에 다른 물건은 없었다.

구운은 의외인 듯 텅 빈 염낭 안을 들여다봤다. 잠시 침묵하던 그가 은자를 쥐고 허공에 던져 올렸다 잡았다가를 반복했다.

"정말 은자 두 돈이 들어 있군. 거짓말이 아니었어. 영리한데 재치까지 있어."

그가 담천의 볼을 살짝 건드렸다. 빗과 머리끈을 염낭에 집어넣은 뒤 다시 담천의 허리에 매달아주었다. 은자두 돈은 은근슬쩍 손에 쥔 채로 돌아서버렸다.

담천은 염낭을 품에 넣는 척하며 조금 전 소매춤에 숨겨두었던 은침도 함께 품속에 넣었다. 순간 등골이 차갑게 식으며 식은땀이 흘렀다. 담천은 그의 등을 향해 애타게 말했다.

"구운 대인, 은자 두 돈은……."

그때 얼음장처럼 차가운 여인의 목소리가 대전을 울렸다.

"여기는 뭐가 이렇게 시끄럽지?"

목소리가 크지는 않았으나 대전 안의 떠들썩한 소리를 한순간에 제압해버렸다. 하인들은 모두 입을 다물었고, 담천도 마치 등에 채찍이라도 맞은 듯 그 자리에 멈춰 섰다. 몸을 돌려 호흡을 가다듬으니 가슴이 이내 평온해졌다. 그녀를 만나기 전까지만 해도 자신이 이토록 침착하게, 똑바로 등을 펴고 그녀를 바라볼 수 있으리라고는 생각도 못 했다.

응벽전 입구에 현주가 서 있었다. 자태나 표정 모두 차갑고 거만하기 그지없었다. 하지만 몹시 아름다웠다. 지난날 담천에게 냉혹한 눈빛과 서슬 퍼런 말로 치욕을 안겨줄 때도 흠결을 찾을 수 없을 정도로 아름다웠다.

거만한 표정과는 달리 그녀의 손은 다른 이의 팔을 온순히 껴안고 있었다. 자색 소매의 팔을.

좌자진은 이렇게 갑작스럽게 담천 앞에 나타났다. 예전과 달라진 것이 조금도 없었다. 두 눈을 살짝 내리고 있는 모습이 매우 청아했다. 고대에 서서 경국지색의 미소를 지어 보인 것이 바로 어제 일만 같았다.

담천은 순간 시선을 돌려버렸다. 아직 그를 만날 준비가 되어 있지 않은 걸까? 가슴 한곳에 질식할 것 같은 고통이 느껴졌다. 어느새 그녀의 두 손은 주먹을 쥐고 있었고 주체가 되지 않는 듯 미세하게 떨리고 있었다.

뼈아픈 기억이 그녀의 머릿속을 스쳐지나갔다. 세상 사람들이 모두 그런지는 모르겠으나, 따뜻하고 아름다운 기억은 어느 순간 사라져 버리고, 결국 끝까지 남아 있는 기억은 말로 다할 수 없는 고통의 파편뿐이었다. 며칠 밤 자지도 못한 채 향취산까지 달려왔던 그날을 기억한다. 퍼붓던 장대비가 얼마나 가혹하게 몰아쳤는지도 기억한다. 좌자진의 문 앞에서 꼬박 하루를 무릎 꿇고 있으면서 자존심이란 자존심은 모두 내려놓았지만 결국 아무런 답도 얻지 못했던 것도 기억한다. 그리고 현주가 싸늘한 목소리로 그녀에게 내뱉던 말도…….

"자진 공자는 네가 빨리 죽지 않으면 어쩌나 걱정하던데."

잊으려 할수록 그런 기억은 더 깊이 살을 파고들었다. 깊은 밤 꿈을 꿀 때면 소년 시절의 좌자진이 기다란 버들 가지로 그녀의 머리를 톡톡 치면서 부드러운 목소리로 말했다.

'바보, 버드나무 정령의 수염을 뽑으면 어떡해?'

그러다 어느 날은 잠이 깼는데도 눈물이 흐르지 않았고, 고통도 느껴지지 않았다. 남은 것이라고는 그저 망연한 마음뿐. 그때 깨달음이 왔다. 사람의 마음에 담을 수 있는 감정의 양은 대체로 이 정도가 한계라는 것. 더 많아서는 안 되었다. 사람이 이토록 연약한 자기보호 본능과 자기기만의 능력을 갖추고 있어서 다행이라는 생각이 들었다.

담천은 뻣뻣하게 굳은 목을 움직여 좌자진을 향했다. 애써 담담한 마음으로 눈을 깜빡이며 그를 보고 또 보았다.

"왜 그러오? 눈에 경련이라도 일었나?"

어느새 그녀 옆에 선 부구운이 물었다. 자기 앞에서 못생긴 여인이 이상한 행동을 하는 것이 못마땅하기라도 한 듯이.

담천이 재빨리 고개를 숙였다.

"아, 아닙니다. 두 분 대인의 외모가 어찌나 아름다우신지 꼭 신이 속세에 내려온 듯하여 소인, 순간 넋을 잃고 보았습니다……."

담천의 목소리는 크지 않았으나, 쥐죽은듯 조용한 공간에 뜬금없는 말이 흘러나오자 다들 그녀를 향해 눈을 돌렸다. 담도 큰 여인이라고 생각하는 게 분명했다.

그때 좌자진이 뒤로 한 걸음 물러나며 코를 막고 재채기를 했다. 잠시 후 다시 한 번 재채기를 했다. 신과 같이 준수한 외모의 사내가 연달아 재채기하자 모두의 시선이 그에게 집중되었다. 물론 재채기하는 자태마저 눈이 부셨다.

담천은 그를 향해 고개를 돌리지 않았다. 향기든 냄새든 코가 민감한 것은 신선이 되어서도 여전한가 싶었다.

현주가 미간을 찡그리며 명령했다.

"대전이 악취로 뒤덮였어! 물을 길어 오너라."

특수한 신분 때문에 현주는 향취산에서도 시녀 넷을 곁에 두었다. 분부가 떨어지자 시녀들이 연못에서 맑은 물을 네 통이나 퍼 와서 문 앞에 가져다놓았다.

"뿌리거라."

좌라락!

담천의 온몸에 소름이 돋았다. 앞쪽에 서 있었던 바람에 물 네 통이 대부분 담천의 몸에 뿌려졌다. 찬기가 가슴을 파고들었다.

"한 번 더 뿌리거라."

대들보 위, 승천하는 용과 봉황 장식을 바라보며 현주

가 또다시 명령했다.

차가운 물이 열 통 넘게 퍼부어지자 하인들이 울며불며 무릎을 꿇고 용서를 구하기 시작했다. 현주는 본체만체하더니 품에서 자기 병 하나를 꺼내 뚜껑을 열어 좌자진의 코밑에 대고 흔들었다.

곁에 있던 시녀 네 명이 주인의 눈치를 알아채고 격앙된 목소리로 외쳤다.

"눈치도 없는 머저리들 같으니라고! 썩 꺼지지 못해!"

하인들은 소리를 죽이고 흐느끼며 거의 기다시피 응벽전을 빠져나왔다. 담천은 얼굴을 손으로 쓸어내렸다. 물에 젖은 분가루가 손에 잔뜩 묻어 나온 걸 보니 절로 씁쓸한 웃음이 나왔다. 자신의 몰골이 어떨지 안 봐도 뻔했기에 굳이 깨끗이 닦을 생각도 하지 않았다. 그저 무리의 혼란한 틈바구니에 섞여 걸음을 옮길 뿐이었다.

부구운은 팔짱을 낀 채 한쪽에서 소리 없이 웃고 있었다. 담천이 어깨를 스치며 지나가는 것을 여유로운 표정으로 바라보았다. 그때 문득 옅지만 그윽한 체향이 구운의 코를 파고들었다. 계화유 향에 가려져 미미했으나, 온몸에 물세례를 받으며 머릿기름도 적잖이 씻겨졌는지, 분명 그윽한 체향이 잠시 잠깐 스쳐지나갔다.

구운이 벼락처럼 손을 뻗어 담천의 팔을 붙잡았다. 담천은 황급히 고개를 돌려 놀란 눈으로 구운을 보았다. 그

는 웃고 있었다. 미간이 활짝 펴지면서 특유의 천진난만
한 미소를 짓고 있었다.

"낭자가 가련해 보이니 은자 두 돈은 돌려주겠소. 다음
에는 좀 더 좋은 계화유를 사도록 하시오."

구운이 차갑게 젖은 담천의 손에 은자를 욱여넣었다.
그러고는 얼룩덜룩한 그녀의 얼굴을 손으로 토닥인 뒤
잡은 팔을 놓아주었다.

구운은 갑자기 날아갈 듯한 기분이 들었다.

내촌에서의 첫날은 그렇게 순조롭지 못했다. 듣기로 주
임 관사는 그날 밤 쫓겨날 뻔했다고 한다. 응벽전을 더럽
혀놓았다는 이유로 현주가 그 자리에서 당장 주임 관사를
내보내려 했고, 관사는 그 지긋한 나이에 얼굴이 눈물범
벅이 되었다고 한다. 다행히 다른 제자들이 찾아와 현주
를 설득했다. 주임 관사는 이곳에서 20년을 일한 향취산
의 어른이라 할 수 있으니 최소한 그 면은 살려주어야 한
다고 말이다. 결국 관사는 쫓겨나지 않게 되었다.

현주의 위세를 겪은 뒤로 하인들은 내촌이 그저 신선
들이 사는 절경의 땅만은 아님을 깨달았다. 오히려 외촌
보다 더 두려운 곳이었다. 20년간 일한 늙은 관사의 체면
도 그렇게 무시하는데, 그들처럼 평범한 하인들에게는 오
죽하겠는가. 그 후로는 다들 일에만 열중했다. 사내들은

여인을 꼬여내려던 생각을 접었으며, 여인들은 곱게 단장하기를 포기하고 이런저런 잡생각도 집어치웠다.

다행히 내촌은 매우 넓은 곳이라 건물과 방이 많았다. 하인들도 두 사람씩 넓은 집을 차지했으니 외촌에서보다는 열 배 이상의 대우를 받는 셈이었다.

취아만 아니면 모든 일이 순탄해 보였다. 취아가 그날 저녁 또 한 번 중요한 순간에 쓰러진 바람에 자진과 현주, 두 대인을 보지 못했다고 한도 끝도 없이 투덜대는 것이었다.

다음 날은 아침 댓바람부터 다들 자신의 패를 들고 임시로 마련한 작업장으로 가서 각자 일에 필요한 도구를 받았다. 여전히 시무룩한 채 입을 삐죽 내밀고 있는 취아를 보고 담천이 웃으며 물었다.

"넌 구운 대인과 입을 맞추지 못해서 화가 난 거야, 아니면 현주 대인 옆에 있던 사내의 얼굴을 보지 못해서 화가 난 거야?"

"둘 다요."

취아가 눈을 비비며 대답했다. 화가 나서 밤새 잠도 제대로 자지 못한 모양이었다. 눈꺼풀이 퉁퉁 부어서 꼭 누군가에게 한 대 맞은 것 같았다.

"천이 언니, 전 항상 왜 그 모양일까요? 꼭 그렇게 중요한 순간 사람들 앞에서 웃음거리가 될 건 또 뭐냐고요!"

도둑이 제 발 저린다고, 담천은 어색하게 웃으며 떠보듯
물었다.

"아…… 아니, 넌 구운 대인이 정말 입을 맞췄으면 어쩔
뻔했어?"

"어쩌긴 뭘 어째요? 입을 맞추면 맞추는 거죠……. 그분
께 시집간다는 것도 아니고, 입맞춤만 해도 가문의 영광
이겠구먼!"

'취아가 이렇게 자유분방한 애란 말인가? 흠, 괜히 나만
쓸데없이 걱정했나 보네.'

담천은 그 일로 하마터면 구운에게 정체가 탄로 날 뻔
했다는 걸 떠올리며 이를 갈았다. 후회가 막급이었다.

임시 작업장 앞에는 줄이 길게 늘어서 있었다. 담천 차
례가 되어 패를 꺼내 보이자 여관사는 조그만 도자기 병
과 손잡이가 긴 은 국자 하나만 달랑 주었다. 담천은 이
두 가지 도구를 어떻게 써야 할지 도무지 알 수 없었다.

"화원을 가꾸는 데 설마 물통이며 멜대도 필요 없나
요?"

담천이 겸손한 목소리로 물었다.

젊고 아리따운 관사는 순진무구한 얼굴로 반문했다.

"물통과 멜대는 어디다 쓰려고?"

"똥물을 퍼 와서 화원에 뿌려야지요. 거름도 없이 꽃이

어떻게 예쁘게 피겠어요?"

"똥물이라고?"

관사의 예쁘장한 얼굴이 금세 일그러졌다.

"그 더러운 걸 어떻게 경화해에! 그런 짓은 절대 용서할 수 없어!"

"알겠습니다. 소인, 절대 그리하지 않겠습니다. 관사께서 제게 가르침을 좀 주시면 아니 되겠습니까?"

관사는 조금 전 덴 가슴이 여전히 콩닥거리는 듯 대답했다.

"경화해의 꽃들은 모두 신성한 화초야. 천상지天上池의 물을 자기 병에 채워서 화초 종류별로 하루에 각각 한 방울에서 여러 방울씩 떨어뜨려야 해. 아주 간단한 일이지."

정말 간단한 일이었다.

담천은 관사의 눈에 자신이 어떤 모습으로 비칠지 훤히 느껴졌다. 왼쪽 볼에는 우악스러움이, 오른쪽 볼에는 천박함이, 이마에는 커다랗게 '속인俗人'이라고 새겨져 있을 게 분명했다. 총명한 속인은 재빨리 인사를 고하고 물러났다.

몇 걸음 내딛던 담천이 돌연 발을 돌리고 돌아가 조심스레 물었다.

"그…… 천상지라는 곳은 어디에 있는지요?"

여관사의 눈빛을 보며 담천은 '머저리'라는 또 하나의

단어가 자신의 정수리에 새겨지는 걸 느꼈다.

향취산에 두 번 정도 와본 적이 있긴 하나, 한 번은 대충 둘러봤을 뿐이고, 또 한 번은 생각 없이 살펴봤을 뿐이었다. 향취산 크기를 생각할 때 거의 팔 할은 담천이 가보지 못한 곳이었다. 담천은 이곳까지 온 이상 이 넓은 곳을 제대로 한번 둘러보고 싶었다. 신선이 사는 땅은 단순히 경치만 아름다운 것이 아니었다. 상상을 뛰어넘는 장식이며 배치가 볼수록 놀라움을 안겨주었다.

경화해만 해도 그랬다. 지금 같은 엄동설한에도 꽃밭은 찬란한 꽃으로 가득했다. 흰색 꽃, 자색 꽃, 노을빛을 한 붉은색 꽃 등 시야가 닿지 않는 곳까지 화려한 선화仙花, 신선의 꽃가 끝없이 펼쳐져 있었다. 오색찬란한 아름다움이 신선 세계의 엄숙함을 조금 덜어주는 한편, 부귀하고 상서로운 분위기는 한층 더해주었다.

꽃밭의 네 귀퉁이 끝이 어딘지는 굳이 찾을 필요도 없었다. 허공에서 직선으로 떨어지는 가느다란 폭포가 네 귀퉁이를 차지하고 있었다. 폭포 아래 연못이 반짝이는 은빛 용들이 노니는 천상의 연못처럼 느껴졌다.

담천은 무심코 커다란 붉은 꽃 하나를 꺾어 코앞에 대보았다. 아무 향도 나지 않았다.

'신선들이 심는 화초는 향기가 없는 건가?'

담천은 꽃을 들고 흔들면서 동쪽 귀퉁이에 있는 폭포

쪽으로 걸음을 옮겼다.

선화와 푸른 물이 있는 곳에 흰 바위로 된 작은 정자가 보였고, 정자에는 박달나무 같은 검은 머리칼에 자색 옷을 걸친 한 사내가 앉아 있었다. 사내는 두 눈을 살며시 감고 동석凍石, 매끈하고 다양한 색상의 반투명한 돌으로 만든 잔을 손에 든 채 홀로 바둑판을 펼쳐놓고 있었다. 가느다란 폭포가 정자 뒤에서 거센 물살로 떨어져 옥구슬 같은 물방울이 사방으로 흩날렸다. 정자는 바닥에서 세 마디쯤 떨어져 있어 물방울이 조금도 날아오지 않았다.

사내를 본 순간 담천은 벼락이라도 맞은 듯 몸을 돌렸다. 그러나 한발 늦었다. 맑고 차가운 좌자진의 목소리가 그녀를 멈춰 세웠다.

"외촌 하인이 어찌 이곳까지 들어온 게지?"

담천은 겹겹이 둘러싼 꽃들 너머로 느릿느릿 예를 갖추며 대답했다.

"자진 대인을 뵙습니다. 소인, 이곳에 온 지 얼마 되지 않아 길을 헤맨 탓에 대인의 고아한 시간을 방해했습니다. 죽어 마땅한 죄를 지었습니다."

좌자진은 고개도 돌리지 않고 대나무로 된 바둑알을 바둑판에 올려놓으며 말했다.

"어디로 가던 길이더냐?"

"자진 대인께 고합니다. 소인, 경화해에 물을 주어야 하겠기에 물을 길으러 천상지를 찾던 중이었습니다."

"여기가 천상지다. 속히 물을 길어 여기서 나가도록 하거라."

담천은 그러겠다고 짧게 대답하고 폭포 옆으로 가서 자기 병 가득 물을 퍼 담았다. 처음에는 가슴에서 북소리 같은 것이 둥둥 울리는 것 같았으나 시간이 갈수록 점차 차분해졌다.

사방이 고요한 가운데 좌자진의 손에 들린 바둑알이 경쾌한 소리와 함께 바둑판 위로 떨어졌다. 담천은 자진이 예전부터 홀로 바둑 두기를 좋아했다는 걸 떠올렸다. 당시 담천은 어린 마음에 함께 대국을 하자며 고집스럽게 졸라댔고, 자진은 마지못해 그녀의 청을 수락했다. 그때 내리 세 판을 패한 자진은 차마 볼 수 없을 정도로 망연자실한 모습을 했다. 믿을 수 없다는 듯 붉게 상기된 그의 얼굴에 담천은 어안이 벙벙하여 더듬더듬 물었다.

"어…… 그러니까, 공자가…… 일부러 져준 거죠?"

자진이 고개를 휙 돌렸으나 담천은 그의 얼굴에 언뜻 괴로운 기색이 스치는 것을 놓치지 않았다. 그가 쌀쌀맞고 무뚝뚝한 투로 말했다.

"아까 나한테 왜 바둑을 혼자서 두냐고 물었지? 이게 바로 그 이유야."

좌자진은 재주 많고 총명하여 무엇을 하든 최고의 능력

을 발휘했다. 그런데 묘하게도 바둑에서는 두는 족족 패하기만 했다. 그래도 바둑을 워낙 좋아하여 혼자서 두곤했는데, 이것은 그의 약점을 감추는 한편, 귀공자로서의높은 명성을 쌓는 데도 도움이 됐으리라.

그로부터 몇 년이 흐른 지금, 자진의 바둑 실력이 얼마나 향상됐을지 궁금했다.

담천은 담담하게 과거 일을 떠올리는 자신이 새삼 놀랍다는 생각이 들었다. 옛 기억을 더듬으며 손도 전혀 떨지 않고, 숨이 가쁘지도 않고, 눈물도 흘리지 않을 수 있다니…….

그녀는 조심스럽게 물을 채운 자기 병을 품에 안고 자진을 향한 채 뒷걸음질로 물러났다. 열 걸음쯤 물러나고 나서야 안도의 숨을 내쉴 수 있었다. 몸을 돌려 앞으로 걸음을 옮기려는 순간, 하마터면 숨이 멎을 뻔했다. 담천은 병을 든 채 황급히 땅바닥에 무릎을 꿇고 머리를 조아렸다.

"소인, 현주 대인을 뵙습니다."

맨 앞의 현주를 에워싼 일행이 맞은편에서 유유히 걸어오고 있었다. 현주는 바닥에 꿇어앉은 담천을 보는 둥 마는 둥 하고 옆을 지나가다가 갑자기 멈춰 섰다.

뒤따르던 시녀가 눈치 빠르게 냉랭한 소리로 물었다.

"너는 누구지? 왜 여기서 어슬렁거리며 자진 대인의 고아한 시간을 방해하는 게야?"

담천은 사뭇 공손한 태도로 시녀의 물음에 답했다.

"소인 경화해를 가꾸는 하인이온데, 천상지 물을 뜨기 위해 이곳까지 왔습니다. 소인이 어느 안전이라고 감히 자진 대인을 방해하겠습니까."

현주는 그제야 담천을 흘끗 쳐다보고는 계속해서 앞으로 나아갔다.

조금 전의 시녀가 다시 차갑게 말했다.

"네 소임이 그렇다고 하니 현주 대인께서도 질책하지는 않으실 게다. 내일부터는 물을 길으러 이곳 동쪽으로는 오지 말아야 할 것이야!"

담천은 짧게 대답하고 그들이 흰 바위 정자로 향하는 것을 묵묵히 지켜보았다. 좌자진이 바둑알을 내려놓고 일어나 현주의 손을 잡아주었다. 담천은 담담하게 시선을 옮겼다. 꽃밭으로 큰 바람이 불어와 두 눈이 시렸다. 눈을 깜박거리던 담천은 천천히 몸을 일으켜 흙이 묻은 옷을 털어내고 잰걸음을 옮겼다.

과거 현주가 일편단심 좌자진에게 들러붙어 주변 소녀들에게 온갖 적개심을 드러내더니, 아마도 지금은 그토록 바라던 것을 얻은 모양이었다.

담천은 손잡이가 긴 은국자에 병 속의 물을 두 방울 떨어뜨린 뒤 장미밭 위로 떨어뜨렸다. 그러자 장미들이 순식간에 신성한 물에 씻긴 듯 위아래, 안팎 모두 영롱하고 고운 자태를 드러냈다. 꽃잎에 남아 있는 수정 같은 물방울이 햇살을 받아 반짝거렸다.

담천은 저도 모르게 손을 뻗어 꽃잎을 어루만졌다. 너무나 신기했다. 그저 물 두 방울이 아니던가.

그때 뒤로 땋아내린 머리카락이 잡아당겨졌다. 곧이어 중저음의 부드럽고 나른한 음성이 귓가에 울렸다.

"어떻게, 오늘도 값싼 계화유를 바른 건가?"

담천은 너무 놀라 들고 있던 병을 떨어뜨릴 뻔했다. 껑충 뛰다시피 몸을 돌렸다가 순간 서너 걸음 물러서며 결국 바닥에 나자빠졌다. 담천은 무안함을 감추려고 괜히 큰 목소리를 냈다.

"소인, 구운 대인을 뵙습니다!"

구운이 팔짱을 끼고 싱긋 웃으며 대꾸했다.

"이런! 내가 무서운 것이냐?"

담천은 고개를 절레절레 저으며 아부하듯 말했다.

"구운 대인처럼 친절하고 선량하신 분을 소인이 무서워하다니요? 그저 존경하는 마음을 드러낸 것뿐이옵니다."

구운은 한층 더 기분 좋게 웃으며 말했다.

"향취산에 아랫사람이야 많다만, 이리도 열성적으로 흠모의 마음을 드러내는 이는 처음이구나. 아주 감동스러워. 네 이름이 무엇이냐? 나이는?"

담천은 등 한가득 닭살이 돋는 것을 참아가며 입을 열

었다.

"소인은 담천이라 하며, 나이는 열여덟이옵니다."

구운은 그 말이 우습다는 듯 또다시 한 차례 웃더니, 편치 않은 눈초리로 비쩍 마른 담천의 몸을 훑어보았다.

"열여덟? 그리 보이지는 않는데?"

"그것이…… 소인, 타고나기를 조금 작게 태어나고 워낙 체력이 약해…….'

구운은 고개를 끄덕이고 한동안 아무 말이 없었다. 담천은 그가 또 무슨 간교한 계책을 쓸까 싶어 경계심이 들었다. 그런데 뜻밖에도 그가 몸을 돌려 유유히 자리를 떠나는 게 아닌가. 그의 나직한 목소리가 바람에 실려 담천의 귓속으로 날아왔다.

"천아, 네가 아무리 계화유로 향을 내고 닦아도 절대 미인은 될 수 없을 게다."

담천이 기겁하며 고개를 들었으나 그는 이미 자리를 뜨고 없었다.

그날 저녁 젊고 예쁜 그 여자 관사가 하인 무리를 앞세워 많은 이들이 주시하는 가운데 담천의 거처 앞에 당도했다. 여관사 뒤에는 가마를 둘러메고 북과 징을 치는 일행이 딸려 있었다.

"담천은 어서 나오너라."

관사가 소리 높여 담천을 불렀다.

담천은 하루 종일 바빠 밥도 건너뛰고 지칠 대로 지쳐서 침상에 누워 있었다. 취아가 담천의 몸을 잡고 흔들며 말했다.

"천이 언니! 어서, 어서 일어나 봐요! 또 무슨 심산인지 관사가 횃불을 들고 찾아왔어요!"

담천은 영문도 모른 채 옷을 걸치고 밖으로 나갔다. 시커먼 형체의 사람들이 우르르 몰려와 있었다. 구경 나온 이도 있었고, 부러워 질투하는 이도 있었다.

"혹…… 소인이 잘못한 거라도 있는지요?"

담천이 관사에게 조심스럽게 물었다.

관사는 복잡한 표정으로 담천을 바라보더니 낭랑한 목소리로 말했다.

"구운 대인께서 말씀을 전하라 하셨다. *하인 담천은 유쾌하고 사랑스러우며 말투와 태도가 명랑하여 내 심중에 몹시 아끼는 바이니, 오늘밤 내게로 나아와 시중을 들도록 하거라.*"

"와아아!"

주변이 발칵 뒤집힌 듯 소란스러워졌다. 담천이 넋을 놓은 사이 누군가 다가와 천조각으로 그녀의 눈을 가리려 했다. 그제야 담천이 펄쩍 뛰며 소리쳤다.

"잠…… 잠시만요! 관사 대인, 대체 이게 무슨……"

관사는 한숨을 내쉬더니 부럽고도 호기심 어린 눈빛을 하고 말했다.

"나한테 묻지 마. 대체 이게 무슨 일인지는 내가 더 묻고 싶으니까. 대관절 구운 대인은 네 어디가 마음에 드셨다는 게야?"

관사가 손을 흔들자 즉시 누군가 뛰어나와 다짜고짜 담천의 눈을 끈으로 가리고 그녀를 가마 안으로 밀어넣었다. 뒤이어 출발하라는 소리와 함께 그들은 올 때와 똑같이 북과 징을 치고 심지어 폭죽까지 터뜨리며 그곳을 떠났다. 마치 오늘밤 부구운이 외촌 하인을 집에 들여 시중들게 했다는 사실을 혹 모르는 사람이 있으면 안 된다는 듯이.

얼마나 갔을까, 마구 흔들리던 마차가 갑자기 멈췄다. 누군가 다가와 담천을 부축해 내리게 하고는 그녀를 이끌고 요리조리 돌더니 다시 한참을 걸어 어딘가에 멈춰 섰다.

담천은 불안하고 당황스러웠다. 부구운이 무슨 꿍꿍이인지 알 수가 없었다. 천조각이 눈을 가리고 있어 괴로웠지만 감히 마음대로 풀어버릴 수도 없었다. 한참을 가만히 서 있었지만 아무도 그녀를 데리러 오지 않았다. 담천은 멈칫멈칫 손을 뻗어 더듬어보았다. 손에 머리카락이 닿은 것 같아 무의식적으로 잡아당겼다. 그때 "아!" 하는 소리가 맞은편에서 들려왔다. 구운의 음성이었다.

담천은 곧장 눈을 가린 천조각을 떼내고 바닥에 납죽 엎드렸다.

"소…… 소인, 구운 대인을 뵙습니다!"

3장

동풍도화

그곳은 어느 정원의 구석 뜰이었다. 온통 하얗게 눈이 쌓여 있었고 달이 높이 떠 있어 시선이 닿는 곳마다 유리 빛깔이었다.

부구운은 돌의자에 다리를 꼬고 앉아 귤껍질을 까고 있었다. 아무 말도 없었기에 담천도 죽은 듯이 입을 다물고 구운을 멍하니 바라보았다. 기다랗고 힘 있는 손으로 귤을 뭐 그리 애틋하게 까는지, 엄지손가락으로 귤을 받치고 검지로 껍질에 작은 구멍을 내고, 얇고 부드러운 껍질을 한 가닥 한 가닥 벗겨내고 있었다. 마치 흠모하는 여인의 옷을 다루는 듯했다.

구운은 껍질을 벗긴 귤 알맹이를 돌 탁자에 내려놓고 알맹이에 붙은 하얀 섬유질까지 열성을 다해 뜯기 시작했다.

마침내 그가 입을 열었다.

"천아, 여인은 과일과 참 많이 비슷하더구나. 간혹 겉에 가시 돋친 여인들이 있는데, 담이 작은 사내들은 그런 여인을 멀리 피하려고만 하지. 봉리鳳梨, 파인애플과의 과일를 피하듯 말이야. 찔릴 것을 겁내지 않는 용자만이 그 놀라운 맛을 음미할 수 있는 게야. 때로 안이나 겉이나 달콤하고 부드럽기만 한 여인도 있는데, 그런 여인은 사내들 대부분이 좋아하지. 딸기처럼."

왜 저런 말을 할까 이해되지 않아 담천은 어색하게 웃으며 말을 받았다.

"구운 대인의 말씀이 어찌나 심오한지, 미천한 소인은 잘 이해를 못 하겠습니다. 그러니까 그게…… 많이 늦은 시간이온데 소인을 찾으셨다 하니, 필시 중요한 일이 있으신 게지요?"

구운은 아무 대꾸도 없이 귤 알맹이를 손바닥에 놓고 이리저리 손대중을 해보더니 미소를 머금고 말했다.

"귤 같은 여인이 제일 나쁜 여인이지. 겉으로는 둥글둥글 금빛이 흘러 희색이 넘쳐 보이지만, 그 속에 나쁜 마음을 숨기고 있을지 누가 알겠느냐. 아무리 고와도 귤껍질은 쓰고 떫어서 입에 넣을 수 없지. 속살이 물러 터졌을지도 모르고 말이야. 자, 이 귤은 내가 말끔히 껍질을 벗겼는데, 네가 한번 말해보아라. 맛이 달까, 아니면 실까?"

담천은 시선을 내린 채 진지하게 대답했다.

"그…… 신맛이 날까 혹 염려되시는 거라면, 소인이 먼저 맛을 봐드리겠습니다."

구운은 속으로 혀를 내둘렀다. 자칫 애매한 분위기로 이어질 수 있는 모든 가능성을 담천이 이토록 능글맞게 빠져나갈 줄이야! 그가 웃으며 담천의 품에 귤을 던져주었다. 재빨리 귤을 받아 든 담천은 구운이 일어나 자신을 향해 다가오는 것을 보았다. 그가 손을 내밀자 담천은 본능적으로 눈을 감았다. 하지만 그의 손은 그저 담천의 머리를 쓰다듬는 것에 그쳤고, 이내 부드러운 음성이 들려왔다.

"천아, 나는 영민한 아이가 좋더구나. 너도 꽤 영민한 것 같은데, 오늘밤 나랑 같이 주연酒宴에 가자꾸나."

담천은 안도의 한숨을 내쉬었다. '시중을 들라'는 말은 다름 아닌 주연 시중을 들라는 것이었다. 담천이 고개를 끄덕이며 대답하려던 그때 구운이 웃으며 먼저 입을 열었다.

"근데 네 몰골이 초라하기 그지없구나. 일단은 씻고 옷을 갈아입은 후에 다시 얘기하자."

담천이 황급히 손을 내저으며 말했다.

"네? 씻고 옷을 갈아입으라고요? 그러면…… 소인은 가지 않는 것이 더……."

구운이 담천의 턱을 들어올려 이리저리 살폈다.

"내 말하지 않았느냐. 계화유를 바른다고 미인이 되는 게 아니라고. 천아, 이 대인이 가르쳐줄까? 어찌하면 미인이 될 수 있는지."

담천이 두꺼운 얼굴로 입을 열었다.

"소인, 허드렛일이나 하며 하인으로서 열심히 살겠다고 이미 마음을 정했습니다. 미인이고 미녀고…… 원체 타고나길 부족한 탓에……."

"그래, 그렇다면 주연엔 그냥 나 혼자 가야겠군. 천이는 하인으로서 허드렛일을 해야 하니 집에 있는 옷들을 모조리 빨아놓도록 하거라."

구운이 빙긋이 웃으며 정원 한쪽을 가리켰다. 담천은 그가 가리키는 손가락을 따라 고개를 돌렸다. 구석진 곳에 옷을 담은 대야가 다섯 개나 놓여 있었다. 대야마다 옷이 산더미였다. 담천은 순간 차가운 숨을 들이켰다. '대체 옷을 몇 년 동안 묵혀둔 거야?'

"깨끗이 빨아야 된다는 것도 잊지 말거라! 난 더러운 옷은 질색이거든. 그럼 부탁한다."

담천은 그제야 깨달았다. 시중을 들라느니, 주연에 참석하라느니, 미녀니 추녀니, 귤이니 딸기니 했던 건 죄다 담천을 놀려먹기 위한 말이었다. 놀림에 그녀가 필사적으로 발버둥칠수록 구운은 더더욱 재밌어하며 지켜보았던 것이다.

담천은 이를 꽉 물고 어색한 미소로 답했다.

"소인이 대인을 위해 옷을 빨고 청소를 할 수 있다니요, 전생에 착한 일을 많이 했는지 소인이 참으로 복이 많사옵니다."

그때 금빛과 푸른빛의 눈부신 마차가 공중에서 날아오더니 구운을 싣고 어디론가 다시 날아가버렸다. 담천은 고개를 젖혀 달빛 속으로 사라지는 마차를 바라보았다. 검은 점처럼 멀어지고 나서야 긴 한숨을 내뱉었다.

고개를 돌리니 다섯 개의 대야에 쌓인 옷들이 달빛 아래서 그녀를 향해 손짓하고 있었다. '알았어. 얼른 빨아달라 이거지?' 담천은 온화한 미소로 소매를 걷으며 빨래 더미로 향했다.

구운은 날이 희부옇게 밝을 즈음에야 돌아왔다. 워낙에 술을 잘 마시는 터라 아무리 마셔도 뻗는 일이 없는 그였다. 이때도 몸에 취기만 살짝 풍길 뿐이었다. 정원에 들어서니 너무 고요해 아무도 없는 것 같았다. 자못 의외였다.

'설마 겁도 없이 말도 않고 그냥 가버린 건가?' 얼굴을 일그러뜨리며 후원으로 들어가니 작은 서재 문이 활짝 열려 있었다. 고개를 삐죽 내밀고 들여다보니 담천이 걸레를 들고 열심히 그리고 조심스럽게 서가 위 골동 화병을 닦고 있었다. 아담한 키로 뒤꿈치를 들고 몸을 휘청거리고 있었는데, 화병도 흔들흔들 걸레에 닦이며 쓰러지기 일보 직전이었다.

구운이 한숨을 쉬었다.

"화병을 왜 내려서 닦지 않고?"

화들짝 놀란 담천이 악 소리를 질렀다. 동시에 화병이 떨어져 경쾌한 소리를 내며 산산조각이 났다. 담천이 울음을 터뜨리며 구운의 넓적다리를 껴안았다. 눈물 콧물로 뒤범벅이 된 얼굴을 보며 구운은 차가운 숨을 들이켰다.

"너는 참…… 어찌 이리도 지저분한지……."

"구운 대인! 드디어 돌아오셨군요! 소인, 죽어 마땅한 죄를 지었습니다!"

담천이 거의 죽을상을 하고서 말했다.

"죽어 마땅한 죄라니!"

구운은 궁금하기도 하고 이 상황이 재미있기도 했다. 담천의 눈물 콧물이 자신의 옷에 떨어지려 하자 그녀를 살짝 밀어냈다.

"저쪽으로 가서 얼굴 좀 깨끗이 닦거라."

담천은 휘청거리며 손수건을 꺼내 눈물을 닦았다. 눈물을 훔치면서도 울음은 그치지 않았다.

"대인께서 옷을 깨끗이 빨아놓으라 하셨기로, 소인 감히 게을리할 수 없어 힘을 다해 빨았사옵니다. 한데 옷감이 죄다 너무 부드러운 탓에 두어 번 비볐더니 그만 흐물

흐물 해어져서⋯⋯."

안색이 급변한 구운은 담천의 말이 채 끝나기도 전에 후원으로 달려갔다. 대나무 장대에 매인 줄에 흠뻑 젖은 옷들이 맥없이 널려 있었다. 손이 닿는 대로 긴 도포 하나를 집어 든 순간 바람에 도포가 활짝 펼쳐지며 등 쪽에 커다란 구멍 하나가 보였다. 또 바지 하나를 집어 들었더니 역시 참혹한 몰골로 무릎에 구멍이 몇 개나 나 있었다. 놀랍게도 후원에 널어놓은 옷들 중 성한 옷이 하나도 없었다.

구운이 돌연 몸을 돌렸다. 담천이 쭈뼛쭈뼛 그 뒤에 서 있었다. 두 눈이 시뻘게진 채 주룩주룩 눈물을 흘리고 있었다.

"소인, 대인의 옷을 빨다가 망쳐버려 놀라고 무서워 죽을 것 같았으나, 감히 도망칠 생각은 하지 않았습니다. 그래서 어떻게든 공을 세워 용서받고 싶은 마음에 물을 길어 이곳저곳 청소하고 있었습니다. 한, 한데⋯⋯."

"한데는 됐고."

구운이 담천의 말을 끊더니 무슨 기이한 물건이라도 보듯 눈을 부릅뜨고 그녀를 보았다. 구운은 웃지 않으면 은근 차갑고 쌀쌀한 분위기를 풍겼는데, 눈 밑의 눈물점과 어우러져 처연해 보이기도, 냉정해 보이기도 했다.

"어느, 어느 방에 들어갔었지? 말해봐."

"어⋯⋯ 왼쪽 첫 번째 방이랑 오른쪽 첫 번째, 두 번째

방에…… 소인은 대인을 위해 성심을 다해 일하려 했습니다! 소인의 깊은 마음은 해와 달이 증언해줄……."

회랑으로 돌아온 구운은 얼굴이 붉으락푸르락했다. 새벽녘에 집에 돌아왔더니 자신의 물건들이 부서지고 찢어져 난장판이 되어 있으니 어느 누가 초연할 수 있겠는가.

"구운 대인……."

담천이 조심스럽게 그를 바라보았다.

"아마도 소인을 벌하려 하시겠지요……. 소인, 죽어 마땅……."

구운이 담담한 눈빛으로 담천을 쳐다보며 입을 열었다.

"……아무래도 네가 밤새 수고가 많았나 보구나."

"대인께서 치하해주시니 감사할 따름입니다."

담천은 고개를 숙인 채 눈물을 닦으며 코를 훌쩍거렸다.

"하나 소인, 굼뜨고 재주가 없으며 잘하는 것이 하나도 없사옵니다. 치하받을 만한 자격이 전혀 없는 것이지요."

구운이 느닷없이 미소를 지었다. 그것도 아주 부드럽고 온화한 미소를. 진심인 척 앞에서 눈물을 흘리는 이 어린 하인이 자신의 집을 엉망으로 만들어놓은 게 아니라 자신을 위해 대단히 좋은 일을 해주었다는 듯이.

"괜찮다. 우리…… 천천히 하자꾸나."

담천은 거뭇거뭇해진 두 눈을 달고서 거처로 돌아왔다.

날이 이미 환하게 밝아 있었다. 수건을 짜서 얼굴을 닦고 있던 취아는 돌아온 담천을 보고 급히 달려들었다.

"천이 언니!"

소리쳐 부르더니 돌연 소리를 낮춰 붉게 상기된 얼굴로 물었다.

"어땠어요, 어땠어요? 어젯밤 구운 대인, 막 엄청나고 그랬던 거예요? 밤새 이렇게 녹초가 될 정도로 괴롭히고 그랬던 거예요?"

대체 어디서 이리 경박한 말을 배웠는지 알다가도 모를 일이었다. 담천은 힘없이 취아를 밀치고는 뜨거운 수건을 짜서 얼굴을 닦으며 혼잣말로 중얼거렸다.

"엄청나긴 했지. 녹초가 되도록 날 괴롭힌 건 사실이니."

취아가 또다시 소리 지르며 꿈꾸는 듯한 얼굴로 말했다.

"언니가 너무 부러워요! 구운 대인이 다른 대인들 같지 않다고 저도 진즉에 생각은 했는데. 외촌 하인이라고 우리를 무시하는 걸 본 적이 없어요."

"……더운밥 먹으려고 대들었다간 찬밥도 못 얻어먹는 게야."

담천은 수건을 대야에 던져 넣고 눈을 비비며 다시 일을 하러 나섰다.

"천이 언니, 그런 말이 어디 있어요……."

취아가 잽싸게 따라오며 말했다.

"우리 같은 사람들이야 당연히 대인들과 혼인할 자격이 없죠. 누가 그런 일을 진심으로 바라기나 하겠어요? 어리고 젊은 날 남녀가 서로 사랑하는 김에 꿈 한번 꿔보는 거죠."

담천은 걸음을 멈추고 취아를 쳐다보았다.

"너는 여기가 무슨 황궁이라도 되는 줄 아는 거야? 신선 수련하는 제자들이 황제라도 된대? 황제도 친히 궁녀에게 행차할 때는 궁녀의 이름이 적힌 패를 뒤집어야 하는 법인데! 누굴 원한다고 그렇게 마음대로 가마에 싣고 데려가는 게 어딨어? 대체 산주는 왜 그런 걸 그냥 내버려두는 거래……."

취아는 눈을 크게 뜨고서 쇠심줄처럼 고집스러운 담천을 쳐다보았다.

"언니는 너무 고리타분해요. 요즘 시대가 어떤 시대인데! 산주도 그런 일을 금한 적은 없는걸요! 신선 수양에 금욕이 필요한 것도 아니고! 그리고 남녀쌍수男女雙修, 남녀의 결합을 이용해 수양하는 수련법의 일종라는 것도 있잖아요!"

담천은 취아와 말씨름할 힘도 없었다. 눈이 빠질 것처럼 아팠다. 피곤한 이유도 있지만 너무 많이 울어서이기도 했다. 온몸이 쑤셔서 어디든 드러누워 실컷 잠이나 자고 싶었다. 하지만 곧 있으면 일할 시간이었다.

"천이 언니!"

취아는 계속해서 쫓아오며 붉게 물든 얼굴로 물었다.

"그러니까, 그 뭐야…… 진짜로 어젯밤 언니랑 구운 대인이랑……."

"어젯밤 그분은 내게 상전의 위세를 엄청나게 부려댔고, 나는 집안일하느라 이렇게 녹초가 된 거야."

담천은 그 한마디로 취아의 상상을 무참히 깨뜨려버렸다. 취아는 멍한 얼굴로 있다가 실망한 듯 중얼거렸다.

"집안일을 했다고요? 곁에서 밤 시중을 드는 거라 하지 않았어요? 혹 설마 구운 대인…… 그게 안 되는 거예요?"

이날 하인들의 거처는 꽤나 떠들썩했다. 어젯밤 개천에서 용이 된 담천의 일을 두고 다들 말이 많았다.

"이제 담천은 구운의 정인情人이라고 온 향취산에 선언한 것과 진배없는 거 아니겠어!"

"그러니까! 징을 치고 북을 치고 폭죽까지 터뜨렸으니, 그 소리가 땅을 진동시킬 정도로 어마어마했다지? 아마 지난 백 년간 그 정도로 요란한 건 처음이었을 게야."

담천이 나타나자 순식간에 모든 소리가 잦아들었다. 다들 한쪽으로 비켜서며 넓은 길을 담천에게 내주었다. 사람들의 시선이 쏠렸지만 담천은 도리어 침착한 얼굴이었다. 이미 온갖 시련으로 단련된 낯이라 그녀의 뻔뻔함에 두꺼운 성벽조차 혀를 내두를 정도였다. 젊은 여관사는 담천이 다가와 패를 내밀자 민망한 듯 그것을 받아 들었다. 담천의 눈 주위로 짙은 그림자가 내려앉은 것을 몇 번이나 훔쳐보았다. 담천이 도구를 받고 돌아서자 관사는 곧바로 옆사람에게 속삭였다.

"과연 구운 대인은 천부적으로 타고난 분인가 봐. 정력이 보통 사람을 뛰어넘는 거지……."

담천은 피곤해서 눈이 거의 감길 지경이었다. 눈꺼풀을 늘어뜨린 채 두 발을 터덜터덜 내딛으며 경화해까지 걸어갔다. 그때 뭔가에 발이 걸렸는지 꽃더미 속으로 나자빠졌다. 담천은 아픈 것도 모른 채 그대로 잠이 들고 말았다.

무슨 이유에선지 꿈에 좌자진이 나왔다. 과거 담천이 분노한 가운데 그의 두 눈을 찔러 실명케 했다. 그때 굳게 다짐한 바가 있었다. 결코 고개를 숙이거나 뒤돌아보지 않겠다고. 그런데 며칠도 지나지 않아 담천은 비바람을 뚫고 향취산으로 달려갔다. 모든 자존심을 내려놓고 바닥에 무릎을 꿇은 채 용서를 구했다. 인간의 자존심이란 참으로 오묘했다. 천금으로도 바꿀 수 없는 것이지만, 때로 일 푼의 가치조차 없는 것이 자존심이었다. 목숨처럼 여겨 필사적으로 움켜쥐었던 자존심이지만, 한순간 잃어버리고 나면 평생 되찾을 수 있을지는 장담할 수 없었다.

숨어서 몰래 후회해본들, 나는 아무 상관 없노라고 가식을 떨어본들, 뒤돌아서서 모든 걸 잊겠노라고 결단해본들,

상실은 말 그대로 상실일 뿐이었다. 그렇게 단순하고 잔인했다. 어리고 혈기왕성했던 담천은 그제야 비로소 깨달았다. 꼭 그렇게 무릎 꿇고 용서를 구해야만 일이 원만하게 해결되는 것이 아니라는 것을, 끝까지 자존심을 지키고도 얼마든지 해결할 방법이 있다는 것을…….

다만 그 시절 담천이 내놓을 수 있는 것은 오로지 그 자존심밖에 없었다.

갑자기 코가 막힌 느낌이 들어 숨을 쉬기가 어려웠다. 담천은 미간을 찌푸리고 손을 휘저으며 중얼거렸다.

"무엄하구나…… 내 끌어내서 따귀를 때려줄 것이야!"

누군가 키득거리는 소리가 들리더니 뜨거운 입김이 얼굴로 뿜어졌다. 동시에 나지막한 목소리가 들렸다.

"누구의 따귀를 때린다는 것이냐?"

순간 담천은 눈을 번쩍 떴다. 부구운의 커다란 얼굴이 손가락 한 마디도 안 되는 거리에 다가와 있었다. 이마와 이마가 맞닿기 일보 직전이었다. 그의 눈동자에 흐르는 빛이 별빛처럼 찬란해 보였다.

담천이 멍한 얼굴로 간신히 입술을 달싹였다.

"소…… 소인, 구운 대인을 뵙습니다……."

그녀의 입술과 머리카락에서 그윽한 향이 다가오자 구운은 한층 더 온화한 미소로 담천의 코끝을 잡아챘다.

"게으름 피우는 하인을 하나 잡았는데 내 이를 어찌 처벌한담?"

담천은 그제야 정신을 차리고 은근슬쩍 그를 밀어내 보았다. 상대는 꿈쩍도 하지 않았다. 하는 수 없이 인상을 찡그리며 억울한 듯 입을 열었다.

"소인, 어젯밤 한시도 쉬지 못해 몸이 도저히 배겨내질 못했습니다. 부디 대인께서 너른 아량으로 헤아려주십시오. 저 그럼…… 이만 소인을 일어나게 해주시겠습니까?"

구운이 슬쩍 옆으로 비켜주었다.

담천은 토끼처럼 펄쩍 일어나 머리에 붙은 지푸라기를 털어냈다. 그리고 어색한 미소로 말했다.

"대인, 어인 일로 소인을 찾아오셨습니까? 혹 분부하실 일이라도……."

담천의 옷에서 지푸라기를 떼어주며 구운이 말했다.

"네가 대인의 옷을 망가뜨리고 자기로 된 화병도 산산조각 내지 않았더냐. 설마 내게 아무 배상도 하지 않을 작정이었느냐?"

담천은 한층 더 어색한 얼굴로 입을 열었다.

"배상해드려야죠. 당연히 해드려야죠……. 한데 소인, 가진 것이 은자 두 돈밖에 없어서……."

"돈이 없다……. 뭐, 괜찮다."

구운이 실눈을 뜨고 웃으며 말했다. 잔뜩 흐렸던 담천

의 얼굴이 그새 맑게 개는 것을 보며 한마디 덧붙였다.

"노동으로 갚으면 되지."

눈 내린 향취산은 모두가 좋아하는 풍경이었다. 산주의 제자들은 평소에도 고고한 모습을 보여야 했으나, 다들 스무 살 안팎의 나이인지라 본마음은 그저 놀고 싶을 뿐이었다. 담천이 길을 걷는 동안 발견한 눈사람만 해도 이미 수십 개였다. 죄다 괴상한 모양으로 눈을 뭉쳐놓은 것에 불과했다. 그나마 하나는 제법 눈사람 같았는데, 날씬한 허리선과 소담한 어깨, 팔뚝의 모양새가 눈코입이 없어도 고아한 자태를 뽐내기에 충분했다.

담천은 고개를 길게 내빼며 몇 번이나 뒤돌아보았다. 그때 뭔가가 그녀의 뒤통수를 가격했다. 담천은 "아얏!" 소리 지르며 몸을 부르르 떨었다. 눈 섞인 차가운 물이 목을 타고 흘러내렸다.

"얼른 따라오지 않고 뭘 그리 두리번거리는 것이야?"

앞에서 구운이 손을 들고 흔들었다. 다른 손으로는 뭉친 눈을 쥐고 담천을 향해 내던지려 했다. 담천은 속으로 이를 갈며 잰걸음으로 곧장 따라붙었다.

"대인, 저기 눈사람을 보십시오. 근사하지 않습니까?"

"일개 어린 하인이 의외로 안목이 있구나."

구운은 눈사람을 보다가 다시 담천에게로 고개를 돌렸

다. 잠시 그녀를 위아래로 훑어보던 그가 말했다.

"내가 만든 것이다."

"과연 대인께서 만드신 것이었군요! 소인 생각에도 저런 눈사람은 보통 사람은 만들지 못할 것 같더라고요. 그저 눈을 뭉쳐놓은 것인데도 어쩜 저렇게 아름다운 기색이 넘치는지, 대인의 솜씨가 대단하십니다! 눈사람에 이목구비가 보이지 않던데, 혹 아직 미완성인 것입니까?"

구운은 담천을 흘끗하더니 조금 뜸을 들였다.

"원래 미인이란 실제 있는 것도 같고, 허황된 환상인 듯도 하지. 아직까지도 내게 그녀의 진짜 얼굴을 보여주지 않으니 말이다. 그래서 차라리 그녀가 얼굴 없는 사람이면 좋겠다 싶었지."

헤아릴 수 없는 그 말에 담천은 동감한다는 듯 그저 고개만 끄덕였다. 두 사람은 한동안 말없이 눈 쌓인 작은 화원을 걸었다. 그때 건너편에서 웬 가락 소리가 끊어졌다 이어졌다 반복하며 들려왔다. 희미하게 들렸으나 은은하고 감미로웠다. 꾀꼬리가 경쾌하게 지저귀는 것도 같았고, 맑은 샘물이 세차게 흘러내리는 것도 같았다. 담천은 순간 아득해지며 엄동설한의 고통이 잊히는 듯했다.

가락 소리에 푹 빠진 담천이 혼잣말처럼 중얼거렸다.

"동풍도화東風桃花……."

"뜻밖에 우리 천이가 식견이 있나 보구나."

구운이 뒷짐을 진 채 걸음을 더 재촉했다.

"〈동풍도화〉는 동방 대연국大燕國의 악사 공자제公子薺가
지은 군무곡이지. 무희들이 천녀의 자태로 춤을 추면서
비파까지 연주해야 하니, 얼마나 많은 절세의 무희들이
이 곡 때문에 괴로워했는지 몰라."

담천은 입술을 삐죽이며 슬쩍 웃고 나서 말했다.

"그러게요. 비파를 등 뒤로 넘겨 연주하는 재주는 백 명
중 한 사람 있을까 말까 한 것이니까요."

"꽤 제대로 알고 있는데?"

구운이 담천의 머리를 쓰다듬었다.

"설마 천이도 무희를 했던가?"

담천은 재빨리 고개를 저었다.

"소인처럼 손발이 굼뜬 아이가 어찌 춤을 추겠어요? 다
만…… 소인 고향이 대연국이라 운 좋게 어릴 때 한 번
〈동풍도화〉의 가무를 본 적이 있답니다."

구운이 다시 담천의 머리를 쓰다듬으며 부드럽게 말했
다.

"대연국이 망했으니 천이도 적잖이 고생을 했겠군."

담천은 아무 대답도 하지 않았다.

두 사람은 소리가 나는 곳 바로 앞까지 당도했다. 정교
하게 지은 전당 안에서 가락 소리가 흘러나왔다. 구운이
전당 문 앞으로 가서 안으로 빼꼼히 고개를 내밀었다. 그

때 느닷없는 큰 소리와 함께 섬광이 번뜩이며 작고 날카로운 칼이 구운의 얼굴 앞으로 날아왔다. 단번에 칼을 낚아챈 구운은 수정처럼 귀여운 단도를 위로 던졌다 잡았다 반복했다.

"청청, 살살 좀 해. 하마터면 나 죽일 뻔한 거 알아?"

구운이 씁쓸히 웃으며 말했다.

안에서 초록색 옷을 입은 여인이 걸어 나왔다. 부용꽃 같은 얼굴이 무척 아름다웠다. 웃는 듯 마는 듯한 표정으로 여인이 말했다.

"무슨 바람이 불어 여기까지 왔대요? 최근 외촌 하인 하나 데려가면서 꽤 소란을 피웠다고 하던데."

구운이 고개를 절레절레 저었다.

"하인한테 집안 청소나 좀 시킬까 해서 내 아주 깔끔한 방식으로 청을 넣었던 것인데. 하여간 이상한 소문은 발이 빠르다니까."

"그 말을 누가 믿어?"

청청은 이내 봄바람 가득한 얼굴이 되어 구운의 손에서 단도를 빼앗아 자신의 소매에 집어넣었다.

"오늘은 무슨 일로 온 거죠? 수련하러?"

"일손에 보태라고 하인 하나를 데려왔어. 솜씨도 좋으니까 마음껏 부려먹어."

구운이 담천을 향해 손을 까닥였다. 담천은 아까부터 멀찍이 몸을 피해 있던 터였다. 안전한 곳에 자리를 잡고 남의 집 불구경이나 할 요량이었는데, 돌연 구운이 부르는 바람에 하는 수 없이 허리를 굽히며 다가와 예를 갖췄다.

"소인, 담천이라 하옵니다. 청청 아씨를 뵙습니다."

청청은 담천을 쓱 훑어보더니 마음에 들지 않은 듯 미간을 찌푸렸다.

"……이 계집이에요?"

구운이 고개를 끄덕이자 청청이 웃음을 터뜨렸다.

"그럼 됐어요. 눈이 머리 꼭대기에 달린 사내가 이런 계집애를 좋아할 리가! 차라리 하늘이 무너진다는 말을 믿지. 구운, 너무 오랜만인 거 아니에요? 원래는 저녁에 강씨와 만나기로 했는데, 구운이 왔으니 그 사람 약속은 다음으로 미뤄야겠는걸?"

그 말을 할 때 청청의 표정은 요염하기 그지없었다.

"이왕에 약속된 사람이 있는 거라면 굳이 미룰 필요가 있겠어? 나도 요즘 일이 좀 바빠서. 부디 즐거운 저녁 보내길."

구운은 청청의 손에서 팔을 빼며 그녀의 머리를 토닥였다.

"그럼 난 다른 일이 있어서 이만. 이 아이는 여기 두고 갈 테니 청청이 잘 좀 다뤄봐. 괜히 일없이 놀리지 말고 대전 내에서 한 걸음도 나가지 못하게 해. 내 저녁에 데리러

올 테니까."

청청은 질척대지 않고 곧장 대답했다.

"알았어요. 그만 가봐요. 시간 나면 종종 놀러 오고."

담천은 흠칫 놀랐다. '그가 갖은 변명을 둘러대며 이곳에 날 맡긴 이유가 나를 가둬놓기 위함이란 말인가? 내 신분을 눈치챈 걸까?' 하지만 곰곰 생각해봐도 자신이 딱히 허점을 보인 적이 없으니 벌써 눈치챘을 리는 없을 것 같았다.

구운이 전당을 떠나자 곧바로 낯빛을 바꾼 청청이 도화桃花가 잔뜩 떨어진 대전 바닥을 가리키며 말했다.

"멍하니 서서 뭘 하고 있는 게야? 어서 치우지 않고!"

안으로 들어서자 따스한 바람과 향기가 얼굴을 덮쳐왔다. 대전에는 꽃다운 나이의 여인 수십 명이 서서 혹은 앉아서 기다란 소매를 구부렸다 폈다 하고 있었다. 낮게 쪽을 찐 머리에 매혹적인 자태로 〈동풍도화〉를 연습하고 있었다. 제일 앞줄에 선 청청은 금빛 비파를 품에 안고 옥같이 고운 손가락을 바삐 움직이며 현을 튕겼다. 비파는 청청의 품에 안기기도 했고 번쩍 올려지기도 했으며, 때로는 힘껏 휘둘리거나 거꾸로 뒤집히기도 했다. 하지만 음색만은 조금도 흐트러지지 않아 보는 이의 눈과 마음을 현란하게 했다.

갈수록 곡조가 밝고 경쾌하게 바뀌었다. 청청의 손에 들린 비파는 금빛 나비가 되어 꽃 사이를 나풀나풀 지나는 것도 같았고, 돌연 바닥에 고꾸라지기도 했다. 청청은 비파를 등 뒤로 가져가 거꾸로 들고 다섯 손가락을 번갈아가며 튕겼다. 노랫가락이 급한 소낙비처럼 듣는 이의 마음을 단숨에 사로잡았다. 들이켠 숨을 쉬이 내뱉기도 어려울 정도였다.

허리를 접어 바닥을 향했던 청청이 이내 허리를 펴고 몸을 회전시켰다. 곡조가 빨라지며 흐르는 구름 같던 기나긴 소매가 초록의 원을 그렸고, 그 속에서 분홍빛 복사꽃이 눈처럼, 비처럼 흩날리며 떨어졌다. 천녀가 꽃을 흩뿌리는 고사故事를 증명이라도 하려는 듯 말이다.

담천은 돌연 고개를 내저으며 한숨을 쉬었다. 다음 순간 음색이 꼬이더니 청청이 실망한 얼굴로 손에 든 비파를 내동댕이쳤다.

"비파를 거꾸로 들고 연주하라니! 애초에 사람을 괴롭힐 작정으로 곡을 만든 거야!"

함께 있던 여제자들이 잇달아 달려와 청청을 위로했다. 땀으로 범벅이 된 청청은 막무가내로 성질을 부렸고, 금빛 비파는 두 동강이 나버렸다.

다음 달 백하용왕의 방문 때문이었다. 풍류를 좋아하는 용왕이 준수하고 아름다운 남녀를 여러 편으로 나누어

각기 다른 가무에 능하도록 훈련시켰다는 소문이 있었다. 향취산 제자들도 그들에게 뒤처질 수 없기에 〈동풍도화〉를 연습하는 것이다. 하지만 비파를 거꾸로 들고 연주하는 마지막 대목은 너무 어려워 아무리 연습해도 능숙해지지 않았다. 연달아 세 번이나 틀렸으니 화가 날 만도 했다.

"이 시답잖은 곡을 누가 완벽하게 춘다고!"

청청의 말에 여제자 하나가 입을 열었다.

"완벽하게 추는 사람이 있지, 왜 없어? 공자제가 이 〈동풍도화〉를 완성할 수 있었던 것도, 당시 대연국에 이 곡을 완벽히 소화한 사람이 있었기 때문이잖아. 나도 몇 해 전본 적이 있는데……."

그때 문밖에서 누군가의 목소리가 넘어왔다.

"맞습니다. 확실히 완벽하게 추는 사람이 있었지요. 게다가 그분은 공주였다죠, 아마."

말소리가 그치고 한 무리가 문 안으로 들어왔다. 맨 앞에 선 이는 현주였고, 방금 그 말을 한 이는 현주 뒤에 선시녀 중 하나였다.

청청이 곧장 싸늘한 얼굴로 말했다.

"어쩐지, 공주 마마가 춘 춤이라니! 공주 마마야 당연히 대단하셨겠지! 어찌 우리 같은 민초랑 비교를 하겠어?"

"청청 언니도, 어찌 그런 농담을 하셔요. 시녀가 함부로 지껄인 말입니다. 일개 시녀와 어찌 같은 식견을 가지려

하십니까?"

현주는 뜻밖에도 다른 제자들 앞에서는 하인들에게 하듯 그리 고압적이거나 차갑지 않았다. 도리어 은은한 미소를 띠고 예를 갖췄다.

반대로 청청은 고개를 돌려 계속 다른 이들과 농담하는 척하며 현주는 상대도 하지 않으려 했다. 앞서 청청과 말을 나누던 제자는 아예 손뼉까지 치며 청청의 말에 맞장구쳤다.

"그래, 맞아! 몇 해 전 내가 본 그 소녀가 바로 대연국의 어린 공주였어! 듣기로 이제 막 열세 살을 채운 나이였는데, 고대高臺 위에서 그 공주가 〈동풍도화〉를 추지 않았겠어? 그 모습을 밑에서 보는데…… 하하, 부끄럽지만 넋을 빼고 봤다니까. 그 뒤로는 그처럼 절묘하고 아름답게 〈동풍도화〉를 추는 사람은 본 적이 없어."

"어? 망해버린 그 대연국 말이야? 대연국의 어린 공주라……. 현주, 내 기억에 현주도 대연국의 공주였던 것 같은데, 설마 그 어린 공주가 현주였던 건 아니죠?"

청청이 현주를 향해 웃으며 물었다.

현주의 낯빛이 쌀쌀하게 변하더니 목소리도 한층 냉랭해졌다.

"부끄럽게도, 전 그저 대연의 많은 제후국 중 하나의 공주였을 뿐, 어찌 감히 제희에 비하겠어요? 다만 대연은 이미 멸망한 나라로, 지난 일을 말해봤자 좋을 게 무어겠어요. 청청 언니는 어쩜 그렇게 아픈 데를 꼬집는지."

청청이 옅은 미소로 다가와 현주를 대전 안으로 이끌며 말했다.

"에이, 농담이잖아요. 진지하게 받아들이지 마요. 현주가 온 것을 보니 다음 달 용왕 방문을 위해 준비하고 싶은 게 있나 봐요. 나는 아무래도 〈동풍도화〉를 소화하지 못할 것 같은데 어떻게, 현주가 한번 솜씨를 발휘해볼래요?"

현주가 사양하듯 미소를 머금고 말했다.

"이 아우가 솜씨랄 게 있겠습니까? 하지만 요즘 〈동풍도화〉 가락이 계속 귓가에 울리니 저도 모르게 고향 생각이 나네요. 춤은 잘 못 추니 괜히 웃으면 안 돼요, 청청 언니."

청청은 이를 꽉 깨물며 뒤로 물러나 동료들에게 손을 들어 악기를 연주시켰다. 현주는 검은 외투를 벗어 연붉은빛 긴 치마를 드러냈다. 여분으로 있던 금빛 비파를 손에 받쳐 드니 아리따운 자태가 한층 더했다.

담천은 사람들 뒤쪽에 움츠리고 서서, 소매를 휘두르며 비파 현을 퉁기는 현주를 표정 없이 바라보았다. 현주는 늘 이기려고만 했다. 남에게 눌리는 것을 참을 수 없어 했다. 당시 제희의 〈동풍도화〉 춤과 겨루기 위해서라도 현주는 피 토하는 심정으로 죽어라 춤을 연마했다. 수단 방법을 가리지 않고 자신을 드러내고자 하는 그녀의 모습은 보는 이를 불편하게 만들 뿐이었다. 그때나 지금이나 현주의 그 점은 조금도 변함이 없었다.

대전 안 모두가 현주의 감미롭고 아름다운 춤사위에 시선을 빼앗겼다. 그 사이 담천은 슬금슬금 자리에서 물러났다. 분명 뒷간을 간다 해도 청청이 좋은 마음으로 허락해줄 것 같지 않았다. 이런 때는 알아서 살아남는 것이 상책이었다.

겨우 대전 문까지 다다른 담천은 조심스럽게 몸을 돌렸다. 다들 현주의 춤사위에 정신이 팔려 담천이 자리를 뜬 것은 눈치채지 못한 듯했다. 앞으로 한 발 내딛으려던 그때 하마터면 앞에 선 사람과 부딪힐 뻔했다. 깜짝 놀라 뒷걸음친 담천은 곧장 무릎을 꿇으려 했다. 그때 상대가 낮은 소리로 말했다.

"여긴 가무를 연습하는 곳인데 외촌 하인이 어쩐 일이지?"

좌자진의 음성이었다.

담천은 순간 멈칫했다가 천천히 무릎을 꿇었다.

"소인, 자진 대인을 뵙습니다. 구운 대인께서 대인들이 춤 연습에 매진할 수 있도록 소인에게 이곳에서 허드렛일을 도우라 분부하셨습니다."

자진이 한 걸음 다가오며 말했다.

"일어나거라. 그럼 허드렛일을 할 것이지, 어찌 전당을 나가려는 것이냐?"

담천이 공손하게 몸을 일으켰다.

"소인, 아침부터 물을 많이 마신 터라 뒷간에 가려던 참이었습니다."

자진은 잠시 침묵하고 있다가 돌연 입을 열었다.

"잠깐, 너는…… 얼굴을 들어보아라."

담천은 심장이 미친듯이 뛰기 시작했다. 심장박동 소리 외에는 아무 소리도 들리지 않았다. 담천은 천천히 고개를 들어 좌자진의 얼굴을 똑바로 보았다. 두 눈이 닫혀 있었다. 길고 촘촘한 속눈썹이 뺨 위로 옅은 음영을 드리웠다. 그랬다. 그해 담천이 좌자진의 눈을 찔러 멀게 만들었다. 한데 지금은 다시 앞이 보이는 모양이었다.

'선법仙法을 수련한 덕일까?'

그는 한참 동안 아무 말이 없었다. 눈꺼풀이 닫혀 있었지만 담천은 그가 자신을 관찰하고 있다는 걸 분명히 느꼈다.

이윽고 그가 입을 열었다.

"낭자, 혹 우리가 전에…… 만난 적이 있소?"

4장

비밀을 그리 쉽게
말해줄 수는 없지

낭자, 혹 우리가 전에…… 만난 적이 있소?

짧은 그 한마디에 담천의 마음속에 수많은 감정이 치솟았다. 그를 찾아가 문 앞에서 며칠을 무릎 꿇고 나서 느꼈던 상실감과 증오, 친밀했던 사람에게 버림받은 원한…… 그 모든 기억의 파편이 그녀를 꼼짝 못하게 가두어놓았다. 평생 그를 증오하고, 살아 있는 동안은 하루도 빠짐없이 깊이 저주할 거라 생각했다.

사랑하면 할수록 배신감도 커진다고 했다. 담천은 사랑과 미움의 모순 속에서 얼마나 많은 순간 배회와 반추를 거듭했는지 모른다. 매일 돌고 도는 악순환이 끝도 없이 지속될 것만 같았다. 그리 생각한 적도 있었다. 언젠가 다시 만나게 된다면 뼈가 녹는 고통을 몇 배로 되갚아주리라고.

하지만 사람은 성장하기 마련이었다. 담천도 깨달았다. 사랑과 미움 속에 갇혀 있던 사람은 오직 그녀뿐이었다는 것을. 혼자서만 남은 생을 감옥 안에 가두고 살았으니, 그 얼마나 우스운 일이란 말인가. 떠난 사람의 마음에서 그녀는 이미 스쳐지나간 행인일 뿐이었다. 그러니 지금 이 순간 다시 만났으나 서로 생경한 사람처럼 여겨지는 것이리라.

담천은 혼자서 원망하고 한탄하는 일을 그만두기로 했다. 아주 오랜 시간이 지나서야 그래야 한다는 걸 깨달았다. 지난 모든 일들은 연기와 안개처럼 사라졌다. 마치 아침이슬과 번개가 그러한 것처럼 눈 깜짝할 사이에. 생사를 넘나드는 화를 당하고 나니, 이제는 마음이 나는 새와 같기를, 몸이 청량한 바람과 같기를 바랄 뿐이었다. 원망과 한탄보다 훨씬 더 중요한 일이 그녀를 기다리고 있었다. 그러니 죽음을 맞기 전 굳이 과거에 얽매여 자유롭지 못할 이유가 무엇이겠는가.

담천은 한 걸음 뒤로 물러섰다. 마음 깊은 곳, 영문을 알 수 없던 소란도 점차 가라앉기 시작했다. 주위의 바람 소리와 현악기 소리, 그리고 복사꽃이 떨어지며 사락거리는 소리가 하나하나 선명하게 들렸다.

"자진 대인, 어찌 그런 농담을 하십니까. 소인이 무슨 복이 있어 대인과 면식이 있겠습니까?"

담천은 미천한 미소를 얼굴에 드리웠다. 봉황이 될 동아줄이라 잡기를 바라면서도 결코 나쁜 짓을 할 담력은 없는, 그런 미소였다.

좌자진은 아무 반응도 없다가 앞으로 한 걸음 떼며 담천의 팔을 살짝 붙잡았다.

"매우 익숙한 느낌이 들어. 이름이…… 이름이 무엇이오?"

담천은 고개를 기울여 자진의 손을 보며 중얼거렸다.

"자진 대인…… 이러시면 아니 되십니다! 만에 하나, 만에 하나 현주 대인이 보시기라도 하면 소인은 죽은 목숨입니다!"

"이름!"

한번 고집부리기 시작하면 결코 물러서는 법이 없는 그였다.

담천은 하는 수 없이 대전 안쪽을 두리번거리며 작은 소리로 대답했다.

"소인, 담천이라 하옵니다. 이 손 좀 놓아주십시오! 백주 대낮에 이러시면 소인 목숨이 남아나질 않습니다!"

"담천…… 담천…….."

자진은 미간을 잔뜩 찌푸리며 혼잣말로 그 이름을 몇 번이고 반복했다. 어렴풋한 기억 속에서 그녀와 관련된 모든 것을 떠올리려 애썼지만, 결국 아무것도 찾지 못했다. 하지만 담천의 팔을 잡은 손에는 더더욱 힘이 들어갔다. 본능적으로 몸이 반응하는 것인지 기필코 그녀를 놓고 싶지 않은 마음이었다.

담천은 다급해졌다. 현주가 당장 뛰어나올 수도 있었다. 자진이 그녀를 붙들고 있는 것을 본다면 하인으로서의 삶은 끝장이었다!

상황이 급박해지자 묘안이 떠올랐다. 담천은 자신의 머리끈을 풀었다. 하늘도 그녀를 돕고 싶었는지 때마침 뒤에서 한 차례 바람이 불었다. 매혹적이고 짙은 계화유 향이 얼굴을 덮치자 자진이 미간을 찌푸리며 코를 막았다. 그리고 격렬한 재채기를 하기 시작했다.

"흥, 계화유 한 병은 한 근에 5문전인데, 산 아래 잡화점은 신선한 계화만 쓰죠. 그러니 그거 맡는다고 죽지는 않을 거네요, 흥!"

담천은 힘껏 팔을 뿌리치려 했다. 한데 정신없이 재채기를 하는 중에도 자진은 한사코 손을 놓지 않았다. 그 어떤 접착제보다 강력하게 붙어 있는 듯했다. 대전에서 들려오던 노랫가락도 어느새 멈추어 있었다. 담천의 마음속에서 위급한 소리가 절로 나왔다.

그때 뒤에서 과연 현주의 목소리가 들렸다. 평소보다 열 배는 더 차가운 목소리였다.

"자진? 여기서 뭐 하고 있어요?"

자진은 여전히 무섭게 재채기를 하느라 대답할 새도 없었다. 담천은 그 틈에 기지를 부려 급히 그의 팔을 부축하며 소리쳤다.

"자진 대인, 괜찮으십니까? 소인이 부축해 안으로 모실 테니 들어가서 쉬시겠습니까?"

그러고는 다짜고짜 자진을 대전 쪽으로 밀었다.

현주 뒤에 있던 시녀 넷은 귀신같이 주인의 눈치를 알아챘다. 진즉에 앞으로 나와 담천의 전후좌우를 둘러싸며 그녀의 행동을 저지했다. 시녀 하나가 담천을 밀치며 꿇어 앉혔다.

"아주 간이 배 밖으로 나왔구나! 외촌 하인이 어찌 감히 여기까지 온 것이야?"

담천이 웃는 낯으로 조심스럽게 말했다.

"어찌 이러십니까. 좋게 말로 하심이……. 소인은 구운 대인의 명을 받고 이곳에 허드렛일을 하러 왔습니다. 조금 전 하도 용변이 급해 문을 나섰다가 어떤 일인지 자진 대인께서 연신 재채기를 하고 계시지 뭡니까. 소인, 상전을 살펴드리고자 하는 마음이 간절해 대인을 부축해드린 것입니다. 절대 무례를 범할 마음은 없었습니다. 부디 너그러이 헤아려주십시오."

시녀들이 여전히 경멸하는 투로 말했다.

"네가 뭔데 감히 자진 대인을 부축한다는 것이냐?"

"맞습니다, 맞습니다. 소인은 아무것도 아닙니다……."

현주가 자진을 부축하고 나섰다. 증세가 유난해 보여 더는 머물러 있을 수 없었다. 담천을 지나칠 때 현주가 차갑게 흘겨보며 내쏘았다.

"요즘 향취산이 왜 이렇게 난장판이야! 별의별 잡다한 것들이 날뛰며 온갖 구린내를 풍기고 다니니, 원!"

눈치 빠른 시녀들은 어디론가 냉큼 뛰어갔다 오더니 물을 네 통이나 길어서 돌아왔다.

"하찮은 종년 주제에 몸에 향을 뿌려? 일개 하인이 맡은 본분이나 잘할 것이지, 감히 권세에 빌붙으려 하는 꼴이라니! 다음에 또 이런 붙여시 짓을 하기만 해봐, 우리가 똑똑히 지켜볼 것이야!"

시녀들이 물 네 통을 한꺼번에 담천에게 뿌렸다. 또다시 맞은 물벼락에 가슴까지 찬기가 파고들었다. 이번엔 더욱 심했다. 떨어지는 물방울이 금세 얼음으로 변할 정도로 추운 날이었다. 절로 몸이 껑충껑충 뛰더니 입술은 금세 혈색을 잃었다.

"무릎 꿇지 못해! 누가 너더러 일어나라 했어!"

시녀들이 담천을 대전 밖 평지 쪽으로 끌어내 다시 꿇어앉혔다.

담천이 크게 소리쳤다.

"이렇게 추운 날, 사람 죽습니다! 제가 정말 죽으면 어떻게 하시려고요! 여기 시체가 생기면 얼마나 보기 흉하겠습니까!"

아직 고함칠 말이 더 남았으나, 그때 청청이 나와 차가운 미소로 입을 열었다.

"이게 다 무슨 일이래요? 공주 마마가 일개 외촌 하인과 언쟁을 하시다니요? 값어치 있는 목숨도 아닐진대 사소한 일로 굳이 얼어 죽게 만들 것까진 없지 않겠습니까? 여기는 향취산이지, 대연의 황궁이 아닙니다."

현주도 냉담한 투로 대꾸했다.

"아랫것이 잘못을 했으면 벌을 내리는 것이 마땅한 법이지요. 저도 셈이 다 있으니 때가 되면 어련히 일어나게 하지 않겠습니까. 죽게 내버려두진 않을 겁니다."

"개를 때려도 주인을 보고 때리라 하던데. 구운이 데리고 온 하인입니다. 공주 마마가 나서서 손댈 일은 아닌 듯합니다."

그리 말한 청청은 오들오들 떨고 있는 담천에게 다가가 그녀를 잡아끌어 따뜻한 대전 안으로 밀어넣었다.

"오늘밤 이 아이를 온전한 상태로 구운에게 돌려줄 책임이 제게 있습니다. 그럼 공주 마마, 여기까지만 배웅하겠습니다."

현주는 청청을 잠시 노려보고는 아무 말 없이 자진을 부축해 그곳을 떠났다. 청청은 현주의 뒷모습을 지켜보며 차가운 미소를 그치지 않았다.

"참, 별꼴이야! 망국의 공주가 진짜 공주인 것도 아니고! 향취산이 황궁이라도 되는 줄 아나 봐!"

청청은 그 말을 끝으로 유유히 대전 안으로 들어왔다. 이번에는 담천이 재채기를 하기 시작했다. 깡마른 데다 온몸이 흠뻑 젖어 있으니 더더욱 불쌍하게 보였다. 담천은 청청이 오는 것을 보고 재빨리 몸을 추스르며 말했다.

"청청 아씨, 참으로 감사드립……."

"감사는 무슨! 누가 너더러 나가라 했느냐?"

"용변이 급해서 그만, 흡…… 소인, 지금도 급하옵니다. 부디 자비를 베푸시어 일단 뒷간에 다녀오게 해주시면 안 되겠는지요."

"가봐, 가봐! 갔다가 다시 오지 말고! 가서 마른 옷으로 갈아입어! 안 그랬다간 정말 사람 하나 죽어나갈지도 모르겠구나."

청청은 담천의 꼬락서니가 가엾기도 하고 보기 싫기도 하여 눈살을 찌푸렸다.

고맙다고 연거푸 말한 담천은 급히 자신의 거처로 달려갔다. 머리를 말리고 따뜻한 옷으로 갈아입었지만, 입술은 여전히 검붉었고 온몸이 계속해서 덜덜 떨었다.

담천은 창문을 닫고 가부좌를 틀고서 호흡을 다스리기 시작했다. 차 두 잔의 시간중국 고대의 시간 개념으로 '차 한 잔의 시간'은

10~15분이다이 지나자 겨우 조금씩 혈색이 돌아왔다. 오늘 현주가 내린 징벌은 그나마 매우 가벼운 축에 속했다. 과거 사오 년간 현주를 보필했던 시녀 하나는 좌자진과 몇 마디 나누며 웃었다는 이유로 이가 모조리 빠지도록 따귀를 맞은 적도 있었다.

그 일을 안 좌자진은 크게 분노하여 현주를 나무랐다. *"사람이 어찌 그리 독할 수가 있어? 사람 목숨을 한낱 들풀로밖에 여기지 않다니!"* 현주가 한바탕 울어젖힐 정도로 그녀를 질책했다. 놀랍게도 현주는 분을 이기지 못해, 결국 죽음을 맞이한 그 시녀의 무덤을 파서 시신을 다시 흠씬 두들겨 패게 했다. 현주의 이러한 편집증에는 자진도 어쩔 도리가 없었다. 그녀를 질책할수록 오히려 그녀를 더 미치게 만들 뿐이었다.

조금 전 자진이 현주에게 단단히 붙들려 나가던 장면이 머릿속에 떠올랐다. 담천은 속으로 쾌재를 불렀다.

'흥, 정신 이상한 년이랑 평생을 함께 살아보라지! 그러고 보니 두 사람 꽤 잘 어울려.'

해질 무렵 취아가 돌아왔다. 황급해하는 낯빛이었으나, 평소와 다름없는 표정인 담천을 보더니 안도의 한숨을 쉬고 울먹울먹 말했다.

"언니! 내가 오늘 얼마나 놀랐는지 알아요! 사람들이 다들 언니가 현주 대인께 밉보여서 맞아 죽을 뻔했다고 그러잖아요! 걱정되어 계속 울면서 찾아다녔는데 아무리 찾아도 보이지 않고……. 정말 괜찮은 거죠?"

담천은 실눈을 뜨고 웃으며 취아의 머리를 토닥였다.

"내가 누구야, 이 언니 몸이 얼마나 단단한데, 무슨 일이 있으려고! 절대 어디 가서 맞아 죽거나 얼어 죽진 않을 테니까 걱정 마."

말이 끝나자마자 문밖에서 요란한 소리가 들렸다.

"담천! 현주 대인께서 부르신다! 썩 나오지 못해!"

취아는 낯빛이 하얗게 질리더니 돌연 이를 악물고 나무 멜대를 집어 들며 낮은 소리로 말했다.

"언니! 저 사람들, 절대 언니를 그냥 놓아주지 않을 거예요! 여긴 내가 알아서 할 테니 어서 도망가요! 들키기 전에 어서요!"

담천은 또 한 번 따스한 감동이 밀려왔다. 향취산은 세상의 작은 축소판이었다. 물론 마음대로 되지 않는 일이 허다하지만, 그래도 이렇게 사랑스러운 사람들이 주변에 있기에 날마다 진심에서 우러나는 미소를 지을 수 있었다. 난세를 이리저리 유리流離하며 다녀도, 세상이 아무리 냉정하게만 보여도 여전히 사람들 마음속에 따뜻한 구석이 남아 있기에 담천도 행복이란 것을 느낄 수 있었다.

"난 괜찮아. 걱정 마. 갔다가 금방 올게."

담천은 취아의 머리를 어루만지며 부드럽게 말했다.

"안 돼요! 절대 가게 할 수 없어요!"

취아도 고집부리기 시작하면 한도 끝도 없는 아이였다.

그때 담천이 취아의 목을 가볍게 쓰다듬자 취아는 곧장 흐물거리며 내려앉았다. 취아를 안아 침상에 누인 뒤 담천이 작은 소리로 말했다.

"미안, 또 쓰러지게 만들어서. 으이구, 이 맹추야, 넌 자신을 보호하는 법을 좀 배워야 해."

현주의 성격으로 보아 절대 자신을 그냥 놓아주지 않을 거라고 이미 어느 정도 짐작은 하고 있었다. 자진에게 함부로 접근하는 이가 여인이라면 반드시 뼈에 사무칠 정도로 증오와 원한을 품는 현주였다. 아까 대전 앞에서는 청청 때문에 그냥 넘어간 듯싶었지만, 이번에는 뭔가 제대로 일을 벌일 것 같았다.

'에휴, 그래도 어쨌든 어엿한 제후국의 공주였던 사람이 어쩜 저렇게 집착하며 광증을 부리는지. 저 집 어르신은 대체 자식 교육을 어떻게 시킨 거람.'

담천이 이런 생각을 하며 대문을 열었다. 과연 현주의 시녀 하나가 그곳에 서 있었다. 콧대를 높이 쳐든 시녀의 낯빛이 험상궂었다.

"뭘 그렇게 꾸물거려! 대체 뭘 하고 있었길래……."

담천이 옅은 미소로 어깨를 으쓱이며 답했다.

"아무것도요. 그럼 가시지요."

공주 신분인 현주의 거처는 다른 제자들의 거처와 사뭇
다른 분위기였다. 용과 봉황 장식은 당연히 이곳 향취산
에서는 그녀가 쓸 수 없었다. 그 대신 고관대작들처럼 대
문 앞에 하얀 석서수石瑞獸, 상서로운 짐승의 석상 두 개를 두었다.
사람 키만 한 높이로 굉장히 으리으리했다.

"무릎 꿇고 여기서 기다려라! 부를 때까지 절대 일어나
선 안 될 것이야!"

시녀는 차갑게 내뱉고 대문을 열고 들어갔다.

담천은 무릎을 꿇었다가 곧장 일어나 주변을 둘러보
았다. 문을 지키는 사람도 없었고, 주변이 매우 고요했다.
꽤 구석지고 한산한 곳인 듯 크게 소리쳐도 급히 달려올
사람은 없어 보였다. 역시 살인과 방화, 겁탈…… 뭐 이런
짓을 저지르기에는 최적의 장소였!

그때 끼익 소리가 나며 문이 열렸다. 앞서 그녀를 데려
왔던 시녀가 분을 내며 소리쳤다.

"감히 겁도 없이! 꿇어 있지 않고 어찌 그리 배회하며
둘러보는 것이야?"

담천은 풀썩 꿇어 엎드렸다. 그리고 깔끔하고 아량 있
는 미소를 지으며 해명했다.

"소인, 영광스럽게도 현주 대인의 저택을 직접 눈으로

볼 수 있다는 사실에 감격해, 저도 모르게 그만 넋을 잃고……."

시녀의 안색이 조금 풀리는가 싶더니 금세 어깨를 움츠렸다. 문 안쪽에서 희미하게 웃음소리가 들렸다. 결코 호의적인 웃음은 아니었다. 곧이어 대문이 다시 열리더니 촤라락 소리가 났다. 또다시 물을 뿌린 것이다. 하지만 이번에는 담천의 대응이 빨랐다. 담천은 잽싸게 바닥을 굴러몸을 피했다. 그것도 아주 완벽하게. 민첩하다는 말은 바로 이런 걸 두고 하는 말일 것이다. 자리를 바꿔 무릎을꿇은 담천은 아첨 가득한 미소와 함께 부드러운 목소리로말했다.

"저는 괜찮습니다. 소인이 워낙에 운이 좋거든요. 염려놓으십시오."

"얼어 죽을 것 같으니라고, 어째 몸놀림은 또 빨라가지고……."

새파랗게 질린 시녀는 매섭고 낮은 소리로 중얼거리고는 안으로 들어가 문을 쾅 닫아버렸다. 그 뒤로 더 이상은더러운 무언가를 뿌리지 않았다.

주인이 득세하니 하인도 난폭하기 그지없었다. 현주의권력을 등에 업고 평소에는 새로 들어온 어린 제자들까지 무시하는 시녀들이니, 담천 같은 하인에게는 오죽하겠는가.

"산주도 참 그래. 수련을 하는 신선의 땅을 이렇게 엉망진창으로 만들고 있는데, 어찌 아무 조치도 않는 것인지! 원래 신선은 다 그렇게 성격이 좋은 거야?"

담천은 얌전히 바닥에 꿇어앉아 있었다. 해가 떨어지자 하늘도 어둡게 변했다. 산 곳곳에 등롱이 밝혀져 흑보석 위에 명주를 박아놓은 것 같았다. 담천은 긴 숨을 들이마신 뒤 다시 무릎을 털고 일어나 저택 앞 공터를 가볍게 뛰어다녔다. 발을 차고 휘두르는 등 과감한 동작도 곁들였다.

굳게 닫혔던 대문이 다시금 열렸다. 시녀들이 죄다 분노한 얼굴로 담천을 노려보았다.

"또 일어선 것이야? 누가 네게 일어나라 허락하더냐?"

담천은 손으로 얼굴을 비비며 몸을 부르르 떨었다.

"저기, 현주 대인은 언제쯤 소인을 만나주시는 겁니까? 소인, 얼어 죽을 것만 같습니다! 이렇게라도 몸을 움직여야 얼지 않을 거 아닙니까."

시녀가 소리를 빽 질렀다.

"현주 대인은 일이 있어 바쁘시다! 얌전히 기다리고 있어! 어서 무릎 꿇지 못해!"

대문이 다시 닫히는 것을 보며 담천이 재빨리 소리쳤다.

"잠깐, 잠깐, 잠깐! 소인, 용변이 급해서 그런데 혹 이 근처에 뒷간이라도 있을까요?"

"참아!"

시녀들은 화를 참지 못했다. 이토록 사람을 귀찮게 하는 하인은 한 번도 본 적이 없었다. 대부분 현주 대인이 불렀다고 하면 그 자리에서 이미 반명청이가 되었고, 문 앞에서 몇 시진을 꿇어앉고 나서는 남은 정신마저 명청이가 되어버렸다. 그리고 진짜 현주를 대면했을 때는 기가 죽어 입도 뻥긋 못 했다.

하인을 기죽이기 위한 시녀들의 방법이 통하지 않은 적이 없었는데, 오늘은 웬일인지 하나도 먹혀들지 않았다.

"그…… 그걸 어찌 참습니까?"

담천은 금세 울음을 터뜨릴 듯했다.

"사람에게 급한 게 세 가지가 있는데, 이건 신선도 못 참는다 하지 않습니까! 제발 선심 좀 베풀어주십시오. 뒷간이 어디 있는지만 가르쳐 주시면 됩니다!"

한 시녀가 담천을 때릴 기세로 달려와 소리쳤다.

"너는 어쩜 이렇게 시끄럽고 말이 많아!"

담천이 크게 한숨을 쉬더니 죽음도 불사하겠다는 듯 외쳤다.

"이왕에 그러시면 소인도 불경을 저지르는 수밖에요."

담천이 갑자기 허리띠를 풀기 시작했다. 시녀들은 어이없는 표정으로 허리띠를 바닥에 떨어뜨리는 담천을 보았다. 담천은 이내 치맛자락을 끌어올렸다. 문 앞에서 용변을 보려는 게 확실했다. 놀란 시녀들이 비명을 지르며 달려나와 담천을 말렸다.

"뒷간은 저기 동쪽으로 가면 있어! 더럽고 불결하게 어디서 감히! 어서 썩 꺼지지 못해! 네가 오늘 아주 맞아 죽고 싶은가 보구나. 오늘 현주 대인께서 너를 호되게 벌하실 것이야!"

담천은 슬며시 미소 지으며 허리띠를 다시 둘러매고 손을 모아 예를 갖췄다.

"감사합니다. 그럼 소인은 이만 용변을 보고 다시 오겠습니다."

재빨리 몸을 돌린 담천은 뒷간 쪽으로 성큼성큼 걸어갔다. 한데 멀지 않은 곳에 누군가 팔짱을 끼고 나무에 비스듬히 기대서 있는 게 아닌가. 거기서 한참을 지켜보고 있었는지 반짝이는 두 눈에 웃음을 참는 기색이 역력했다.

담천은 그를 보자마자 두피가 저려왔다. 저도 모르게 목청을 높여 불렀다.

"구운 대인!"

서러움과 기쁨이 한데 섞인 목소리였다. 피 토하며 슬피우는 두견새杜鵑, 나라를 잃어 한탄하는 촉나라 왕 망제(望帝)의 넋으로 비유되는 새 같기도 하고, 오래도록 지아비를 그리워한 지어미의 복잡다단한 심경 같기도 했다. 진심으로 마음이 동했는지 담천은 눈물이 나면서 가슴 한편이 시큰거렸다. 거침없이 바닥에 엎드린 담천은 거의 구를 듯이 기어가 구운의 넓적 다리를 끌어안았다.

"구운 대인! 대인이 얼마나 보고 싶었는지 모릅니다!"

담천은 눈물 콧물로 범벅이 된 얼굴을 구운의 신발에 마구 비볐다.

구운은 언짢은 듯 미간을 찡그렸다. 부아가 나면서도 그런 담천이 재밌기도 했다.

"더럽게시리! 내 너더러 청청 아씨를 도우라 하지 않았더냐? 어쩌다 또 현주에게 미움을 산 게야?"

"대체 무슨 영문인지 소인도 잘 모르겠사옵니다……."

담천이 고개를 들어 눈을 껌뻑이자 눈물이 또르르 흘러내렸다. 그녀는 사정없이 코를 훌쩍이며 억울하다는 듯 불쌍한 표정을 지었다.

구운이 고개를 끄덕이며 미소를 띠었다.

"너도 담이 보통이 아니구나. 대인의 옷을 빤답시고 찢어놓지를 않나, 물건을 깨뜨리질 않나, 기껏 노동으로 때우라고 데려다놨더니 또 이런 소동을 일으켜. 과연 반성하는 마음이 전혀 없나 보구나. 죽순을 살코기와 볶으면 사람을 대나무 회초리로 훈육한다는 의미를 '돼지고기 죽순볶음(竹筍炒肉絲)'에 비유한 말 어떤 맛이 나는지 오늘 현주가 제대로 맛보게 해주겠구나."

구운이 발을 빼며 자리를 뜨려 하자 담천이 황급히 그 발을 붙들었다.

"소인은 죽순을 못 먹습니다! 먹자마자 온몸에 붉은 반점이 올라오거든요! 절대 먹을 수 없습니다!"

구운이 고개를 숙여 담천을 바라보았다.

"어떻게, 이 대인이 널 구해주길 바라는 것이냐?"

담천은 힘껏 고개를 끄덕였다. 불쌍하기 그지없는 얼굴로.

구운은 아예 몸을 웅크리고 앉아 담천의 얼굴을 꼬집었다. 그렇게 힘껏 두세 번을 잡아당겼다. 눈물 콧물 범벅에 맹한 표정을 짓고 있던 담천은 입을 댓 발쯤 내밀며 뾰로통한 표정을 지었다. 구운이 볼을 마구 잡아당기는 대로 온갖 기이한 표정이 만들어졌다.

"내가 널 구해주면 넌 내게 무얼 줄 수 있는데?"

구운이 느긋한 투로 물었다.

담천은 이를 악물고 눈을 번뜩였다.

"소인, 이 몸을 대인께 바치겠습니다!"

"글쎄, 그건 좀…… 살든지 죽든지 그냥 알아서 하거라."

구운이 담천의 볼에서 손을 떼고 일어나 발을 돌렸다.

담천이 그냥 놔줄 리 없었다. 부리나케 자신의 염낭을 꺼내 구운을 향해 던졌다.

"여기…… 소인의 전 재산이옵니다……. 대인께 드리겠습니다!"

"고작 그 정도?"

구운은 걸음을 멈추지 않았다.

"그…… 그럼 대인께 다 말씀드리겠습니다!"

담천은 이판사판이었다.

그제야 걸음을 멈춘 구운이 뚫어져라 담천의 얼굴을 쳐다봤다.

"……드디어 말을 하시겠다? 얼빠진 척 맹한 얼굴로 날 아이 다루듯 속이는 널, 내 조금 더 두고 보고자 했건만."

담천이 어색한 미소를 지었다. 그때 구운이 갑자기 담천을 번쩍 들어 안았다. 담천의 볼이 그의 가슴에 부딪혔고, 그의 낮은 음성이 가슴을 치며 울렸다.

"어휴, 더러운 것 좀 보게. 얼굴 좀 깨끗이 닦지!"

분명 멸시하는 말인데도 왠지 모르게 부드러운 느낌의 말투였다. 담천은 알 수 없는 감정에 가슴이 움찔했다. 이제 거짓 눈물도 더는 나오지 않았다. 그저 잠자코 손수건을 꺼내 얼굴을 닦았다.

구운은 담천을 안은 채 목에 힘을 주고 대문 앞으로 나아갔다. 줄곧 문 너머에서 훔쳐보고 있던 시녀들이 황급히 구운을 불렀다.

"구운 대인! 그 하인은 현주 대인께서 부른 것이옵니다! 송구하지만 그 아이를 두고 갈 수 없으시겠습니까?"

"응? 이 처자는 내 사람인데 현주가 무슨 일로 불렀단 말이냐?"

구운이 냉담한 목소리로 내뱉었다.

현주와 구운은 평소 왕래가 별로 없었다. 워낙 허랑방탕한 풍류남인 구운을, 명성을 중시하는 현주가 가까이할 리도 없었다. 그래서 구운에 대해 아는 것이 별로 없는 시녀들은 겁도 없이 그의 물음에 대꾸했다.

"그 하인이 현주 대인께 밉보였기로 벌을 내리려는 것입니다! 그러니 구운 대인께서는 일단 자리를 비켜주시는 것이 어떨는지요?"

"언제부터 부구운의 사람을 다른 누가 감히 건드릴 수 있게 된 것이지?"

"그 하인은 경거망동한 행동으로 현주 대인의 저택을 더럽혔습니다! 아무리 대인의 사람이라도 현주 대인께 득죄한 일을 설마 말 한마디로 그냥 넘어갈 수 있다고 생각하십니까?"

시녀들은 자기 집 앞이라고 다른 때보다 열 배는 더 간이 커진 모양이었다.

구운이 고개를 낮추어 물었다.

"천아, 현주에게 득죄한 일이 있더냐?"

담천은 가녀린 자태로 구운의 가슴에 얼굴을 박은 채 보일 듯 말 듯 고개를 끄덕였다. 그러자 구운이 낭랑한 소리로 말했다.

"아주 잘하였구나! 이왕 득죄한 것, 차라리 더 확실히 득죄하는 편이 낫겠어."

구운이 긴 소매를 휘젓자 여러 갈래의 섬광이 번뜩이며 문 앞의 석상 두 개를 단숨에 쪼개버렸다. 눈 깜짝할 새에 산산조각이 된 돌조각들이 땅바닥에 뿌려졌다. 시녀들은 온몸이 뻣뻣하게 굳어 넋을 놓고 구운을 보았다. 구운은 고개를 살짝 기울이며 눈앞을 쓱 훑어보더니 만족스러운 듯 입을 열었다.

"이제야 좀 보기가 좋군. 현주한테 가서 전해라. 이곳 향취산에 온 이상 성실히 수련하는 모습을 보여야 할 거라고. 과거 공주 생활에 아직 미련이 남았다면 언제든 흔쾌히 여길 떠나도 무방할 것이야. 아마 산주께서도 만류치 않으실 게다."

구운은 담천을 안은 채 당당히 활갯짓하며 자리를 떴다. 감히 나서서 막는 이가 아무도 없었다.

"어때, 속이 다 시원하지?"

구운이 저택에 돌아오자마자 제일 먼저 한 말이었다. 치기 어린 이 질문에 담천도 솔직하게 고개를 끄덕였다.

"네, 시원합니다!"

히죽히죽 웃던 구운이 담천을 바닥에 내팽개쳤다.

"시원하면 이제 말해봐. 하나도 숨기지 말고."

바닥을 한 바퀴 구른 담천은 느릿느릿 몸을 일으켰다. 눈알을 이리저리 굴리더니 얼굴에 미소를 띠며 물었다.

"대인, 일단 소인이 급히 뒷간 좀 다녀오면 안 되겠습니까?"

"아니, 일단 말부터 하고. 도저히 못 참겠다면 여기 보는 앞에서 해결해도 좋아. 나는 개의치 않을 테니."

담천은 어쩔 도리 없이 고개를 숙이고 잠시 뜸을 들였다.

"그…… 그러니까 제게 죽마고우이면서 서로 연모하던 사내가 있었는데, 열여섯이 되던 해 그가 수련하기 위해 산으로 갔다는 얘기를 들었습니다. 그래서 사방으로 수소문하며 찾아다녔지요. 그러다 이곳 향취산에 있다는 소식을 듣고 하인의 몸으로 이곳에 들어온 겁니다. 한데 안타깝게도 지금 그는 이곳에 없는 듯합니다."

구운은 자신의 눈물점을 어루만지며 지극히 담담한 어조로 말했다.

"계속해봐."

"……세월이 흐르다 보니 그를 찾는 것도 별 의미가 없다는 생각이 들더군요. 저를 버리고 수련을 떠난 거라면 이미 그 마음에 저보다는 신선에 대한 열망이 자리한 게 아니겠습니까……. 아, 그리고 그때 그 은침은……."

담천은 품에서 손바닥 반만 한 크기의 딱딱한 종이를 꺼냈다. 종이를 펴니 은침 한 뭉치가 실에 촘촘히 동여매여 있었다. 담천은 구운 앞에 있는 서탁에 그것을 내려놓았다.

"저희 아버지께서 무사였던 까닭에 어릴 때부터 무공 몇 가지를 배울 수 있었습니다. 은침과 마취약은 모두 호신용으로 쓴 것입니다. 지난번…… 그러니까 지난번 대인을 함부로 상하게 만든 것은 부득이한 상황이라 어쩔 수 없었습니다. 대인께서도 너른 아량을 베풀어 더는 그 일로 괘념치 마시길 간청드립니다."

구운이 잠자코 있다가 불쑥 물었다.

"그 죽마고우라는 사람, 이름이 무엇이냐? 네 아버지는 또 누구고?"

담천은 순간 멍한 표정을 짓다가 꿰매놓은 팥알 꾸러미가 창가에 놓인 것을 보았다. 아마 구운을 좋아하는 여제자가 만들어준 것이 아닌가 싶었다.

"어, 그이는…… 두霁 가에 이름은 두豆 콩이옵니다. 평소 그를 두두 오라버니라 불렀지요. 저희 아버지는 대연국 춘가군春歌郡의 무사였고, 존함은 담대유辜大宥라 하옵니다."

구운은 여전히 무표정으로 고개를 치켜들고 그녀를 흘끗 쳐다보았다.

"그래, 좋아. 자, 그럼 방금 말한 것을 거꾸로 다 말해보아라."

'이 사람은 속이 배배 꼬였나, 왜 이리 의심이 많은 거야!'

임시방편으로 거짓을 고한 거라면 갑자기 거꾸로 말하기는 쉽지 않을 것이다. 하지만 다행히 미리 짜놓은 이야기를 한 것이라 담천은 이 같은 돌발 상황에도 쉽게 대처할 수 있었다. 당장 그 자리에서 거꾸로 반복해 읊었는데 조금의 빈틈도 보이지 않았다.

구운이 박수를 치며 말했다.

"아주 좋아. 이왕 이리됐으니 이제 이 물건은 돌려줘야겠군."

구운이 낡은 담황색 염낭을 품에서 꺼내 던져주었다. 담천은 화들짝 놀랐다. 어디서 잃어버렸는지 한참을 찾았으나 찾지 못한 것이었다.

'저게 구운의 손에 들어갔을 줄이야!'

담천의 가슴이 미친듯이 뛰기 시작했다. 뭔가 들키지 않았을까 걱정하며 천천히 염낭을 열었다. 자그마한 동거울銅鏡 하나가 들어 있었다. 손바닥보다 작은 크기로 거울 뒤편에 무수히 많은 문양이 새겨져 있었다. 제비 한 마리가 높이 날아올랐고, 그 아래로 상서로운 동물 기린麒麟이 구름을 타고 떠다녔다. 정교한 솜씨로 새긴 것이라 그 모습이 실제처럼 생생하기 그지없었다.

구운이 차를 한 모금 마시며 무심한 척 물었다.

"상서로운 제비와 기린이라…… 내 기억이 맞는다면 그건 대연국 황실의 문양인 듯한데?"

담천의 얼굴이 순식간에 붉어졌다.

"어…… 모르시겠어요? 이거 모조품이잖아요. 대연국 여인이라면 이런 문양이 뒷면에 새겨진 거울 하나쯤은 다들 가지고 있을걸요? 굉장히 흔한 거예요……. 황족이 쓰는 거울이라면 응당 황금, 마노瑪瑙로 두르지 않았겠습니까? 필시 이것보다 훨씬 더 예쁠 것이고……."

"음, 그런 것이구나. 좋아. 속 시원히 얘기해주니 이 대인도 한시름 덜었다. 오늘은 늦었으니 여기서 잠 시중을 들도록 하거라. 내 너를 수종으로 삼을 것이야. 내일 아침 관사에게 일러 너를 여기 남겨두라 할 것이다. 이 대인은 네가 참 좋구나."

'뭐라고!' 청천벽력 같은 소리에 담천의 눈이 휘둥그레졌다.

"잠…… 잠 시중을요?"

"그래……."

구운이 몸을 일으켜 다가와 담천의 긴 머리카락을 손으로 천천히 빗어 내렸다. 야릇한 느낌이 들었다.

"성심성의껏, 힘을 다해 시중을 들어야 할 것이야."

'머리를 쥐어짜며 애써 거짓말을 늘어놓았는데, 뭐라고? 성심성의껏 시중을 들라고? 그게 대체 무슨 말이야?'

담천의 불쌍한 심장이 쿵쿵대다가 철렁하기를 반복했다. 이대로 가다가는 심장이 혹사당해 무슨 문제라도 생길 것 같았다.

그런 말을 해놓고 정작 구운 본인은 아무런 움직임도 없었다. 나무틀에 앉은 구관조를 좁쌀로 놀리며 이상한 말만 가르치고 있었다.

"거짓말쟁이, 바보, 혼자 똑똑한 척."

담천은 더더욱 불안하고 짜증이 났다.

구운은 구관조에게 좁쌀을 다 먹이고서야 나른한 표정으로 고개를 돌렸다.

"지금 이 대인을 굶겨 죽일 작정이냐? 멍하니 서서 뭐 하는 게야?"

"네…… 아, 아니! 그것이, 대인…… 소인이 아는 것이 없어…… 평소 대인은 식사를 어찌해 드십니까?"

"주방에 가보면 알 것이다."

구운은 나른한 허리를 곧추세우며 탁자 앞으로 옮겨 앉아 저녁밥을 기다렸다.

담천은 주방으로 쪼르르 달려갔다. 평소 내촌 제자들의 식사는 모두 외촌 주방에서 준비했으나, 제자들의 거처마다 작은 주방이 있어 따로 요리를 해 먹을 수도 있었다.

향취산은 원래 신선 수련을 하러 오는 곳이지만, 실제 신선보다 훨씬 더 유유자적한 삶을 누리는 제자들이 많았다. 이곳에서 특별히 삼가야 할 것도 없었다. 남녀 간 관계도 허락되었고, 하인들의 수발을 받으며 하루 종일 먹고 마실 수도 있었다. 수련에 게을러도 누구 하나 간섭하지 않았다. 어쨌든 산주는 아름다운 자태를 뽐내는 젊은이라면 천하 누구를 막론하고 제자로 오는 것을 막지 않았다. 그리고 그들 모두를 아끼고 사랑했다. 이런 난세에 한쪽에서는 그저 놀고 먹는 베짱이들을 키운다고 하니, 외촌 사람들이 그렇게 눈에 불을 켜고 이곳 명승을 찾아 헤매는 것도 이해가 되었다.

주방 부뚜막에 옻칠이 된 큰 상자가 놓여 있었다. 열어 보니 삼훈삼소三葷三素, 생선 또는 육고기 세 종류, 채소 세 종류의 반찬 조합와 간식으로 마시는 탕류, 유명 쌀로 지은 백반까지 모든 것이 갖춰져 있었다. 다만 이것이 어떻게 여기 있는 것인지는 알 수 없었다.

담천은 상자를 들고 와 구운의 탁자 위에 놓고 공경스러운 태도로 말했다.

"구운 대인, 이제 식사하시지요."

"앉아서 같이 먹자."

"그건 좀…… 아닌 듯하옵니다. 소인은 한낱 종에 불과한데 어찌……."

구운은 다짜고짜 담천을 잡아당겨 곁에 앉혔다. 술도 한 잔 따라 담천의 손에 쥐여주었다. 그가 유난히 온화한 미소를 지으며 말했다.

"한잔하거라. 오늘 현주에게 죽순고기 볶음을 대접받지

않은 것을 축하하는 의미로."

술잔 속 백주의 향이 짙고 강렬했다. 얼핏 냄새만 맡아도 독주인 것을 알 수 있었다. 이 사람이 무슨 꿍꿍이인지 담천은 알 길이 없었다. 자신을 취하게 만들 속셈은 아닌지 염려스러웠다. 담천이 한사코 거절하며 말했다.

"소인 감히 마시지 못하겠습니다……."

"무엇이 겁나는 것이냐?"

구운이 턱을 괴고 빙긋이 웃으며 바라보았다.

"넌 딱히 내 눈에 차지 않는대도 그러네."

더는 거절하지 못할 것 같다는 생각에 담천은 잔을 받아 단숨에 술을 들이켰다. 목이 너무 따가워 기침이 나왔다.

"화통하군!"

구운이 다시 담천의 잔을 가득 채웠다.

"한 잔 더, 이건 네가 이 대인의 종이 된 걸 축하하는 의미로! 너도 나도 얼마나 좋으냐."

담천은 눈을 들어 구운을 바라보았다. 촛불 아래 흐드러지게 핀 봄꽃처럼 그가 환하게 웃고 있었다.

'속이 엉큼하지만 않다면 좋을 것을.'

아쉽지만 절대 가까이해서는 안 될 사람이었다.

두 번째 잔은 좀 더 빨리 들이켰다. 입술에 닿자마자 배 속으로 들어가버렸다. 그런데도 담천의 낯빛은 조금도 흔들리지 않았다. 술주전자를 들고 구운의 잔을 채우면서도 손을 떨지도, 술을 흘리지도 않았다.

"구운 대인, 드시지요."

담천이 술잔을 두 손으로 받쳐 들고 극진한 예로 건넸다.

구운은 깊은 생각에 잠긴 듯 술잔을 바라보다가 다시 담천을 응시했다. 그러더니 돌연 고개를 끄덕이며 말했다.

"좋지!"

구운 역시 술을 단숨에 들이켰다.

5장

몸과 마음의 대결

부구운은 천 잔의 술을 마셔도 끄떡없는 체질이었다. 밖에 나가 벗들과 술자리를 해도 발 앞에 고꾸라지는 건 늘 다른 사람 몫이었다. 취한 사람들의 어이없는 행동을 지켜보는 것도 구운에게는 너무나 익숙한 일이었다.

마주앉은 이 여인은 벌써 서른다섯 잔을 마셨지만, 휘청거리는 거라고는 두 귀에 걸린 귀고리뿐 눈썹 한 올도 흐트러짐이 없었다. 마치 우직한 산봉우리 같았고, 흡사 밑 빠진 술독 같았다. 가져온 요리들은 아무도 손대지 않은 채 탁자 위에서 식은 지 오래였다. 두 사람은 멈추지 않고 술만 마셨다. 달이 중천에 떠오르도록 담천은 목석처럼 조금의 취기도 보이지 않았다.

구운은 감탄이 절로 나왔다. 다시 담천의 잔에 술을 따른 뒤 웃으며 말했다.

"천아, 취했느냐?"

담천은 황공한 듯 고개를 한껏 숙이며 답했다.

"아닙니다! 소인이 어찌 대인 앞에서 감히 취할 수 있겠습니까?"

발음도 정확하고 반응 또한 민첩했다. 과연 밑 빠진 독이었다.

구운이 한숨을 쉬었다.

"이 대인은 아무래도 이제 취한 것 같구나. 피곤하고 졸려. 상을 치우고 너는 침소 시중을 들도록 하여라."

그 순간 담천의 손이 심하게 떨리기 시작했다. 따르던 술의 반 이상을 흘려버렸다. 담천은 어색한 웃음을 지으며 벌떡 일어났다. 짧은 대답과 함께 급히 술주전자와 그릇을 챙겨 주방으로 갔다. 다시 돌아오니 구운이 등불 아래 몸을 기댄 채 긴 머리를 어깨 위로 풀어헤치고 있었다. 담천을 보자 혼미한 듯 아련한 눈빛을 하고서 오로지 그녀만을 응시했다.

소심한 담천의 심장이 또다시 콩닥콩닥 뛰기 시작했다. 담천은 쭈뼛쭈뼛 다가가 낮은 소리로 물었다.

"대인, 세면을 하시렵니까?"

"아니."

휘청거리며 몸을 일으킨 구운이 담천의 어깨를 팔로 둘렀다. 술내가 담천의 얼굴을 덮쳤다.

"내…… 이부자리를 펴도록 하거라. 그리고 저기 장 안에서 이불 한 채를 더 꺼내도록 하거라. 앞으로 너도 여기서 잘 것인데 이불은 있어야지."

담천은 달아날 수 없다는 사실이 한스러웠다. 가까스로 그를 침상 곁으로 부축해 잠시 의자에 앉혔다. 재빨리 이불을 정리한 다음 몸을 돌리며 말했다.

"대인, 다 되었습……."

하마터면 구운의 아래턱에 부딪힐 뻔했다. 언제 그렇게 가까이 다가왔는지 그의 코가 담천의 이마와 두 마디도 안 되는 거리에 있었다. 담천은 온몸이 경직되면서 피가 정수리까지 뻗치는 것을 느꼈다. 간신히 입을 열어 말했다.

"대, 대인…… 어, 어서 침상에 오르시어 쉬십시오……."

구운이 나직이 웃으며 담천의 어깨를 붙잡았다.

"네가 먼저 오르겠느냐?"

담천은 너무 놀라 펄쩍펄쩍 뛰다시피 하며 말했다.

"소, 소인은 마음에 오직…… 오직 두두 오라버니뿐입니다! 그, 그러니까 구운 대인이라 할지라도 절, 절대 소인의……."

"두두 오라버니는 진즉에 너를 버린 것이 아니더냐."

구운은 이내 담천의 머리끈을 풀고 손가락으로 머리카락을 가볍게 쓸어내렸다.

"두두 오라버니가 구운 대인보다 더 좋다는 것이냐?"

"두, 두두 오라버니는 세, 세상에서 가장 좋은 사람입니다!"

담천은 어떻게든 변명거리를 찾으려 애썼다.

구운은 변명 따위는 듣기 싫다는 듯 담천을 툭 건드려서 밀쳤다. 미처 몸을 가누지 못한 담천이 침상 위로 나자빠졌다. 옷깃을 꽉 붙들어맨 채, 울고 싶었지만 눈물이 나지 않았다. 강해 보여도 속은 여린 담천이었다.

"구운 대인…… 대, 대인이 소, 소인의 몸뚱어리를 가질 수 있을지는 몰라도 마음만은 절대 얻지 못할 것입니다! 제 마음은 평생…… 두두 오라버니 것이니까요!"

구운은 침상 끝에 걸터앉아 휘장을 내렸다. 손가락으로 담천의 턱을 들어올리고 개의치 않는다는 듯이 말했다.

"내가 네 마음은 가져 무엇하겠느냐? 대인이 원하는 건 그저 너란 사람일 뿐이니라."

담천은 마침내 울음을 터뜨렸다. 당장 앞으로 엎어지며 그의 팔을 끌어안고 통사정을 했다.

"그, 그럼 소인의 마음을 드리겠습니다! 몸은 달라 하지 마셔요, 네?"

구운은 가만히 담천을 응시했다. 그 눈빛이 부드러웠다. 구운이 매우 아쉬운 듯 작은 소리로 물었다.

"정말이냐? 그럼 앞으로 일편단심 내게 변치 않는 충절을 지키겠다는 것이냐? 나 외의 다른 사내는 마음에도 두지 않고?"

담천이 기를 쓰고 고개를 끄덕였다. 백번의 진심이 담긴 끄덕임이었다.

구운은 담천을 놓아주면서도 몹시 섭섭한 듯 말했다.

"나 대신 이부자리 좀 따뜻하게 데워주는 게 그리도 싫은 것이냐? 난 그저 네가 침상을 데워주길 바란 것인데. 이불에 찬 기운이 빠지면 그때 들어가려 했건만."

담천은 숨이 턱 막히는 것 같았다. 피를 토하고 싶은 심정이었다.

'부구운……!' 담천은 온몸을 부들부들 떨며 하늘을 향해 소리 없이 분을 삭였다.

"너는 이불을 가져와 여기 침상 아래서 자거라. 꺼낼 수 있는 낮은 침상이 있으니 그 위에 이불을 깔면 될 것이다."

구운은 겉옷을 벗고 침상에 눕더니 이내 잠이 들었다.

담천은 그를 매섭게 노려보다가 후회막심한 얼굴로 이불을 꺼내 와 낮은 침상에 깔았다. 등촉을 끄고 자리에 누워서도 이를 부득부득 갈며 자꾸만 몸을 뒤척였다.

그러다 품속 무언가에 몸이 배겼다. 꺼내보니 잃어버렸다가 되찾은 담황색 염낭이었다. 안에서 조심스럽게 거울을 꺼내 들었다. 창밖 달빛이 내려앉으며 방안을 설백의 색깔로 밝혀주었다. 거울 속에 한 소녀의 얼굴이 비쳤다. 실낱같은 눈썹과 가는 눈, 얇은 입술과 납작한 코, 예쁜 데라고는 찾으려야 찾을 수 없었다. 그래도 이 얼굴에 웃음이 피면 얼마나 따스해 보이는지 오로지 담천만 알고 있을 것이다. 얼굴의 본 주인은 자신의 모든 사랑과 관심을 담천에게 쏟아주었지만, 담천은 미처 갚아줄 새도 없었다.

깊이 잠들었는지 구운의 콧숨 소리가 낮게 이어졌다. 뭐라고 중얼거리는 것이 잠꼬대를 하는 듯했다. 담천은 줄곧 뒤척이며 잠을 이루지 못했다. 공허한 달빛과 하늘, 휑한 방안을 둘러보니 망연함과 무력함이 몰려왔다. 이렇게 쥐죽은듯 고요한 밤, 술기운을 빌려서야 감히 지난 기억을 떠올릴 수 있었다. 그녀를 사랑하던 사람들이 모두 곁을 떠났다. 이토록 광활한 세상에 나는 새처럼 마음은 자유로울지 모르나 실은 그저 외로운 한 여인에 불과했다.

담천은 매 순간 두려움 속에서 살았다. 무섭지만 멈출 수는 없었다.

가슴속 오래된 무언가가 솟구치며 끓어오르는 듯했다.

'술을 많이 마시긴 했나 보군.' 담천은 눈을 질끈 감았다. 거울을 염낭에 집어넣고 조심스럽게 다시 품안에 챙겼다.

그때 익숙하고 자상한 목소리가 마음속을 울렸다.

"바보같이. 계집아이가 크면 시집가는 것이 당연하지.

그렇게 떼쓴다고 될 일이니?"

그때 담천의 목소리는 앳되고 명랑했다.

"저는 아바마마와 어마마마 곁에서 계속 살고 싶어요. 시집가면 업신여김을 당할 수도 있고 저를 지켜줄 사람도 없잖아요."

"하하, 설령 네가 평생을 이 어미 곁에 있는다 해도 나도 부황도 언젠가는 늙어 저세상으로 갈 것인데, 너를 지켜줄 사람이 곁에 없는 건 마찬가지 아니겠느냐. 그때 업신여김을 당하면 어떻게 하려고?"

"그럼…… 저도 두 분을 따라갈 거예요!"

…….

담천이 몸을 돌리자 눈썹 아래로 눈물이 흘러내렸다. 얼굴과 맞닿은 이불이 눈물로 젖어들었다.

느닷없이 구운이 조그맣게 중얼거리며 담천의 몸 위로 팔을 툭 떨어뜨렸다. 손이 그녀의 어깨를 따라 조금씩 올라가더니 머리를 쓰다듬었다. 그러다 마치 집적거리기라도 하는 듯 야릇한 잠꼬대를 했다.

"음…… 청청……."

이리저리 휘젓던 그의 손이 담천의 얼굴을 쓰다듬더니 축축한 어딘가에 이르자 돌연 멈췄다.

당황한 담천은 재빨리 그의 손을 붙잡고 자신의 얼굴에 문지르며 엉엉 울었다.

"⋯⋯두두 오라버니⋯⋯! 왜 저를 떠나려는 거죠?"

그의 손이 한참 동안 뻣뻣하게 굳어 있었다. 담천의 얼굴을 강하게 그러쥐는가 싶더니 그대로 머물러 있었다. 거친 손길이었지만 왠지 눈물을 닦아주는 듯했다.

"거짓말⋯⋯."

구운은 또다시 몇 마디 잠꼬대를 하는 것 같았다. 그의 손이 가만히 담천의 얼굴에 놓였다. 손바닥의 따스한 기운이 담천의 차가운 피부를 덮어 외롭고 고독한 밤의 한기를 흩어주었다. 담천은 그제야 서서히 잠에 빠져들었다.

문득 잠에서 깬 담천은 너무 놀라 펄쩍 뛰었다. 언제 그랬는지 누군가 자신을 들어 안아 구운의 침상에 눕혀놓은 모양이었다. 이불도 두 개나 덮고 있었다. 더워서 땀이 날 지경이었으나 놀라서 기겁했더니 온몸의 땀이 식은땀으로 변해버렸다.

구운은 옷을 걸치고 창문 앞에 앉아 있었다. 손가락 끝에 좁쌀을 올려놓고 먹성 좋은 구관조에게 먹이고 있었다. 구관조는 구운에게 배운 말을 습득한 듯 좁쌀을 쪼아먹을 때마다 한마디씩 내뱉었다.

"거짓말쟁이! 바보!"

구운이 웃음을 터뜨리며 연신 칭찬을 했다.

"아이고, 똑똑하다! 참으로 똑똑해!"

담천은 웃어야 할지 울어야 할지 알 수 없었다. 손발을 움직여보니 옷은 그대로 입고 있었다. 특별히 불순한 일은 일어나지 않은 모양이었다. 그제야 마음이 놓인 담천은 이불을 젖히고 침상에서 풀쩍 뛰어내렸다. 얼굴에 조심스러운 미소를 띠고 입을 열었다.

"소인, 죽을죄를 지었습니다……. 세상에, 대인보다 늦게 일어나다니요. 칠칠맞게 어쩌다 대인의 침상까지 가로챈 것인지."

구운은 한없이 부드러운 미소를 지으며 유들유들한 목소리로 말했다.

"네가 일편단심으로 내게 충절을 지키는데, 대인인 나도 인색하게 굴 수는 없지. 어찌 그리 내외하는 말을 하는 게냐?"

그제야 담천은 간밤 구운에게 제대로 한 방 먹은 것이 생각났다. 군색하기 짝이 없었다. 얼마나 이를 갈았으면 이가 으스러지기 일보 직전이었다. 담천이 어색한 미소로 말했다.

"그럼요, 그럼요, 대인 말씀이 맞습니다……."

구운은 흐트러진 머리에 옷도 제대로 갖춰 입지 않은 채였다. 그의 단장을 돕는 것이 자신의 몫이라 생각한 담천은 주방으로 가서 물을 끓였다. 그에게 따뜻한 세안 물을 갖다 바치고 옷단장을 도왔다. 머리는 평소 편하게 묶고 다니는지라 비녀 하나만 비스듬히 꽂아주면 되었다. 빗으로 그의 머리카락을 빗고 반만 그러모아 틀어올리려던 참이었다.

"모조리 틀어올려 쪽을 찌거라. 청목관青木冠을 쓸 것이다."

담천은 멍한 표정을 지었다. 청목관은 산주의 남제자들이 공식 석상에서 쓰는 장신구였다. 여제자들은 청목액환青木額環을 이마에 둘러 장신구로 삼았다. 산주가 은금패물로 만든 장신구를 좋아하지 않아 공식적인 자리에서는 청목만 몸에 달 수 있었다. 담천은 서랍에서 청목관을 꺼내 쪽을 찐 그의 머리에 올려 조심스럽게 고정했다. 그리고 그가 검푸른색과 적갈색 예복으로 갈아입는 걸 거들었다. 그러고 나니 풍류 가득한 평소의 방탕아 느낌은 사라지고 비로소 수련하는 제자의 기품이 느껴졌다.

"일단 오늘은 나를 따라 피향전披香殿으로 가자. 산주께 향불을 피워 올릴 것이다. 산주께서 오늘 출관出關, 폐관을 끝내고 나옴을 하신다."

구운은 담천이 매준 허리띠가 마음에 들지 않아 거울을 보면서 직접 고쳐 맸다.

담천은 속으로 흠칫 놀라며 물었다.

"출관요? 산주도 폐관閉關, 일정 기간 속세와 단절하고 수행을 이어가는 수련법을 하신단 말입니까?"

"산주는 매년 겨울 석 달간 총 세 번의 폐관을 하신다. 이번에는 조금 일찍 출관하시는데, 아마 백하용왕맞이 때문이겠지."

담천은 무슨 생각에 빠졌는지 꾀죄죄한 몰골로 넋을 잃은 표정을 지었다.

"어서 챙기지 않고 뭣 하느냐! 향불을 올리는 자리는 절대 늦으면 안 된다."

담천은 잠시 머뭇거렸다.

"소…… 소인은 피향전에 가지 않는 것이……. 대인 혼자 다녀오시면 좋을 듯한데."

구운이 창문을 툭 열어젖히며 놀리듯 웃었다.

"안 가고 싶다? 그럼 네 뜻대로 하거라."

창밖에 뭔가 번뜩이며 스쳐지나갔다. 사람 형체였다. 누군가 담장 끝에 엎드린 채 저택 안을 훔쳐보고 있었다. 재빨리 숨긴 했으나 담천은 똑똑히 보았다. 현주 곁에 있던 시녀들이었다. 담천은 속으로 씁쓸한 미소를 지었다. 구운이 현주 집 앞을 지키던 석상을 으스러뜨리지 않았던가. 분풀이든 뭐든 구운과 담천을 그냥 놔둘 리가 만무했다.

"갈 거야, 말 거야?"

구운이 한 번 더 물었다.

담천은 즉시 옷매무새를 가다듬으며 만면에 웃음을 지었다.

"소인이 어찌 감히 따르지 않겠습니까? 갑니다, 가요! 반드시 가야지요!"

피향전은 향취산의 정중앙에 위치해 있었다. 널찍한 흰 돌계단이 층층이 쌓여 있고, 금색과 푸른색의 휘황찬란한 대전은 상서로운 구름과 화려한 채색으로 가득 채워져 있었다. 역시 범인들의 황궁과는 확연히 달랐다. 대전 앞, 네 개의 커다란 청동 향로에서 푸른 연기가 피어올랐다. 향이 있는 듯 없는 듯 그윽하고 은은했다. 속세에서는 천금을 주고도 살 수 없는 선계仙界의 단향목 향이었다.

대전 앞 고대에는 이미 많은 제자들이 도착해 서 있었다. 사내들은 죄다 훤칠한 체격과 헌걸찬 기운을 뽐냈고, 여인들은 하나같이 미려한 자태로 설백의 피부와 아리따운 용모를 드러냈다. 담천의 입에서 절로 감탄이 나왔다.

'이곳 산주는 정말 호강하며 사는구나.' 인간 세계의 제왕이 아무리 삼천의 아름다운 후궁을 두었더라도 이렇게 멋진 미소년들은 본 적이 없을 것이다. 아름다운 남녀가 한데 모여 있으니 눈과 마음이 실로 즐거웠다.

구운은 그 속에서도 가장 환영받는 사람이었다. 도착하자마자 시끄럽게 앵앵대는 여인들 속에 둘러싸였으니 말이다. 담천은 재잘대는 여인들에 치여 구운에게서 멀리 밀려나버렸다. 그러다 넘어질 뻔도 했으나 재빨리 벽을 짚고 중심을 잡았다.

'쳇, 바람둥이, 난봉꾼 같으니라고…….' 담천은 속으로 매섭게 한소리 했다. 여인들이 저리도 둘러싸고 재잘대는데 반질반질한 얼굴로 태연자약 담소하는 구운을 보니 이런 상황에 익숙한 모양이었다. '성격 참 희한해. 확실히 연구해볼 가치가 있어.'

"구운 오라버니, 이게 벌써 며칠 만이에요! 설마 저희가 귀찮아지신 거예요?"

어떤 여인이 간드러진 목소리로 물었다.

"구운 오라버니…… 고급스러운 간식이 있는데 글쎄 제가 직접 만드는 법을 배웠답니다. 꼭 오셔서 맛 한번 봐주셔요!"

이번에는 부드럽고 끈적끈적한 목소리였다.

여기저기서 '구운 오라버니'가 터져 나왔다. 담천은 닭살이 돋아 팔을 마구 비볐다. '최대한 멀찍이 떨어져 있는 수밖에!'

담천은 자신이 투명인간이 될 수 없음을 한탄했다.

"구운!"

청청의 목소리였다. 그림자처럼 구석에 쭈그리고 앉아 있으려던 담천은 참지 못하고 고개를 들었다. 어젯밤 구운은 잠결에 청청의 이름을 불렀고, 어루만지는 손길이 너무 따뜻해서 담천의 마음마저 동했더랬다.

청청은 능수능란하게 사람들을 뚫고 들어가 구운의 팔

짱을 끼며 꽃다운 미소를 지었다. 마음이 허해진 담천은 괜스레 손을 들어 얼굴을 매만졌다. 자신의 마음이 왜 이런지 도통 이해되지 않았다.

"〈동풍도화〉 연습은 좀 어떤가?"

구운이 콕 집어 물었다.

청청의 낯빛이 순간 어둡게 가라앉았다.

"어떻기는요. 매사에 남의 것 뺏어가기 좋아하는 공주 마마가 있잖아요. 우리 같은 초야의 백성들이 어찌 감히 양보하지 않고 버티겠어요?"

그러니까 춤을 주도하는 사람이 청청에서 현주로 바뀌었다는 말이다. 어쨌든 현주가 청청보다 춤을 잘 추는 것은 사실이었다.

"그래? 난 공주보다 네가 더 잘 춘다고 느꼈는데."

언뜻 들어도 빈말이었으나 청청은 낯빛이 환해지며 으스대듯 말했다.

"어찌 그런 말씀을 하셔요! 제가 어찌 감히 공주 마마와 함께 이름을 올린단 말입니까? 아무리 나라가 망했기로서니 예전에는 그리도 금지옥엽으로 떠받들어졌던 분인데! 체면과 위신 세우는 데 공주 마마를 당할 사람이 누가 있겠어요?"

청청의 말이 떨어지기 무섭게 뒤에서 현주가 그 말을 받았다.

"그런 농담이 어디 있어요, 청청 언니! 제가 어찌 감히 체면과 위신을 세운답니까?"

고대에 있던 제자들이 웅성거리며 양옆으로 흩어졌다. 곧이어 좌자진과 그의 팔짱을 낀 현주가 마지막 계단을 오르며 모습을 드러냈다.

담천은 재빨리 어두운 곳에 몸을 숨겼다. 빼꼼히 눈만 내밀어 눈앞의 상황을 구경했다.

청청은 말본새가 박정하고 직설적인 탓에 누구를 좋아하고 싫어하는지 얼굴에 그대로 드러났다. 누가 봐도 현주를 싫어하는 것이 분명했다. 본인도 그것을 아는지 청청은 유난히 더 깍듯한 투로 말했다.

"감히 그러지 못한다는 말은 제가 할 말이 아니겠습니까, 공주 마마?"

자진이 옆에 있어 현주는 애써 화를 누르고 말했다.

"이미 망한 나라인 것을, 청청 언니는 어찌 이 아우를 계속 공주라 칭하신단 말입니까."

"어머, 본인이 공주가 아닌 것을 알고는 있었나 보네? 그런데 어찌 아직도 그리 허세가 대단한 것인지."

청청의 공격에 결국 현주는 낯빛을 흐렸다.

"청청 언니, 대체 무엇 때문에 항상 불편한 언사로 저를 공격하시는 겁니까? 특별히 제가 언니에게 죄를 지은 것도 아니잖아요."

"공격이라니요? 난 단지 있는 그대로의 사실을 말할 뿐인데!"

두 여인 때문에 대전 앞은 차가운 조소와 신랄한 풍자로 가득했다. 부구운은 팔짱을 낀 채 한쪽에 서서 흥미진진한 얼굴로 두 여인을 구경했다. 그의 두 눈이 반짝반짝 빛나는 것을 담천은 놓치지 않았다. '역시 고약한 악취미를 가진 사람이야!'

담천은 슬금슬금 눈치를 보며 몸을 웅크리고 뒷걸음질 했다. 피향전을 빠져나가 안전하고 조용한 곳으로 숨어들 작정이었다.

"담천."

갑자기 머리 위에서 낮게 깔린 음성이 들렸다.

담천은 몸이 굳은 채 천천히 고개를 들었다. 자진의 얼굴이 시야에 들어왔다. '왜? 대체 왜 도망칠 때마다 이 인간과 마주치는 거야?'

"소, 소인, 자진 대인을 뵙습니다!"

담천이 벌떡 일어나 멍한 미소를 지었다.

지난번처럼 팔을 붙잡고 놓아주지 않을까 봐 두려웠다. 어떤 돌발행동을 보일지 몰라 담천은 한 걸음 물러났다. 하지만 자진은 곧 몸을 돌리더니 대전 뒤편 흰 돌계단 난간에 기대서며 입을 열었다.

"날씨가 참 좋구나. 바람이 아주 편안해."

그도 머리에 청목관을 쓰고 있었다. 옷과 같은 색의 긴 끈이 양쪽 귓전으로 내려와 바람이 불 때마다 춤을 추듯 움직였다. 얼굴에 평온하고 온화한 빛이 가득했다. 과거 담천도 자주 보지 못한 표정이었다. 자진은 늘 무표정이거나 눈썹을 찡그리고 있었다. 근심이 많은 얼굴이었다.

담천은 자진의 뒤에서 감히 아무 소리도 내지 못했다. 그렇다고 그냥 가버릴 수도 없어 그저 고개를 숙인 채 애꿎은 신발만 쳐다보았다.

"어제 현주가 너를 벌하려 했다는 걸 알게 되었다. 미안하구나. 미처 말릴 틈이 없었어. 구운이 너를 구해주어 다행이야."

자진은 일상적인 얘기를 하듯 부드럽고 가볍게 말했다.

"현주의 성격이 그리된 것도 나라가 망하고 집안이 망하는 바람에 충격이 컸던 탓이지, 원래는 심성이 나쁘지 않단다. 내 이미 현주에게 일러두었다. 현주도 더는 처벌치 않겠다고 약속했으니 안심해도 될 것이다."

담천은 잠자코 있다가 고개를 끄덕이며 말했다.

"미천한 소인에게 어찌 그런 말씀을. 송구스럽습니다, 대인."

자진이 고개를 살짝 돌렸다. 굳게 닫힌 그의 두 눈이 담천과 시선을 정확히 맞췄다.

"이제 네 얘기를 해보아라, 담천. 너는 나를 알고 있는 게지?"

담천이 어색하게 웃으며 말했다.

"자진 대인은 천인의 자질을 갖추신 분인데, 이 향취산에서 누가 대인을 모른답니까? 이 소인도 당연히 대인을……."

"거짓말 말고! 다 보이니까."

낮게 깔린 목소리였지만 담천은 얼어버렸다. 아무 말도 할 수 없었다. 바람 소리가 두 사람 사이를 지나갔다. 고대위의 소란도 먼 곳의 일인 듯 아득하게 느껴졌다. 오랜 시간이 흘렀는데도 담천은 아무 말도 할 수 없었다.

자진이 낮은 소리로 말했다.

"뚜렷치 않은 기억이 많아. 마음 깊은 곳에서는 분명 너를 알고 있는 것 같은데, 한사코 기억이 나질 않으니. 하지만 말하고 싶지 않다면 나도 강요치 않으마. 잊어버린 과거라면 그리 흥미로운 기억이 아닐지 모르지. 지금 이대로가 좋은 것일 수도."

잊은 것일까? 그랬다! 놀랍게도 자진은 기억이 뚜렷치 않다고 말했다! 담천은 두 눈을 씀벅거리다 이윽고 입을 열었다.

"맞는 말씀입니다. 잊어버린 과거는 확실히 흥미로운 일이 아닐 수 있겠지요. 잊을 수 있는 것도 복입니다. 다만 저는 대인을 알고 지낸 바가 없습니다. 대인께서 사람을 잘못 보신 듯합니다."

자진이 고개를 끄덕이며 옅은 미소를 지었다.

"담천, 너와 얘기하는 것이 왜인지 참으로 편하구나."

담천은 붉게 물든 얼굴로 부끄러운 듯 말했다.

"감사합니다, 대인! 사실 소인은 자진 대인을 섬길 수 있기만을 마음 깊이 바라고 있었습니다. 그게 소인의 솔직한 마음이옵니다."

자진이 웃음을 터뜨리더니 뜻밖에 우스갯소리를 했다.

"그리되면 현주가 널 정말로 얼음 기둥이 되도록 벌을 세울 터인데?"

"현주 대인이…… 대인의 정인입니까?"

담천이 떠보듯 묻자 자진은 살짝 어리둥절해하다가 대답했다.

"현주는 나의 은인이지. 줄곧 내 곁을 지키고 돌봐주었어……. 나는, 그런 현주가 좋구나."

그러더니 자진은 갑자기 눈썹을 찡그리며 냉랭한 표정으로 돌아왔다.

"너와 이야기를 나눌수록 친밀한 느낌이 드는구나. 하나 이런 이야기는 앞으로 더는 꺼내지 말자꾸나."

자진은 곧바로 몸을 돌려 자리를 떠났다. 담천은 생각에 잠긴 듯 그의 뒷모습을 바라보았다. 고대 위의 두 사람이 그새 싸움을 멈췄는지 멀리 뒤쪽에서 현주가 자진을 기다리고 있었다. 자진이 가까이 다가가자 손을 잡아 그를 부축했다. 그러고는 고개를 돌려 차갑게 담천을 노려보았다.

몸에 한기가 들 정도로 차가운 시선이었다.

담천은 절로 씁쓸한 미소가 나왔다.

'좌자진. 기억력만 나쁜 줄 알았더니 머리도 나쁜 거였어. 현주가 자진 공자 말을 듣는다면 그녀는 더 이상 현주가 아니겠지. 다행히 지금은 구운이 나서서 막아주고 있으니…… 그러고 보니 그 사람은 어디 있지?' 담천은 목을 길게 빼고 사방을 둘러보았다. 어디에도 구운의 흔적은 보이지 않았다. 그때 갑자기 누군가 정수리에 꿀밤을 놓았다. 구운의 비아냥거리는 목소리가 들렸다.

"그래서, 방금 누굴 섬기겠다고 했지? 엄청 듣기 좋은 말이던데, 어디 한번 다시 말해보아라."

맑은 미소를 띠고 돌아선 담천이 시치미를 떼고 나섰다.

"그게 무슨 말씀이세요? 소인은 구운 대인께 일편단심입니다. 이런 소인의 마음은 해와 달이 증명해……."

"그럼 두두 오라버니는?"

순간 담천은 사례가 들릴 뻔했다.

"두, 두두 오라버니는 다르지요!"

구운은 아래턱을 매만지며 탄식하듯 말했다.

"흐르는 물과 흩날리는 버들과 같은 여인이 세상에 이

리도 많을 줄이야. 앞전에는 두두 오라버니와 변치 않겠노라 맹세해놓고, 그다음에는 이 대인에게 충절을 고백하더니, 이제는 돌아서기도 전에 다른 사내에게 가서 섬기고 싶다고 하다니…….”

'자기는 뭐 그리 떳떳하다고?' 담천은 속으로 욕을 퍼부었다.

구운이 담천의 얇은 어깨를 붙잡고 진지하게 말했다.

“천아, 이 대인은 지조 있는 여인을 좋아한단다. 대인의 마음에 상처를 주었으니 오늘 너는 밥도 먹지 말고 반경 다섯 걸음 내로는 내게 접근도 하지 말거라.”

'옛말에 관리는 불을 지르고 다니면서 백성은 등불도 못 켜게 한다더니, 딱 그 꼴이잖아!' 담천은 투덜거리며 구운에게서 다섯 걸음 떨어진 위치로 가서 공손히 섰다. 때마침 동종銅鐘이 울렸다. 산주가 출관한 것이다. 제자들은 즉시 엄숙한 표정으로 대열에 맞춰 피향전 안으로 들어가기 시작했다.

담천은 외촌 하인 신분이라 들어갈 수 없었다. 밖에서 홀로 기다리는 수밖에 없었다. 모든 제자가 피향전 안으로 들어가자 대전 문이 요란한 소리를 내며 닫혔다. 안에서 맑고 청량한 종소리가 세 번 울리더니 더 이상 아무 소리도 나지 않았다.

담천은 품속에서 흰색 종이 뭉치를 꺼내 작게 한 장을 찢어냈다. 손가락 끝을 깨물어 종이 위에 핏방울을 떨어뜨렸다. 흰 종이가 순식간에 먼지 가득한 곤충으로 둔갑했다. 등 전체에 바늘구멍만 한 눈들이 나 있어 사방을 구석구석 살필 수 있었다. 지키는 자가 없다는 걸 확인한 담천은 곤충에게 숨을 불어주고 속으로 말했다.

'들어가서 살펴보거라!'

자그마한 곤충이 바람을 타고 가볍게 날아가 굳게 닫힌 문틈을 겨우 비집고 들어갔다. 담천은 검지 끝을 이마에 대고는 의식을 분리해 곤충과 함께 안으로 들어가려 했다. 그때 계단 쪽에서 발소리가 들렸다. 담천은 즉시 손을 내리고 뒤돌아보았다.

현주의 시녀들이 차갑게 웃으며 다가와 금세 담천을 에워쌌다.

담천이 웃으며 물었다.

"소인을 찾아오신 겁니까? 무슨 볼일이라도?"

시녀들은 아무 대꾸도 없이 담천을 계단 아래로 밀어붙이더니 곧장 현주의 거처로 끌고 갔다.

담천은 끌려가는 중에 이런저런 대책을 강구해보았지만 딱히 좋은 방법이 생각나지 않았다. 전후 상황을 곰곰이 따져본 담천은 불시에 입을 열어 물었다.

"저 아무래도 소인이⋯⋯."

말을 끝내기도 전에 시녀들이 차갑게 소리쳤다.

"이것이 또 어디서 교활한 수를 쓰려고! 어서 꿇어앉히자!"

시녀 네 명이 담천을 에워싸며 그녀를 바닥에 꿇렸다. 담천이 소리치려던 그때 시녀들이 천으로 그녀의 입을 틀어막았다. 손발도 묶기 시작했다. 담천은 흠칫 놀랐지만 아무 저항도 하지 못했다. 여기서 몸부림쳐봐야 아무 소용 없다는 걸 알았다.

시녀들이 담천을 들어올려 주방에 내던졌다. 시녀 하나가 문밖을 지켰고, 나머지 세 명은 안에서 빗장을 걸었다. 그중 하나가 차갑게 웃으며 말했다.

"참 간도 크셔! 감히 현주 대인을 노엽게 하다니. 산주와 제자들 사이에 불화를 조장하고, 겁도 없이 알랑거리며 갖은 교태로 자진 대인까지 꼬여내? 이 정도 죄목이면 밖에서는 목숨 수십 개는 내놓아야 할 것이야. 그나마 여기가 선산이니까 차마 공주께서도 네 목을 취하지 않으신 게지. 우리한테 처벌을 맡기시더라고. 종의 신분이 무엇인지 제대로 알려주라고 말이야."

담천은 시종일관 침묵하며 얌전히 있었다. 너무 놀라 온몸에 힘이 풀린 것처럼 보였다.

시녀 셋이 서로 눈짓을 주고받더니 한 명이 소매춤에서

시커먼 대나무 형구刑具를 꺼냈다. 총 다섯 개의 굵은 대나무 작대기 위로 삼노끈이 구멍을 통과하면서 각각의 대나무를 엮고 있었다. 담천의 왼손에 형구를 끼우며 시녀가 말했다.

"찰지拶指, 손가락을 조여서 고통을 주는, 나무토막으로 된 고문 도구로 여덟 손가락을 부러뜨리고 산에서 쫓아내……. 이것이 현주 대인의 분부셔. 그러니 우릴 원망하진 마. 원망하고 싶으면 네 팔자가 찰지 팔자인 것을 원망하렴!"

시녀 두 명이 삼노끈을 붙잡아 양옆에서 사정없이 당기기 시작했다. 담천의 등골에 식은땀이 흘러내렸다.

피향전에서는 제자들이 차례대로 긴 향을 취해 유리 촉대로부터 불을 붙인 뒤 휘장 안 산주를 향해 엄숙하게 절을 했다. 산주는 한 달 일찍 출관하여 기력이 좋지 않은지, 스스럼없이 모습을 드러내던 평소와는 사뭇 달랐다.

굳게 닫힌 휘장 안에서 노쇠한 음성이 들려왔다. 공허하고 허약한 느낌이 들었다.

"그간 폐관으로 본좌本座가 부재한 중에도 규율을 엄수하며 이곳 향취산 정토淨土를 지키느라 제자들이 수고가 많았다. 다음 달 백하용왕의 방문이 있으니 위신을 잃지 않도록 당연히 잘 준비해야 할 것이다……. 백하용왕은 과시하는 것을 매우 좋아한다. 본좌가 그를 만난 지 벌써

50년의 세월이 흘렀는데, 이번에는 분명 본좌에게 자신의 부를 과시하려 들 것이다. 구운, 보물 창고는 항상 네가 기록하고 관리했으니 믿을 만한 사람 몇을 택해 정교한 보물들을 선별하도록 하거라. 다음 달 초삼일에 동쪽 끝 진란궁眞蘭宮과 만보각萬寶閣에 진열하도록 할 것이다."

구운이 바닥에 머리를 조아리며 답했다.

"말씀 받들겠나이다."

"현주는 어디 있느냐?"

산주가 돌연 현주를 찾았다. 현주는 대전 구석에 홀로 서 있었다. 그녀는 공주라는 신분 때문에 산에 들어와서도 여러 특권을 누리고 있었다. 산주와는 스승과 제자의 관계라지만 그를 만나도 절할 필요가 없었다. 이름이 불리자 현주는 즉시 몸을 굽혔다.

"제자, 여기 있사옵니다. 분부하실 일이라도 있으십니까, 스승님."

산주의 피곤한 음성에 약간의 불만이 섞여 있었다.

"본좌가 비록 여러 날을 폐관하고 있었으나, 그렇다고 산중의 일을 듣지 못하는 것은 아니다. 대연국의 멸망으로 수많은 백성이 함께 슬퍼하였기로, 본좌도 현주를 존중하는 마음에 입산을 허했다. 부디 슬픔과 애통을 거두고 이곳에서 심신을 다스리길 바랐다. 금지옥엽으로 자란 그대가 밖에서 정처 없이 배회하며 다니지 않기를 바라는 마음이었다. 본좌의 그 뜻을 현주는 이해하느냐?"

현주가 슬쩍 낯빛을 구기더니 가는 목소리로 답했다.

"……잘 알고 있습니다."

"우리 산에 들어온 지도 벌써 수년이 흘렀다. 과거 공주의 존위는 더 이상 생각지 말거라. 오늘부터는 다른 제자들처럼 수련에 집중하고 사람을 대함에 있어서도 관용을 베풀도록 하여라. 아침 대전 앞에서 한바탕 다툼이 있었는데, 그 일은 본좌도 더는 추궁치 않겠다. 또 하나, 듣기로 아직도 곁에 시녀를 두고 섬기게 하고 있다지? 심지어 시녀들이 외촌 하인들을 업신여기며 오만하게 군다던데. 현주는 이 길로 돌아가 그들을 내보내거라. 수련하는 자는 너그럽고 자유로우며, 마음에 굴레가 없는 동시에 사람의 우열을 판단하려는 편견은 버림이 마땅하다. 본좌는 과거 현주를 지나친 방종으로 흘러가게 둔 것이 늘 후회가 되는구나. 현주를 이 향취산으로 데려온 것까지 후회하게 만들지는 말아다오."

현주는 이를 악물고 짧게 대답했다. 새파랗게 질린 낯빛으로 매섭게 구운을 노려보았다. 구운은 자신과 상관없는 일이라는 듯 싱긋이 웃으며 청청 쪽으로 고개를 돌려버렸다.

산주는 몇 가지 더 분부할 것들을 일러주었고, 마음이 통한 남녀 몇 쌍의 혼례를 허락해주었다. 향취산에 들어

온 제자들 중 혹 마음 맞는 짝이 생기면 산주 앞에 혼인 허락을 구할 수 있었다. 혼인 후에는 그곳에서 함께 살 수 있으며, 아이 낳는 것을 제외한 나머지 모든 생활은 속세와 다를 바 없었다.

"속이 다 시원하네! 저 얼굴 좀 봐요!"

청청이 현주를 보며 몰래 히죽히죽 웃었다.

구운은 그저 옅은 미소로 나지막이 물었다.

"물에 빠진 개를 또 때리는 건 내 취향이 아닌데, 청청은 그런 취미도 있나 봐?"

"흥, 내 속이 시원케 된다는데, 물에 빠진 개든 멀쩡한 개든 나랑 무슨 상관이라고!"

구운은 무료한 마음에 고개를 돌려 대문 쪽을 바라보았다. 담천만 홀로 밖에 서 있을 터였다. 성미가 고약해서 이곳저곳 싸돌아다니고 있을지도 몰랐다. 그저 바라기는, 가면 안 되는 곳에는 가지 말았으면 했다.

무릎 아래 방석을 보니 뭔가 꿈틀거리는 것이 보였다. 언뜻 보니 먼지투성이의 작은 곤충이었다. 가느다란 다리로 힘겹게 그의 옷을 붙들고 있었다. 위로 기어 오르려는 듯했으나, 구운이 가볍게 입김을 불자 곤충이 바닥으로 굴러떨어졌다. 그리고 이내 얇은 백지로 변했다.

백지통령술白紙通靈術이었다. 보기 드문 술법이었다. 구운은 흠칫 놀랐으나 표정 하나 바꾸지 않고 태연하게 종이를 집어 들었다. 종잇조각은 그의 손에서 금세 재로 변해 버렸다. 술법을 쓴 이가 굉장한 고수인 듯했다. 영수靈獸, 상서로운 동물를 다시 백지로 돌려놓은 것도 대단했지만, 스스로 재로 변하게 만들어 아무 단서도 남기지 않았다는 것이 놀라웠다.

손을 펼쳐보았으나 재 가루만 얇게 깔려 있었다. 좀 더 시간이 흐르자 남아 있던 재마저 흔적 없이 사라졌다.

구운은 생각에 잠겼다가 대문 밖 먼 곳으로 시선을 옮겼다.

6장

대인께 소녀를 바치겠습니다

극심한 고통에 잠시 혼절했던 담천은 차가운 물이 끼얹어지자 다시금 정신을 차렸다. 벌써 몇 번째인지 모른다. 혼절했다가 강제로 깨어나기를 수차례 반복했다. 몸이 얼음장처럼 차가웠고 여기저기 쿡쿡 쑤시고 저렸다. 시큰거리는 눈을 깜빡여보았다. 핏빛 사이로 눈앞의 사물이 온통 흔들거리고 부예 보였다.

시녀들이 속닥거렸다.

"설마 죽는 건 아니겠지? 이 상태로 내놓으면 사흘도 못 가서 죽을 것 같은데……."

"뭐가 무서워서? 죽어도 밖에서 죽으면 되잖아. 산 밖에서 죽으면 아무도 관여 못 할걸?"

"의외로 독한 년이야, 소리 한 번을 안 지르니. 보통내기가 아니야."

줄곧 문밖을 지키고 있던 시녀가 문을 두드렸다.

"향불이 거의 끝날 것 같아! 시간이 얼마 없어! 누가 보기 전에 얼른 산 아래로 내다 버려야 해!"

담천은 몽롱한 가운데 시녀들이 자신을 마구잡이로 들어 밖으로 옮기는 것을 느꼈다. 햇살에 눈이 부셔 저절로 눈이 가늘어졌다. 정신이 조금 드는 듯했다. 손가락에서 뼈를 깎는 듯한 통증이 느껴졌다. 또다시 식은땀이 흘러내렸다. 끔찍한 통증에 온몸의 근육이 벌벌 떨렸다.

또다시 정신을 잃을 것만 같았다. 죽었다 살았다를 반복하는 중에도 고통은 끊이지 않으니 몇 번이고 능지처참을 당하는 것 같았다. 마침내 담천의 목에서 흐느낌 비슷한 신음이 새어 나왔다.

시녀들은 조심스럽게 담천을 들고 대문을 나섰다. 주위를 둘러보았으나 제자들은 아직 향불 자리에 있는 듯했다. 인부로 온 하인들도 평소 현주 저택에 접근할 일이 없었다. 사람들이 없는 틈에 외촌 서쪽 끝자락의 낙영落英 절벽까지 뛰어갈 계획이었다.

당시 산주가 바로 그 낙영 절벽에서 신선으로 변했는데, 절벽이라 해도 그리 높지 않고 심하게 가파르지도 않았다. 힘없는 여인과 아이가 떨어져도 목숨을 잃을 리는 없었다. 아마도 비탈면을 따라 산허리까지 계속 굴러갈

가능성이 컸고, 마음씨 좋은 누군가에게 구조될 수도 있었다. 물론 이건 오롯이 담천의 운에 달린 일이었다.

어쩌면 오늘 운이 가장 나쁜 사람은 현주일지도 모른다. 시녀들이 문을 나선 지 얼마 되지 않아 앞에서 걸어오는 두 사람과 마주쳤다. 좌자진과 현주였다. 공교롭게도 이날 향불을 일찍 마친 것이었다. 길 어귀에서 이렇게 마주칠 거라고는 생각도 못 했다.

"현…… 현주 대인! 자진 대인!"

시녀들은 어쩔 줄 몰라 급히 무릎을 꿇고 머리를 조아렸다. 어떤 변명도 생각나지 않았다.

현주의 얼굴이 그토록 일그러진 적은 없었다. 좌자진이 옆에 있었다. 현주는 차마 고개를 돌려 그를 보지 못했다. 그녀의 손이 두르고 있던 그의 팔이 서서히 뻣뻣해졌다. 이윽고 그가 팔을 빼며 현주의 손을 뿌리쳤다.

"그저 부리는 종일 뿐이잖아요!"

현주가 내뱉었다.

자진은 말없이 허리를 굽혀 담천의 입을 막은 천을 풀어냈다. 담천의 부푼 입술이 온통 피범벅이었다. 자진은 손끝으로 담천의 입술을 닦아주고 그녀를 덥석 안아 들었다.

현주가 뒤에서 큰 소리로 좌자진을 불렀다. 그는 아무 소리도 들리지 않는다는 듯, 마치 영원히 현주를 떠날 것처럼 한 걸음 한 걸음 나아갔다. 현주는 예상치 못한 상황에 극도의 공포를 느꼈다. 그녀는 여태껏 내내 그런 공포 속에서 살았다. 꼭 껴안아도, 가까이 다가가도 좌자진은 결코 자신의 것이 될 수 없을 것 같았다. 언젠가는 4년 전 그날처럼 자신을 떠나버릴 것만 같았다. 아무리 울며 소리쳐도 돌아오는 건 차가운 뒷모습뿐이던 그때처럼.

현주는 그 뒷모습이 죽도록 미웠다. 죽음보다, 치욕보다 더 깊고 지독하게 미웠다.

현주는 돌연 날카롭게 소리쳤다.

"좌자진! 더 이상 날 벼랑 끝으로 몰아붙이지 마! 잊었어? 당신을 구한 사람은 나야! 지금까지 내가 당신을 보살폈어! 줄곧 당신 곁을 지켰던 사람은 나란 말이야!"

마침내 좌자진이 걸음을 멈췄다. 돌아보지는 않았다. 그의 음성이 낮게 들려왔다.

"네 스스로 잘 생각해봐."

담천은 꿈과 죽음의 경계를 끊임없이 넘나들었다. 귓가에 좌자진의 음성이 들렸다. 어느 순간 눈을 떴으나 눈앞이 온통 핏빛으로 흐릿했다. 아무리 애써도 눈앞의 얼굴이 또렷이 보이지 않았다.

하지만 그 얼굴, 실은 너무나 또렷한 얼굴임을 담천도 알고 있었다. 저녁노을 속에서 미소 짓던 얼굴, 너그러운 표정으로 자신의 모든 투정을 받아주던……. 그리고 낯설고 냉담한 표정으로 그녀를 향해 차갑게 말하던 그 얼굴…….

"낭자는 뉘신지요?"

담천이 갑자기 무슨 힘이 솟았는지 악을 쓰며 좌자진의 옷자락을 물었다. 극심한 통증이 밀려왔지만 두 눈을 부릅뜬 채 굳게 닫힌 그의 눈을 노려보았다. 그리고 한 자 한 자 천천히, 애매한 말을 쏟아냈다.

"……좌자진, 눈이 무엇 때문에 멀게 됐는지 정말 다 잊은 거야? 제발…… 내가 또다시 당신을 경멸하게 만들지는 마!"

순간 좌자진은 온몸이 굳어버렸다. 한참이 지나서야 입을 떼고 떨리는 목소리로 물었다.

"지…… 지금 뭐라고 말한 거지?"

조금 후련해졌는지, 멀리 현주 쪽을 흘끗하는 담천의 미간에 보일 듯 말 듯 쾌감이 묻어났다. 하지만 이내 다시 정신을 잃었다.

좌자진은 한참을 멍하니 서 있었다. 속에서 연달아 천둥이 내리치는 것 같았다. 희미한 과거는 여전히 두꺼운 안개로 뒤덮여 있었고, 뚫고 나오게 하려 안간힘을 써봐도 뚜렷이 보이는 건 아무것도 없었다.

발이 묶여버린 듯 한참 동안 서 있던 좌자진이 이윽고 앞으로 걸음을 옮겼다. 현주의 날카로운 음성이 들려왔다.

"좌자진! 돌아서! 날 보라고! 거기서 한 걸음만 더 가면 내가 반드시 그 계집종을 죽여버릴 거야!"

좌자진이 휙 돌아서며 차갑게 소리쳤다.

"너 미쳤구나!"

그의 말이 떨어지자마자 뒤에서 누군가 담담한 어조로 말했다.

"두 사람은 마저 싸우고 이 여인은 일단 내게 돌려주시지."

그 순간 좌자진은 팔이 가벼워진 걸 느꼈다. 그의 팔에 있던 담천을 누군가 빼앗아 든 것이었다. 좌자진은 어리둥절한 채 이내 담천을 찾아 팔을 뻗었다. 그러나 부구운이 담천을 안고 진즉에 달아난 뒤였다. 좌자진은 긴 한숨을 내쉰 뒤 터덜터덜 그곳을 떠났다.

현주가 뒤에서 또다시 무어라 소리를 질렀다. 우는 소리도 어렴풋이 들리는 듯했다. 좌자진은 몹시 괴로웠으나 끝내 돌아서지 않았다. 현주의 광적인 행동이 놀라운 한편 익숙한 느낌도 들었다. 그녀가 이런 극단적인 행동을 하리란 걸 예상했던 것처럼.

'대체 난 무엇을 잊고 있는 것일까?'

부구운은 담천을 품에 안고 집으로 향했다. 길을 걷던 제자들이 구운을 보고 인사를 건네려다가 품에 안긴 여인의 몰골을 보고 지레 물러나버렸다. 마치 구운에게 은 자 몇만 냥을 빌려간 빚쟁이들처럼 슬슬 피해 달아나기 바빴다.

담천은 엄지를 제외한 나머지 여덟 손가락의 뼈가 모두 으스러졌고, 혼절한 상태에서 줄곧 깨어나지 않았다. 만약 이런 상태로 산 밖에 버려졌다면 치료한다 해도 평생 불구가 되었을 것이다. 구운은 담천을 침상에 내려놓고 가만히 바라보았다. 상처를 확인하고 싶었지만 그녀를 더 괴롭히게 될까 봐 저어되었다. 한참을 고민하고 나서야 최대한 가볍고 부드럽게 담천의 손목을 들어 손가락을 살펴보았다.

저택 담벼락 위로 사람 그림자가 언뜻 스쳐지나가는 것 같았다. 누군가 몰래 훔쳐보고 있는 게 분명했다. 화가 난 부구운이 긴 소매를 휘두르자 여러 갈래의 섬광이 쏜살같이 날아갔다. 구운이 성난 목소리로 외쳤다.

"슬금슬금 고개만 내밀고 뭘 하는 것이야!"

멀쩡했던 담벼락이 반 이상 무너져 내렸다. 몰래 훔쳐보던 자도 함께 바닥으로 떨어지며 비명을 내질렀다. 취아였다.

몸을 일으킨 취아는 급히 바닥에 머리를 조아리고 말했다.

"구운 대인, 소인을 용서하십시오! 소인, 다른 의도로 훔쳐본 것이 아니오라 그저 천이 언니가 걱정이 되어⋯⋯."

구운은 말없이 취아를 일으켜 대뜸 방안으로 밀어넣었다.

"일단 담천부터 돌봐주거라. 옷을 갈아입히되 절대 상처는 건들지 말고."

취아는 담천이 밤새 돌아오지 않자 구운이 데려간 거라 생각하고 딱히 걱정하지는 않았더랬다. 한데 조금 전 누군가 말하기로, 현주가 크게 분노해 시녀 넷을 쫓아냈고, 화가 난 시녀들은 현주가 담천을 고문하라 시킨 사실을 마구 떠벌리고 다녔다는 것이다. 취아는 너무 걱정됐지만 감히 자진을 찾아가 물어보지는 못하고, 슬그머니 구운을 찾아와본 것이었다. 여기서 진짜 맞닥뜨릴 거라고는 생각도 못 하고 말이다.

취아는 죽은 듯 누워 있는 담천을 보고 울음을 터뜨렸다. 어떤 상태인지 물으려 구운을 찾았으나 그는 보이지 않았다.

취아는 겁먹은 얼굴로 담천의 코밑에 손을 대보았다. 아직 숨이 붙어 있었다. 취아는 그제야 마음을 놓았다. 담천이 워낙 급하게 구운의 집에 옮겨온 탓에 챙겨온 물건이 하나도 없었다. 취아는 빨려고 내놓은 옷들 중에 구운이 입었던 듯한 흰색 적삼을 가져와 흠뻑 젖은 담천의 옷을 갈아입혔다. 축축한 머리도 닦아주었다. 그것 말고는 무얼 더 해줘야 할지 몰라 침상 끝에 걸터앉은 채 눈물만 흘렸다.

담천의 창백한 안색이 서서히 붉게 물들었다. 몸속 뜨거운 불길이 맹렬하게 타오르는 것 같았다. 담천은 짧은 신음소리를 내며 별안간 눈을 떴다. 천장 들보가 희미하게 시야에 들어왔다. 취아는 담천의 표정이 어딘가 이상했지만 기쁜 마음이 더 앞섰다.

"천이 언니, 괜찮은 거예요?"

담천은 표정 없이 고개를 돌려 한참 동안 취아를 바라보았다. 그러다 문득 미소 지으며 말했다.

"……아만, 난 괜찮아. 놀라지 않아도 돼."

"천이 언니?"

취아는 담천이 머리를 다친 게 아닐까 생각하며 다시 한 번 그녀를 불러보았다.

담천이 또다시 부드러운 목소리로 말했다.

"난 정말 괜찮다니까. 그저 목이 마를 뿐이야. 차 좀 따라줄래, 아만?"

취아는 황급히 따뜻한 찻물을 따라 담천의 입에 대주었다. 담천은 웃는 얼굴로 오랫동안 취아를 바라보다가 다시 입을 열었다.

"아만, 아만이 살아 있었다니 정말 다행이야."

취아는 아무 대꾸도 하지 못했다. 물 반잔을 더 따라주고는 머리카락을 정돈해준 뒤 목이 편하도록 베개를 잘 받쳐주었다. 담천이 계속해서 자신을 바라보며 마음을 나누듯 환히 웃고 있으니 취아도 시선을 피할 수가 없었다.

"이제 마음 놓아도 돼요. 현주 대인이 그 나쁜 시녀들을 다 쫓아냈대요! 오늘 들었는데, 산주께서도 현주 대인을 한바탕 질책하셨대요. 앞으로 이런 어이없는 일을 다시 벌이지는 못할 거예요. 언니는 기운 차리는 데만 신경 쓰면 돼요. 구운 대인이 언니를 지켜주실 테니!"

담천은 천천히 눈을 감으며 작게 웅얼거렸다.

"아만, 나 너무 피곤해. 좀 더 자고 싶어. 그런데 손이 너무 아파. 네가 좀 주물러주겠어?"

취아가 울먹이며 대답했다.

"언니…… 주무르면 더 아파요. 잠들지 마요! 구운 대인이 금방 오실 거예요!"

취아의 말이 떨어지자마자 밖에서 구운의 목소리가 들렸다.

"깨어난 것이냐?"

취아는 구원자가 오기라도 한 듯 재빨리 그에게 달려갔다.

"대인! 언니가……"

취아가 말을 다 끝맺기도 전에 구운은 이미 방으로 들어가고 없었다. 구운은 담천이 다시 혼절한 것을 보며 그녀의 얼굴을 어루만졌다. 몹시 뜨거웠다. 그는 들고 있던 종이 봉지 여러 개를 취아에게 던져주었다.

"주방에 가서 종류별로 5전錢, 중량 단위로 고대에는 1전이 약 3.73그램 이었다씩 넣고 달여라."

취아는 바람처럼 주방으로 뛰어들었다. 구운은 손을 깨끗이 씻은 뒤 침상에 걸터앉았다. 다시 한 번 담천의 상처를 살피더니 품안에서 납작한 옥함을 꺼냈다. 열자마자 코를 찌르는 냄새가 뿜어져 나왔다. 안에는 선홍빛 연고가 가득 담겨 있었다.

구운은 자신의 손바닥에 연고를 펴 바른 다음 기형이 된 담천의 손가락을 꽉 움켜쥐었다.

통증이 얼마나 심할지 가히 상상이 되었다. 담천은 혼절한 상태에서 오히려 통증 때문에 정신이 들었다. 갑자기 벌떡 몸을 일으켰지만 금세 다시 쓰러지고 말았다.

"조금만 참자."

구운은 그 말만 하고서 재차 연고를 손에 펴 바른 뒤 담천의 부러진 손가락을 계속해서 주물렀다.

담천은 극심한 통증에 식은땀이 비 오듯 했으나, 정신은 어느 때보다도 맑게 깬 듯했다. 그녀가 두 눈을 번쩍 뜨고 구운을 바라보았다. 그리고 한참 후에야 떨리는 목소리로 말했다.

"구운 대인…… 소인…… 소인의 손가락은 이미 다 망

가졌는데, 또 망가뜨려 무얼 하시려고요?"

"음, 대인 눈에 영 거슬려서 말이야. 이렇게 괴롭혀주어야 속이 좀 편할 것 같거든."

구운은 담천에게 차가운 미소를 던졌지만, 그녀의 입술이 퍼렇게 질린 것을 보고는 손에 힘을 빼며 한결 부드럽게 주물렀다.

"아프면 비명을 지르거라. 대체 뭐가 무서운 건지!"

꾸역꾸역 참아내는 담천을 보며 구운이 미간을 찌푸렸다.

담천이 억지 미소를 지으며 입을 열었다.

"대, 대인께서 저더러 참으라고……."

구운이 기가 막힌 듯 담천을 흘겨보았다.

"언제부터 내 말을 그리 잘 들었다고! 어찌 이럴 때만 말을 잘 듣는 거냐."

"아악……!"

담천이 마침내 비명을 질렀다. 구운이 마구 비벼대는 통에 손가락뼈가 산산조각이 나는 듯했다. 그런데 이런 상황에서 정신은 왜 이리도 말똥말똥한 것인지 담천 자신도 알 수 없었다.

"아! 윽! 오……! 아우……! 으악……."

비명을 질러대느라 목이 다 쉴 지경이었다.

구운이 격려하듯 담천에게 웃어 보였다. 연고가 가득

묻은 손으로 담천의 이마를 문질렀다.

"그렇지! 그게 바로 비명이란 것이야! 아주 듣기 좋아."

그날 오후 구운의 저택 근처로는 가까이 오는 사람이 아무도 없었다. 그 짧은 시간에 소문이 날개 돋친 듯 퍼진 것이다. 구운이 집에 들인 하인을 능지처참했다는 유언비어가 수백 개의 판본으로 퍼졌고, 고요하고 평화롭던 선산에 잠시나마 피비린내 나는 공포감이 조성되었다.

숨만 겨우 붙어 있던 담천은 약을 먹자 깊이 잠들었다.

취아는 차마 발이 떨어지지 않았다. 구운은 침상 끝에 기댄 채 책을 보면서 담천의 마른 입술에 수시로 찻물을 적셔주었다.

달이 중천에 뜨자 방안은 등불이 필요 없을 정도로 밝았다. 구운은 불을 꺼뜨린 뒤 환한 달빛 아래서 계속해서 책을 읽었다. 그는 진귀한 선약仙藥으로 담천의 부러진 손가락을 치료했고, 숨은 비약秘藥을 구해와 달여 먹였다. 예상대로라면 이틀이 되지 않아 부러진 손가락뼈가 완전히 회복될 것이다. 빠른 치료법인 만큼 부작용이 있었는데, 이날 하룻밤만은 손가락이 부러지던 순간보다 더한 고통을 겪어야 한다는 것이다.

달빛이 창살을 따라 서서히 미끄러지더니 점차 담천의 창백한 얼굴 위에까지 드리웠다. 자는 모습이 너무나 사랑스러웠다. 칭칭 동여맨 두 손을 가슴 앞에 한껏 오므린

모습이 혹 누가 자신을 괴롭히진 않을까 겁을 내는 듯했다. 무슨 꿈을 꾸는지 미간이 구겨졌다 펴졌다를 반복하더니, 결국 더는 참을 수 없는 고통에 이른 듯했다.

때가 되었다. 구운은 책을 내려놓고 조심스럽게 담천의 손목을 붙잡았다. 잘 붙어가던 손가락뼈가 몸부림으로 다시 어그러지는 것을 막기 위함이었다.

하지만 담천은 시종일관 단 한 번도 움직이지 않았다. 그저 속눈썹만 바들바들 떨다가 갑자기 눈물을 왈칵 쏟아냈다. 구운은 그렇게 많은 눈물을 흘리는 사람을 본 적이 없었다. 베개가 단숨에 흠뻑 젖어버렸다. 무어라 말이라도 할 줄 알았지만, 담천은 아무 말이 없었다. 더욱이 깨지 않고 하염없이 눈물만 흘리는 것이, 영원히 울어도 다 울지 못할 것 같았다.

그는 잠시 망설이다 조심스럽게 한 손을 들어 담천의 뜨거운 볼을 어루만졌다. 엄지손가락으로 눈물방울을 닦아주던 구운은 뜨거워 델까 겁이라도 난 듯 황급히 다시 손을 거두었다. 그러고는 소맷자락으로 담천의 얼굴을 계속해서 닦아주었다. 한참을 분주하게 닦고 나니 어느새 눈물이 그쳐 있었다.

담천이 잠꼬대처럼 웅얼거렸다.

"아만? 아만 거기 있는 거야?"

그 물음에 구운은 말끝을 흐리며 대충 대답해줬고, 담천은 더 이상 말이 없었다. 아프다 소리치지도 않았다. 억울하다 호소하는 소리는 더더욱 없었다. 상상이나 했겠는가. 툭 건들면 넘어갈 듯 여리디여린 이 여인이 돌덩이보다 더 단단한 의지를 품고 있을 줄이야! 건장한 사내도 감당 못할 고통을 담천은 견뎌내고 있었다.

구운은 머리맡에 엎드려 그녀의 얼굴을 바라보았다. 달빛 아래 드문드문 보이는 그녀의 속눈썹을 하나하나 세며 넋 놓고 바라보았다.

혼미한 가운데 담천이 눈을 떴을 때는 이미 날이 밝아 있었다. 눈을 찌르는 햇살 아래서 그녀가 신음소리를 내며 몸을 돌리려 했다. 그 순간 누군가와 몸이 부딪혀 화들짝 놀랐다. 옆자리에 다른 사람이 누워 있다는 걸 그제야 깨달았다. 그것도 그녀의 등 뒤에서 팔을 뻗어 그녀를 안고 있는 게 아닌가.

담천은 황급히 몸을 일으키려 했다. 그 순간 옆사람의 손이 그녀의 손목을 붙잡았고, 구운의 지친 목소리가 들려왔다.

"손가락뼈가 아직 다 낫지 않았다. 부딪히면 안 될 것이야."

담천은 순간 피가 솟구치면서 떠듬떠듬 말했다.

"구, 구운 대인! 소인이 어찌…… 대인은 또 어찌……."

구운은 늘어지게 하품을 하더니 담천을 놓아주며 일어
났다.

"이제 깼으니 알아서 주의토록 하거라. 함부로 움직여
서 어디 부딪히지만 않으면 내일이면 손이 온전해질 것이
다."

담천은 반신반의하며 구운을 바라보았다. 그는 담천을
훌쩍 넘어서 침상에서 내려와 신을 신었다. 옷이 쭈글쭈
글하고 머리카락은 죄다 헝클어진 채 꾀죄죄한 몰골을 하
고 있었다. 평소 깔끔하고 말쑥하던 모습과는 거리가 멀
었다.

"차를 좀 마시겠느냐?"

구운이 찻주전자를 들고 물었다. 담천은 몽롱한 표정
으로 고개를 끄덕였고, 자신의 입가에 찻잔을 가져다주는
그를 마냥 지켜보았다.

"앗! 아니요, 아니요."

담천은 갑자기 정신이 들었는지 연신 손을 저으며 말했
다.

"일개 하인인 제가 어찌 대인께 받아먹겠습니까. 소인
이 직접…… 직접 하겠습니다!"

구운은 아무 대꾸도 없이 그녀의 뒤통수를 받쳐 조심스
럽게 차를 마시게 했다. 그제야 비아냥대듯 한마디 내뱉
었다.

"사양을 해야 할 때는 안 하더니!"

구운은 눈 밑이 시커멀 정도로 피로에 지친 얼굴이었다. 그런데도 아무렇지 않은 척 농담을 던지는 모습에 담천은 더 이상 사양의 말을 할 수 없었다. 갑자기 눈시울이 뜨거워진 담천은 슬쩍 고개를 돌려 모기도 듣지 못할 정도로 낮은 소리로 고마움을 표했다.

"뭐라 한 것이냐? 크게 말해보아라!"

구운은 밤새 한숨도 못 잤다. 동틀 무렵 담천이 더 이상 고통스러워하지 않는 걸 확인하고서야 겨우 잠이 들었더랬다. 한데 얼마 지나지도 않아 담천 때문에 깨버렸으니 기분이 그다지 좋지는 않았다.

담천이 얼굴을 발그레 붉히며 두세 번 기침 소리를 냈다.

"그러니까 제가 뭐라고 말씀드렸느냐면…… 구운 대인의 크신 은덕에 보답하기 위한 거라면 이 몸 기꺼이 바치겠다고……."

구운이 고개를 갸우뚱하며 담천을 머리부터 발끝까지 훑어보더니 갑자기 코웃음을 쳤다.

"늦었어. 네가 바치고 싶어도 이 대인이 원치 않아. 정신이 들었으면 내 침상에서 그만 좀 비키시지? 나도 잠 좀 자야겠으니."

담천의 손은 이튿날 완벽하게 나았다. 동여맨 면포를

풀고 손을 깨끗이 씻고 나니 손이 전보다 더 편해진 것 같았다. 심지어 다섯 살 때 계단에서 넘어져 생긴 흉터까지 사라졌다.

담천은 진심으로 감동하여 구운을 향해 몇 번이고 머리를 조아렸다. 눈물이 글썽글썽한 눈으로 아부성 발언까지 했다.

"저를 다시 태어나게 해주셨으니 대인은 제 부모님이나 마찬가지입니다! 소인, 가진 것 없는 빈털터리라 대인께 드릴 것이 없습니다. 그저 대인이 부리는 소와 말처럼 열심히 일하겠습니다!"

보물 창고 기록을 분주히 훑어보던 구운은 무심한 듯 한마디 내뱉었다.

"일어나거라. 네가 그러는 꼴이 더 눈에 거슬리는구나. 그저 내 집 물건을 더는 박살내지 않는다면 그것만으로도 하늘에 감사할 것이야."

담천은 그의 손에 들린 서책을 은근슬쩍 넘겨다봤다. 빽빽한 글씨로 온갖 보물의 이름과 보관된 위치가 꼼꼼히 기록돼 있었다. 담천은 기뻐서 속으로 펄쩍 뛰었으나 시치미떼고 물었다.

"대인께선 뭐가 그리 바쁘십니까? 소인이 좀 도와드릴까요?"

줄곧 두꺼운 서책에 시선을 파묻고 있던 구운이 그제야

눈을 들어 담천을 쳐다보았다.

"너는 내 앞에서는 그리 착하게 굴면서 어쩌다 현주의 노여움을 산 것이야? 내가 조금만 늦게 도착했다면 네 그 보잘것없는 목숨은 이미 달아나고 없었을 게다."

담천이 억울한 표정을 지으며 답했다.

"소인도 도무지 이유를 모르겠습니다!"

"하여튼 멍청한 척 시치미떼는 실력이 보통이 아니라니까."

구운은 다시 서책에 시선을 고정했다.

"귀찮게 하지 말고 저리 좀 가거라. 어디 한쪽에 찌그러져 있든가."

담천은 살금살금 문으로 향했다. 발을 떼자마자 구운의 목소리가 들렸다.

"어딜 가려는 것이야?"

"소인더러 한쪽에 찌그러져 있으라 하지 않으셨습니까."

담천이 억울한 표정으로 말을 이었다.

"아니면 소인이 물을 길어와 옷을 빨고 창이라도 닦을까요?"

구운은 들고 있던 서책을 떨어뜨릴 뻔했다.

"기다려, 아니! 하지 마, 너는!"

성한 옷이 몇 벌 남지 않은 터였다. 또다시 담천의 손에 찢어지기라도 한다면 입고 나갈 옷이 없었다.

"어…… 그럼, 허락해주세요. 소인, 가서 취아를 좀 보고 오겠습니다. 가서 몇 가지 챙겨올 것도 있고요."

구운은 잠시 생각한 뒤 고개를 끄덕였다.

"좋아, 대신 아무 데나 돌아다니지 말고 일찍 들어와야 한다."

담천은 저택을 나와 동쪽으로 느릿느릿 걸어갔다. 하인 들의 거처가 가까워질 무렵 걸음을 멈추고 주위를 두리번 거렸다. 아무도 없는 것을 확인한 후에야 다시 남쪽으로 방향을 틀었다.

남쪽 끝에 태미루太微樓가 있었다. 지세 탓에 종일 해가 들지 않아 서늘한 곳이었다. 보통은 잘못을 저지른 제자 를 연금하는 곳으로 사용되었다. 전날 취아에게 들은 바 로는 현주가 시녀들에게 하인을 학대하게 한 사실을 산 주가 알고 격노했다고 한다. 그래서 현주에게 태미루에서 한 달간 꼼짝 말고 반성하라는 명이 떨어졌다.

담천은 한 발 한 발 천천히 나무 계단을 올랐다. 건물이 낡아 나무가 매우 축축했다. 계단을 디딜 때마다 당장이 라도 무너질 듯 삐걱이는 신음소리가 들렸다.

건물 위쪽에 굳게 닫힌 문이 보였고, 그중 한짝 문에 푸 른빛이 번쩍거렸다. 제자가 반성하는 기간 동안 함부로 뛰쳐나가는 일이 없도록 산주가 결계를 쳐놓은 것이다. 현주는 평소 화를 잘 참지 못하는 성격이었다. 이 코딱지만 한 건물에 갇혀 있으니 아마도 지금쯤이면 답답해서 미치기 일보 직전일 것이다.

문 앞에 멈춰 선 담천은 굳이 급하게 문을 두드리지 않았다. 그냥 잠시 서 있었는데 안에서 급히 뛰어나오는 발소리가 들렸다. 이내 문이 열리며 현주의 목소리가 들렸다.

"자진? 나 보러 온 거야?"

기쁨에 차올랐던 현주의 낯빛이 서서히 어두워졌다. 담천은 평온하고 담담한 목소리로 말을 건넸다.

"잘 지냈나 보네?"

"저리 꺼져!"

현주가 매섭게 문을 닫았다.

담천은 문짝을 향해 웃으며 말했다.

"설마 날 못 알아보는 거야?"

다시 문이 열렸다. 현주는 의아한 얼굴로 담천의 위아래를 훑어보았다. 낯빛이 어둡게 가라앉았으나 아무 말도 하지 않았다. 담천이 자신의 얼굴을 쓰다듬으며 고개를 숙이고 웃었다.

"하긴, 그럴 만도 하지. 이건 아만의 얼굴이니까. 게다가 우리가 마지막으로 본 게 벌써 4년 전이었으니."

현주가 돌연 담천을 손가락질하며 뒤로 몇 걸음 물러났

다. 목이 잠긴 소리로 말했다.

"너…… 너, 살아 있었던 거야?"

담천이 빙긋이 웃으며 대답했다.

"실망시켜서 미안하네. 나름 꽤 잘살고 있었어."

현주는 엄청난 충격을 받은 것 같았다. 숨을 헐떡이며 귀신 보듯 담천을 바라보았다. 이내 정신을 차린 그녀가 새된 소리를 질렀다.

"여봐라! 여봐라!"

"계속 그렇게 불렀다가 자진 공자라도 오면 일이 더 복잡해지지 않겠어? 내가 본인 앞에 서 있다는 걸 자진 공자가 알게 되면 과연 어떤 반응을 보일까?"

현주가 돌연 자신의 입을 틀어막고 담천을 매섭게 노려보았다.

"그렇지. 제희, 넌 변한 게 하나도 없군! 말해봐. 굳이 변장을 하고 이곳에 잠입해 들어온 이유가 뭐지? 뭘 하려고? 우리에게 복수라도 하고 싶은 거야?"

"걱정 마. 언니한테서 자진 공자를 뺏으러 온 건 아니니까. 언니는 자진 공자를 목숨보다 소중히 여기잖아. 그 점은 내가 언니를 이길 수 없다는 거 인정해. 언니가 이긴 걸로 쳐."

"드디어 네가 나를 이길 수 없다고 인정하는 거야? 우습네. 그 당당하던 제희가 오늘에서야 졌다고 인정하는 꼴이라니! 그렇지, 지금은 네가 제희도 아니고, 오갈 데도 없는 데다 천민보다 나을 게 없는 신분이잖아! 어쩐지 그때보다는 조금 덜 건방지더라니!"

담천은 현주의 도발에 아랑곳하지 않고 차분히 말했다.

"자진 공자는 그렇다 치고, 내가 알기로 난 한 번도 언니한테 잘못한 적이 없어. 그런데 왜 날 항상 미워한 거야?"

"네가 뭐 특별한 존재라도 된다고 생각해?"

현주는 고개를 돌려 호흡을 가다듬었다.

"어릴 때부터 그랬어. 언니는 뭐든 내게 지기 싫어했지. 나한테는 말 한마디 건네고 싶지 않다는 듯 날 미워했어. 언니는 내가 좋아하는 건 뭐든 다 빼앗아야 했어. 아무리 생각해도 이해할 수 없었어. 도대체 왜?"

현주가 음산하고 차갑게 웃었다.

"어릴 때부터 난 네가 죽기만을 바랐어. 그건 지금도 변함이 없고. 그런데 왜 아직까지 살아 있는 거지?"

담천은 여전히 담담한 목소리로 말했다.

"예전에는 언니가 날 미워하는 이유를 알지 못했어. 나중에야 한참을 고민하고 깨달았지. 이모님이 젊은 시절 혼인하길 바라셨던 사람은 부황이었던 거야. 그런데 결국 그 소원을 이루지 못하고 어느 제후국에 시집가셨지. 분명 언니한테 살갑게 대하지 않으셨을 거야. 그렇지? 언니가 날 미워하고 이기려 하는 거, 나도 어느 정도는 이해해. 그래서 언니를 탓하진 않아."

"그런 옛날 얘기를 지금 내게 지껄이는 것이 무슨 의미가 있지? 네가 뭔데 나를 탓하네, 마네, 그런 말을 해? 네가 뭐라도 되는 줄 알아? 난 누굴 미워할 때 상대가 무슨 생각을 하는지 굳이 신경 써본 적이 없어서 말이야!"

"언니를 탓하진 않아. 그런데 난 언니가 싫어. 언니는 내게 너무 많은 빚을 졌거든. 내게 갚을 것이 많다는 말이야."

"내가 네게 빚을 져? 무슨 빚을 졌는데?"

담천이 현주를 차갑게 노려보았다.

"좌자진. 자진 공자는 내가 양보한 거야. 안 그랬으면 언니가 과연 자진 공자를 빼앗을 수 있었을까?"

현주의 낯빛이 돌연 창백해졌다. 창백하다 못해 푸른빛이 감돌더니 결국 핏빛으로 변했다. 참담하고 차가운 어조로 현주가 말했다.

"지금 날 찾아와 네 신분을 드러낸 것이 결국 그 얘기를 하려는 것이었어?"

"줄곧 기회가 오길 기다렸지. 언니와 이렇게 사적으로 대화를 나누면서도 언니가 감히 내 신분을 누설할 수 없는, 그런 기회 말이야. 그날이 이렇게 올 줄이야. 내가 향취산에 온 이유는 언니와 자진 공자와는 아무 상관이 없어. 그러니 아까도 말했지만, 걱정할 거 없어. 난 다른 목적이 있어 온 거니까.”

“내가 널 폭로하지 않을 거라고 어찌 그리 확신하지?”

“적어도 지금은 언니가 그러지 않을 거라 확신해. 자진 공자가 아는 걸 원치는 않을 테니까. 자진 공자가 지금은 아무 기억이 없지만, 일단 기억이 돌아온다면 어떨 것 같아? 지난 4년간 언니와 한 쌍의 원앙처럼 보냈던 것에 분노하지 않을까?”

담천은 잠시 멈췄다가 말을 이었다.

“내가 찾아온 건, 언니가 도와줬으면 하는 일이 있어서야. 그 대가로 난 일이 끝나면 곧바로 향취산을 떠나 다시는 언니와 자진 공자 앞에 나타나지 않을게. 우연히 다시 만난다 해도 모르는 척하는 걸로. 어때?”

“내가 널 믿어야 해?”

“믿어.”

현주는 한참 동안 침묵하더니 언뜻 낯빛이 조금 풀리는 기색이었다. 담천이 가볍게 한숨을 내쉬고 말했다.

“사실 정말 간단한 일이야……”

담천은 거처로 가서 남은 옷가지를 챙기고 기분 좋게 다시 부구운의 저택으로 돌아왔다.

모든 것이 순조롭게 흘러가고 있었다. 이 상황이 믿기지 않아 담천은 걸으면서 손가락을 꼬집어보았다. 미세하게

콕 쏘는 통증이 스스로에게 냉정해야 한다고 일깨워주는
듯했다.

"담천."

뒤에서 나지막이 부르는 소리가 들렸다. 담천은 살짝
경직되어 몸을 돌렸다. 좌자진이었다. 며칠을 제대로 자지
못한 듯 눈 밑에 그림자가 짙게 드리워져 있었다.

"자진 대인."

담천은 정중하게 예를 갖췄다. 순간 자진이 그녀의 손
목을 붙잡고 잡아끌었다.

"대인! 왜 이러시는 것이옵니까?"

담천이 다급하게 소리쳤다. 있는 힘을 다해 뿌리쳐보았
으나 꿈쩍도 하지 않았다. 자진이 낮은 소리로 말했다.

"따라오너라."

손목이 붙들린 채 발이 땅에 닿지 않을 정도로 급히 끌
려갔다. 자진은 으슥한 구석으로 가서야 거칠게 놓아주었
고, 그 바람에 담천은 벽에 부딪히면서 숨이 턱 막히는 듯
했다.

눈앞이 깜깜해졌다. 자진의 두 손이 담벼락을 짚어 담
천을 좁은 공간에 가두었다.

"대체 뭘 알고 있는 거야?"

그의 목소리는 살짝 쉬어 있었다. 평소 청아하고 단정
한 모습은 사라지고 조금 위태로워 보이기까지 했다.

"말해!"

담천은 어색하게 어깨를 움츠린 채 양옆을 살폈다. 달아날 방법이 없었다. 그저 얼빠진 척 모르쇠로 나가는 수밖에 없었다.

"대인, 무슨 말씀이신지 소인은 도통 모르겠사옵니다."

자진은 더 무겁게 담천을 압박할 뿐 다른 말은 하지 않았다. 담천이 대답하지 않으면 사흘 밤낮이라도 이대로 있을 기세였다. 자진은 그런 사람이었다. 때리지도 욕하지도 않고, 다만 고집스럽게 상대를 응시하며 피해가지 못하도록 가둠으로써 끝내 원하는 것을 얻어냈다.

담천이 어색하게 웃으며 말했다.

"대인, 대인께서 잃은 기억을 소인께 물으신들 무슨 소용이겠습니까? 소인이 말씀드리면 뭐든 믿으실 겁니까? 이런 일은 그저 스스로 기억해내셔야 하지 않겠습니까."

낮게 깔린 음성으로 자진이 말했다.

"내 눈이 어떻게 멀게 되었던 것인지 너는 알고 있어. 안 그래?"

"어…… 대인의 눈을 누가 찔렀는지는 압니다만, 왜 그랬는지는 소인도 잘 모르옵니다."

자진은 아무 말이 없었다. 조금씩 고개가 아래로 떨어지더니 속눈썹이 미세하게 떨렸다. 한참 후에야 그가 입을 열었다.

"어렴풋이 나도 인상은 남아 있어. 나를 찌른 그 소녀, 나중에 향취산으로 나를 찾아왔던 것 같은데, 얼굴도 이름도…… 나와 무슨 사이였는지도…… 기억이 나지 않아. 그녀가 누군지 너는 아느냐?"

담천이 놀란 듯 대답했다.

"아, 대인도 알고 계셨네요! 그, 그러니까 소인이 아는 것도 그 정도입니다! 대인께서 어떤 소녀에게 눈을 찔리셨는데, 아마도 대인께 사무친 원한이 있었던 것 같아요. 한데 나중에는 후회를 했다더라고요. 그래서 대인을 찾아와 무릎 꿇고 용서를 구했다죠. 그날 비가 엄청 많이 왔었는데……. 그 뒤에 어떻게 됐는지는 소인도 정말 모르옵니다. 그때 대인께서 그 소녀를 만나신 겁니까?"

자진은 아무 대답도 하지 않았다. 그의 손이 천천히 아래로 내려갔다.

"그만 가봐라."

자진은 그 말을 남긴 채 홀로 돌아서서 그곳을 떠났다.

담천은 안도의 한숨을 내쉬고 재빨리 반대 방향으로 달아났다. 집에 늦게 갔다가는 구운이 또 무슨 교묘한 수로 자신을 괴롭힐지 몰랐다. 정말 다루기 까다로운 신선이었다.

몇 걸음 가지 않아 저도 모르게 고개를 돌려 뒤돌아보았다. 자진이 멀지 않은 곳에 서 있었다. 담벼락에 몸을 기댄 채 말없이 눈을 감고 자신을 '보고' 있었다.

담천은 마음이 조마조마했다.

"대…… 대인, 또 무슨 하실 말씀이라도?"

자진이 천천히 고개를 내저었다.

"……그냥 가거라. 난 그저…… 네가 가는 걸 봐야 안심
이 될 것 같아 그런 것이니."

"네가 먼저 가는 걸 봐야 안심이 돼."

오래전 기억이 담천의 마음을 덮쳤다. 가슴 깊은 어딘
가가 뱀에 물린 것처럼 지독한 아픔이 밀려들었다. 그녀
는 억지로 웃음을 보이며 몸을 돌렸다. 코가 시큰거렸으
나 독하게 이를 악물며 눈물을 참았다.

7장

백하용왕 납시다

부구운은 근래 들어 정신없이 바빴다. 백하용왕이 방문할 날이 코앞에 닥쳤으나 보물을 어떻게 배치할지 아직도 우왕좌왕이었다. 기껏 색상을 맞춰놓으면 양식이 어울리지 않았다. 산주가 수백 년간 긁어모은 보물들이었다. 가짓수가 수천 개에 달했고, 그 목록도 두터운 책자 세 권 분량이었다. 거기서 몇십 개를 선별해 고상한 미를 살려 배치하되, 보물이 너무 눈에 띄어도 안 되었다. 여간 까다로운 일이 아니었다. 기력 좋던 구운마저 대가리 없는 파리처럼 정신이 없어 담천과 입씨름할 시간도 없었다.

이쪽에서는 보물을 고르느라 분주한 반면 〈동풍도화〉를 맡은 여제자들은 준비가 거의 막바지에 이르렀다. 현주에게 내려진 한 달간의 금족령 때문에 결국 〈동풍도화〉의 책임은 다시 청청에게로 돌아갔다. 근자에 청청의 얼굴에 봄바람이 가득했다.

제자들이 바쁘니 하인들은 더 바빴다. 내촌 안의 크고 작은 모든 건물을 보수하여 완전히 새로운 모습으로 탈바꿈시켰고, 동서남북 대전 네 곳의 담장까지 석회로 다시 칠했다. 온갖 화초와 수목들도 보기 좋게 다듬어야 했다. 엄동설한 겨울이었으나 향취산의 수목은 가지와 잎이 여전히 청록빛으로 무성했다.

누구든 지금 이곳 향취산을 보게 된다면 다섯 걸음마다 보이는 누각과, 열 걸음마다 세워진 옥루, 그리고 눈앞에 펼쳐진 온갖 종류의 꽃과 화려한 풍경에 한동안 말을 잇지 못할 것이다.

산주도 그런 효과를 원하는 것이 분명했다. 신선이라 해도 부를 겨루고 싶어 하는 마음은 범인과 별다르지 않아 보였다.

딱히 할 일이 없었으면 담천도 한가롭게 차를 마시며 유유히 경치나 감상했을 것이다. 하지만 교활하기 짝이 없는 구운이 담천을 가만히 둘 리 없었다. 본인이 너무 바빠 담천을 감시할 시간이 없으니, 아예 담천을 초주검이 되도록 바쁘게 굴려서 엉뚱한 일을 벌이지 못하게 만들었다.

담천은 경화해를 돌보는 한편 날마다 청청 일행을 찾아가서 한 곡의 연습이 끝날 때마다 바닥에 가득한 복사꽃을 치워야 했다. 하루에도 여러 번 쓸어 담느라 허리가 끊어질 지경이었다. 집에 돌아오면 그대로 드러눕고만 싶었다.

구운이 집에 들어오지 않은 지 벌써 사나흘이 지났다. 담천은 기꺼이 혼자만의 시간을 보냈다. 저녁에 돌아오면 혼자 맛있게 식사를 한 뒤 씻고 곧장 잠을 청했다. 물론 감히 구운의 침상은 쓰지 못하고 낮은 침상을 꺼내 몸을 누였다.

한참 단잠을 자고 있는데 얼굴에 누군가의 손길이 느껴졌다.

"천아, 어서 일어나 보아라."

피곤한 듯 낮게 깔린 구운의 음성이 귓가에 울렸다.

담천이 앓는 소리를 내더니 손으로 눈을 가린 채 가느다란 음성으로 간청했다.

"대인…… 소인이 너무 피곤해서…… 조금만 더 자게 기다려주십……."

"자, 착하지, 어서 일어나 보아라."

구운이 담천의 귀에 입김을 불었다. 온몸에 닭살이 오른 담천은 어쩔 줄 몰라 몸을 한 바퀴 구른 뒤 일어나 앉았다.

"소인, 내일도 일하러 가야 한단 말입니다."

담천이 울먹이며 말했다. 온몸이 녹아내릴 정도로 피곤했다.

'도대체가 양심은 어디다 팔아먹었는지! 하루라도 나를 괴롭히지 않으면 입안에 가시가 돋는 게 분명해!'

구운은 자신의 외투를 가져와 담천을 머리부터 발끝까지 감싸더니 그 모습 그대로 번쩍 들어 안았다.

"내가 재밌는 구경 시켜줄게."

구운의 커다란 손바닥이 그녀의 옆구리로 들어와 옷을 사이에 두고 등에 찰싹 달라붙었다. 담천은 본능적으로 몸을 움츠리며 소리쳤다.

"잠깐, 잠깐! 소, 소인이 직접 걸어가겠습니다!"

구운이 그녀를 내려놓자 담천은 분주하게 외투를 걸치고 신을 신었다. 머리는 묶을 새도 없이 구운에게 뒷덜미가 잡혀 곧장 문밖으로 끌려나갔다.

향취산 내촌 동쪽 끝에 진란궁眞蘭宮이 있었다. 그곳에 만보각萬寶閣이라는 누각이 있는데, 손님이 오면 보물을 전시해놓고 감상하게 하는 곳이었다.

구운은 담천을 잡아당기고 끌어올리며 결국 만보각 위에까지 데려오는 데 성공했다. 문은 닫혀 있었으나 안쪽에서 흐르는 빛이 창호지에 비쳐 너울너울 춤을 추었다. 방안에 무슨 보물이 있는 것인지 알 수 없었다.

"만보각을 다 꾸몄다. 어떤지 네가 좀 봐다오."

구운이 담천을 향해 알 수 없는 미소를 지은 후 문을 열었다.

밝은 달이 하늘에 떠 있고 별들이 반짝반짝 빛을 내고 있었다. 담천은 기겁한 듯 온몸이 뻣뻣하게 굳었다. 눈을 휘둥그레 뜬 채 실내에 펼쳐진 기이한 광경을 넋 놓고 바라보았다.

만보각 정중앙에 사람 키 반만 한 붉은 산호가 놓여 있었다. 그 위로 오색 야광주야광 구슬가 들쭉날쭉 꾸며져 무지갯빛으로 빛이 났다. 마치 꿈속의 한 장면 같았다. 주위가 온통 얇은 자기와 백옥 같은 꽃병, 독특한 향의 신선초와 영지로 뒤덮여 있었다. 부유하고 화려한 세속의 기운을 씻어낸 듯하여 더더욱 고아하고 아름다웠다.

사실 그런 소품들은 다른 기이한 풍경에 비하면 아무것도 아니었다. 만보각 양쪽에 그림이 한 점씩 걸려 있었는데, 하나는 꽃보라가 날리며 꽃잎들이 눈처럼 떨어지는 아름다운 봄 풍경이었다. 또 하나는 밝은 달이 하늘에 걸려 있고 무수한 별이 반짝이는 시원한 가을 풍경이었다.

쪽빛의 빛무리가 만보각 전체에 두루 퍼져 있었다. 두 그림은 선법이 걸려 있어 족자를 펼치기만 하면 그림 속 풍경에 실제로 들어가 있는 듯한 느낌을 주었다. 분명 널찍한 방일 뿐이었으나, 찬란한 별빛 아래 꽃잎이 흩날렸으며, 달빛 내리비치는 꽃나무 옆에 또는 들판 한가운데 담천 자신이 서 있는 것 같았다. 말로 표현할 수 없는 청아함이 온몸으로 느껴졌다.

담천은 오랫동안 가만히 서 있다가 돌연 발을 떼며 천천히 앞으로 나아갔다. 두어 걸음 가지도 않아 다리에 힘이 풀려 바닥에 슬쩍 무릎을 꿇고 앉았다. 눈앞의 모든 풍경이 어지럽게 뒤섞여 순간 자신이 대연국 황궁으로 돌아온 것만 같았다.

언제였던가, 담천은 늦은 여름밤이면 종종 시녀 아만을 시켜 머리맡에 〈명월도明月圖〉를 펼쳐놓게 했다. 그림에서 살랑살랑 불어온 바람이 더운 기운을 말끔히 씻겨주었다. 담천은 찬바람을 몹시 좋아했다. 종종 그렇게 바람을 쐬며 베개를 끌어안은 채 잠을 청했다. 아만은 담천이 깊이 잠들 때만을 기다려 조심스럽게 족자를 다시 말아 넣었다. 가냘픈 몸의 어린 공주가 밤새 찬바람을 쐬어 다음 날 고뿔이라도 걸릴까 걱정되어서였다.

대연국의 겨울은 눈이 무척 많이 내렸다. 눈이 오면 담천은 몰래 금수궁으로 달려가 〈춘일여경春日麗景〉을 펼쳐 들었다. 그 기운에 아침까지도 화롯불이 타지 않고 남아 아주 단잠을 잘 수 있었다.

그 아름다운 일들이 지금은 모두 지나간 과거일 뿐이었다. 흐르는 물과 같이 절대 되돌릴 수 없었다. 지금 담천이 할 수 있는 것은 오랜 추억의 물건 앞에 그저 옛일을 그리워하며 멍하니 앉아 있는 것밖에 없었다. 담천은 줄곧 살아 있었으나 이미 여러 차례 죽었던 것도 같았다.

구운은 문을 닫고 담천 뒤에 팔짱을 끼고 서서 살포시 웃었다.

"천아, 만보각을 꾸민 이 대인의 솜씨가 어떠하냐?"

담천은 아무 대답도 하지 않았다. 온 신경이 두 그림에 쏠려 있었다. 무슨 생각에 사로잡힌 것인지 입꼬리가 완만하게 올라가더니 행복한 미소가 어렸다. 고독한 행복이었다.

구운은 담천 옆에 웅크리고 앉아 그녀의 머리를 쓰다듬었다.

"이 두 선화仙畵는 대연국 황실에서 소장하고 있었던 것이다. 네가 대연국 사람이니 분명 좋아할 거라 생각했다."

담천이 천천히 고개를 돌렸다. 눈 한 번 깜빡이지 않고 한참 동안 구운을 응시했다. 뭔가 묻고 싶은 말이 많은 듯했으나 끝내 아무것도 묻지 않았다.

"마음에 드느냐?"

고개를 끄덕인 담천은 코를 훌쩍이며 고개를 떨구었다.

"너무 아름다워요……. 마음에 무척 드옵니다."

"그런데 울긴 왜 울어?"

구운의 목소리가 흐르는 물처럼 부드러웠다.

담천은 바닥을 짚으며 몸을 일으키려 했다.

"소인이 언제 울었다고 그러십니까! 대인께서 잘못 보

셨나 봅니다."

"……저기를 보아라."

구운이 손을 들어 앞쪽을 가리켰다. 담천이 고개를 들
자 구운이 느닷없이 그녀를 꼭 끌어안았다. 뜨거운 그의
입술이 담천의 입술에 포개졌다.

담천은 힘이 빠져 풀썩 쓰러졌다. 너무 놀란 나머지 반
항할 마음도 내지 못했다. 눈을 휘둥그레 뜨고 구운을 바
라볼 뿐이었다. 구운의 얼굴이 너무 가까이 있어서 그녀의
눈에 들어온 건 칠흑같이 검은 그의 눈동자가 달빛 아래
서 옅은 유리색을 띠고 있다는 것뿐이었다. 이토록 아름
다운 두 눈이 가만히 자신을 응시하고 있었다. 그의 눈 속
에 담천이 이해할 수 없는 깊은 시름 같은 것이 담겨 있었
다. 서로 맞붙은 입술은 그렇게도 고요할 수가 없었다. 그
녀가 알고 있는 것이 있었고, 구운이 헤아리는 것이 있었
다. 두 사람 다 절대 입 밖으로 내지 못한 말을 그렇게 소
리도 없이 입술 사이로 주고받았다.

목에서 떨리는 신음소리 같은 것이 흘러나왔다. 담천은
눈을 감고, 자신을 힘껏 끌어안는 구운에게 그대로 몸을
맡겼다. 구운은 그녀의 몸을 으스러뜨릴 듯했으나 입맞
춤은 몹시 부드러웠다. 가볍게 입술을 빨아들이고 손가락
끝으로 그녀의 얼굴을 어루만졌다. 가볍고 부드러웠으나
경박하지 않았고, 느렸지만 결코 망설이지 않았다. 조금씩

유혹하며 서서히 그녀를 잠식했다.

담천은 온몸이 노곤해지는 것을 느끼며 여린 버들가지처럼 구운의 가슴에 몸을 기댔다. 구운은 어디에 둘지 몰라 방황하는 그녀의 두 손을 붙잡아 자신의 목에 두르게했다. 담천은 또다시 아무 소리가 들리지 않는 듯했다. 쿵쿵대는 심장 소리만 크게 울릴 뿐이었다. 구운의 구슬림에 떨리던 그녀의 입술이 열리며 깊은 곳까지 그의 공략을 허락했다. 활활 타오르는 그의 입속 불길이 그녀의 온몸을 태워버릴 듯했다.

담천은 더 이상 버틸 수 없을 것 같았다. 앞으로 널브러지듯 구운과 자연스레 몸을 누이면서 그의 몸 위로 포개졌다. 담천은 본능적으로 몸부림을 쳤지만, 구운이 그녀의 뒷머리를 누르며 입맞춤은 더 깊어져갔다. 그의 혀가 담천의 것과 맞닿았다. 그 끊임없는 어루만짐이 유혹하는 듯, 위로하는 듯했다.

구운의 손은 맹렬한 불길처럼 뜨거웠다. 담천의 가녀린등을 어루만지며 아래로 내려가 얇은 그녀의 허리를 감쌌다. 다른 한 손이 그녀의 가슴에 달린 첫 번째 끈을 풀었다. 그의 손끝이 가냘픈 꽃잎을 건드리듯 그녀의 쇄골 위살갗을 건드렸다.

담천은 현기증이 나며 금방이라도 질식할 것 같았다. 질식은 고통스러운 것이었으나 몸속 깊은 곳에서는 극도의 기쁨을 느끼는 듯했다. 아무 곳도 기댈 곳이 없었다. 그러나 가는 거미줄처럼 휘청거리며 구운에게 몸을 기댄 이 순간만큼은 떠날 생각도, 피할 생각도 잊은 듯했다.

호흡이 거칠어지던 구운이 돌연 담천에게서 입술을 뗐다. 그녀의 볼에 가볍게 입을 맞춘 뒤 목이 잠긴 듯한 소리로 말했다.

"……피곤하구나. 그만 곁에서 같이 자자꾸나."

담천은 혼미한 가운데 고개를 끄덕였다. 촉촉한 담천의 입술에 구운이 다시 살짝 입을 맞추며 그녀를 힘껏 안았다. 구운은 외투를 펼쳐 두 사람이 함께 덮을 수 있게 한 다음 담천을 품에 안고 옆으로 누웠다. 향기로운 그녀의 머리카락에 얼굴을 파묻었고, 더는 꿈쩍도 하지 않았다.

담천은 한참을 넋 놓고 있었다. 방금 무슨 일이 있었는지 그제야 문득 깨달은 듯 당황하며 어쩔 줄 몰라 했다. 살짝 몸부림치며 작은 소리로 물었다.

"대, 대인…… 잠, 잠이 드신 겁니까?"

구운이 나른한 목소리로 대답했다.

"대인이 오늘은 너무 피곤해서 너를 만족시켜줄 수가 없구나. 다음을 기약하자."

담천의 얼굴이 붉게 물들며 몸 전체가 불꽃처럼 뜨거워졌다. 그녀가 떠듬떠듬 입을 열었다.

"그, 그런 뜻이 아니오라…… 그러니까 제 말은…… 저,

저를 좀 놓아주시면 안 되겠습니까? 이대로는 잠을 잘 수 가 없습니다."

구운이 눈을 번뜩이며 담천을 바라보았다.

"잘 수가 없다? 그러니까 천이의 말은, 오늘은 꼭 이 대 인에게 몸을 바쳐야겠다?"

구운은 한숨을 쉬더니 몸을 풀기라도 하듯 허리를 펴고, 목을 비틀고, 팔을 풀었다. 그러고는 옷을 벗기 시작했다.

"그럼 그러자. 내 온 정성을 다해 우리 천이를 모셔주마."

담천은 필사적으로 옷깃을 잡아 비틀며 그를 피했다.

"아니요, 아니요! 이대로가 딱 좋네요! 그만 자요, 자 요!"

구운은 담천의 머리를 쓰다듬은 뒤 뜨겁게 달아오른 그 녀의 볼에 손을 올렸다.

"자거라. 내가 곁에 있을 테니."

한결 부드러워진 목소리로 그가 말했다.

담천의 허술한 심장이 금방이라도 튀어나와 눈앞에 보 일 것만 같았다. 자신에게 왜 입을 맞춘 것인지, 미울 때 는 죽도록 밉상 짓을 하더니, 부드러울 때는 또 왜 그렇게 눈물이 날 정도로 한없이 부드러운지 묻고 싶은 것이 많 았다.

'도대체 왜? 왜?' 도무지 모를 일이었다. 이 사내한테는 왜 이렇게 질문이 계속 쌓이기만 하는 것인지 알 수 없었다. 어쩌면 알고 싶지 않은 것인지도 몰랐다.

담천은 조심스럽게 구운의 손을 잡았다. 그러자 그가 그녀의 다섯 손가락을 움켜쥐며 자신의 가슴으로 가져갔다. 그의 심장이 평온하고 힘 있게 뛰었다. 그런 그에게 몸을 기대고 있으니 지금 이 순간만큼은 세상 어떤 것도 두렵지 않았다.

다시 한참의 시간이 지났다. 담천이 가늘고 약한 소리로 조심스럽게 다시 제안했다.

"대인, 아무래도 오늘 몸을 바치는 것이……."

구운의 손이 크게 흔들렸다. 번쩍 눈을 뜬 그가 담천을 뚫어져라 쳐다보았다.

다행히 어두운 덕분에 발갛게 타들어가는 담천의 얼굴은 볼 수 없었다. 담천은 마치 정의를 위해 목숨을 내놓는 것처럼 눈을 질끈 감고 이를 악물었다.

"소인을 바치겠습니다!"

하지만 구운은 하품을 하며 나른한 목소리로 말했다.

"피곤해 죽겠어. 다음에 다시 얘기하자."

"다음에…… 다음은 없을걸요."

갑자기 간이 커진 듯 담천이 말했다.

"소인을 바치게 해주세요!"

구운은 담천의 머리를 살짝 쥐어박고는 몸을 돌려 다시 잠을 청했다. 그리고 그녀를 업신여기는 듯한 투로 말했다.

"좀 아껴두어라. 오늘은 이 대인이 그럴 마음이 없다. 너는 몸을 바치고 싶어도 내가 필요 없다지 않느냐. 그만 자거라! 더는 시끄럽게 말고!"

"정말 다음은 없는데?"

담천이 작은 소리로 중얼거렸다.

돌아온 구운의 대답은 담천의 손을 더 꽉 비트는 것이었다. 담천의 얼굴이 볼썽사납게 일그러졌고, 그 후로는 둘 다 아무 말이 없었다.

다음 날 담천이 잠에서 깬 곳은 구운의 침상이었다. 언제 집까지 그녀를 옮겨온 걸까? 구운은 또 사라지고 없었다. 담천은 이불을 끌어안고 오랫동안 멍하니 누워 있었다. 조금 불안하고 겁도 나고, 금방이라도 해탈할 것 같은 통쾌함이 느껴지기도 했다. 하지만 지금 그녀가 느끼는 감정의 대부분은 자신도 명확한 이유를 알 수 없는 어지러운 생각일 뿐이었다.

'이러고 있으면 안 되겠어.' 담천은 염낭에서 작은 거울을 꺼내 한참 동안 얼굴을 들여다봤다. 거울에 비친, 주저하는 듯 양심의 가책을 느끼는 계집아이가 마음에 들지 않아 손으로 몇 번이나 꼬집어주었다.

이번에 구운은 정말 철저하게 모습을 숨겼다. 아무 소

식도 없이 며칠째 집에 돌아오지 않았다. 청청 무리가 있는 곳에서 복사꽃을 치우며 얼핏 들었는데, 요즘 구운이 무슨 일로 그렇게 바쁜지 청청도 모르는 눈치였다. 심지어 산주조차 아침마다 있는 수련 참여를 구운에게 면제해 주었다. 취아가 담천을 찾아와 수다를 떨다가 한탄스러운 속내를 드러냈다. 향취산에서 구운을 보지 못하면 금생은 아무 의미도, 재미도 없다는 것이었다. 구운의 부재가 길어지자 담천도 취아에게 전염이 됐는지, 혼자 무슨 일을 할 때마다 멍하니 넋 놓고 있기 일쑤였다. 마치 구운이 옆에서 못살게 굴지 않아서 사는 게 무료해진 사람같이.

보름이 눈 깜빡할 사이에 지나고 초삼일 백하용왕이 당도했다. 원래는 손님맞이를 하는 데 걸리적거릴까 봐, 인부로 불러들인 하인들을 다시 외촌으로 돌려보낼 계획이었다. 하지만 산주가 이번에는 크게 자비를 베풀었다. 맡은 일을 잘해냈다는 치하의 의미로 하인들도 견식을 넓일 수 있게 용왕이 돌아갈 때까지 내촌에 남을 수 있도록 했다.

정신없이 바빴던 담천은 용왕이 당도한 후 더 이상 일하지 않아도 됐기에 해가 중천에 뜰 때까지 잠을 잤다. 취아가 예쁘게 단장하고 찾아왔을 때 담천은 무슨 단꿈을 꾸는 건지 하하 소리까지 내며 바보 같은 미소를 짓고 있었다.

"천이 언니, 어떻게 아직까지 자고 있을 수 있어요?"

취아가 담천을 세게 흔들었다.

"백 년에 한 번 볼까 말까 한 장면인데, 이렇게 잠만 자고 있다니! 하늘도 언니를 용서치 않을 거예요!"

담천이 괴로운 듯 얼굴을 가리며 말했다.

"하늘이 날 용서치 않아도 괜찮아……. 그냥 자게 해 줘……."

취아가 온 힘을 다해 담천을 침상 아래로 잡아끌었다. 물까지 데워 와서 담천이 세안하게 해주고는 옆에서 끊임없이 재잘거렸다.

"언니도 그러는 거 아니에요. 산주께서 하인들 모두 나오라고 말씀은 않으셨어도, 언니가 이러고 가지 않으면 산주의 호의를 저버리는 것이 아니고 뭐예요?"

담천은 하품을 하며 얼굴을 씻었다. 대충 회색 면포로 옷을 갈아입고 머리를 질끈 묶는 것으로 나갈 채비를 마쳤다. 그러자 취아가 무섭게 날뛰었고, 결국 화려하게 치장하고 나서야 밖으로 나설 수 있었다.

서둘러 피향전에 도착하니 주변은 이미 사람들로 가득했다. 제자들은 대전 앞 고대 위에 서 있었고, 하인들은 층계 아래쪽에 흩어져 서 있었다. 수백 명의 무리가 모여 있었으나 청량한 바람 소리뿐 조용하기 그지없었다.

취아가 발끝을 세우고 위를 올려다보며 조그맣게 물

었다.

"산주가 어느 분이에요? 왜 이렇게 잘 안 보이지?"

담천이 대충 훑어본 뒤 대답했다.

"산주는 아직 안 나오셨어. 용왕이 아직 당도하지 않으신 거겠지."

"산주가 나오지 않으셨다는 걸 언니가 어떻게 알아요? 언니는 본 적 있어요?"

"저 위를 봐. 다들 젊잖아. 산주는 분명 나이가 많은 분이겠지. 안 그러면 저렇게 많은 제자를 어떻게 다 거뒀겠어?"

취아는 반신반의하며 여전히 목을 길게 뺀 채 물었다.

"구운 대인은요? 아무리 봐도 안 보이는데?"

담천은 그저 씁쓸한 웃음만 지어 보였다.

얼마 지나지 않아 머리 위로 바람 소리가 크게 들리더니, 소용돌이치는 바람과 함께 허공에서 천둥 같은 굉음도 들렸다. 눈 깜짝할 사이에 거대한 긴 마차가 고대 위에 나타났다. 마차를 끄는 짐승은 소 머리에 말의 몸을 했으며, 발은 호랑이 발톱이었다. 정체를 알 수 없는 괴수였다. 두 사람 키만큼 컸고 생긴 것은 흉악하기 그지없었다. 하인들이 언제 이런 것을 본 적이 있었겠는가. 여기저기서 비명소리가 터져 나왔다.

뒤이어 또다시 수십 대의 작은 마차가 고대 위에 멈춰

섰다. 제자들은 저마다 뒤로 물러서며 허리를 굽혀 예를 갖췄다. 피향전 안에서 청량한 웃음소리가 들리더니 곧바로 대전 문이 열렸다. 산주는 금실로 아홉 까마귀를 수놓은 긴 두루마기를 걸치고 있었다. 수염과 머리카락은 은빛으로 물들었는데, 수염이 얼마나 긴지 배꼽까지 닿을 정도였다. 한눈에 봐도 속세에 속한 사람이 아니었다. 신선의 풍채와 비범한 도인의 기품이 느껴졌다.

산주가 손님을 맞이하며 앞으로 걸어 나왔다. 그때 처음 당도한 긴 마차 안에서 똑같은 웃음소리가 들렸다. 백하용왕이 마차에서 천천히 내려 마차 앞에 당도한 산주와 손을 잡았다.

그 광경을 지켜보는 취아는 온몸을 떨 만큼 흥분했다. 그녀가 담천의 손을 움켜쥐며 소리쳤다.

"저기, 저기! 산주! 저기는 용왕! 아, 난 오늘 죽어도 여한이 없을 것 같아!"

백하용왕은 산주보다 젊어 보였다. 쉰 살쯤 되어 보였고 살집이 매우 두터웠다. 배가 산만 해서 걸을 때마다 뱃살이 출렁였다.

뒤쪽 마차에서 풀쩍 뛰어내리는 자들이 있었다. 모두 용왕이 거느린 수려한 용모의 젊은 남녀였다. 산주의 제자들과 달리 모두 예인 신분으로 향연 자리에서 노래와 춤, 연주 등을 맡은 이들이었다. 그들은 각각 열한두 살, 열너덧

살, 열일고여덟 살별로 무리 지어 있었다. 어떤 무리는 남녀가 나뉘어 있었고, 어떤 무리는 남녀가 어우러져 있었다. 모두 환한 달과 같은 얼굴이었고, 향취산의 제자들보다 한층 더 곱고 온순해 보였다.

산주는 용왕을 피향전으로 들이고 함께 회포를 풀었다. 나머지는 모두 밖에서 기다렸다. 몇몇 호기심 많은 제자들이 예인들에게 다가가려고 시도했다. 하지만 상대는 엄한 교육을 받은 탓인지 한결같이 묵묵하고 고개를 숙이고 있어 제자들이 꽤나 실망하는 눈치였다.

하인들은 층계 아래에 있어서 그들을 제대로 보지 못해 애가 탔다. 회포를 풀고 나온 산주와 용왕이 제자들과 용왕 쪽 예인들을 데리고 북쪽 끝에 위치한 통명전通明殿으로 향했다. 그곳에는 오늘 손님을 위한 자리가 마련돼 있었다.

갑자기 공중에 수많은 금빛 꽃송이가 나타나더니 금가루가 날리듯 우수수 꽃잎이 떨어져 내렸다. 산주가 선법으로 귀빈을 환영하는 의전을 행한 것이다. 무리가 기세등등한 모습으로 계단을 내려오자 하인들은 한바탕 수선을 떨었다. 도망가기도 하고, 구석진 곳에 숨어 몰래 지켜보기도 하고, 뒤에서 조심스럽게 따라가는 하인들도 있었다.

담천도 취아에게 이끌려 함께 뒤를 쫓았다. 정신없이 가다가 뜻밖에도 오랫동안 보지 못한 구운과 맞닥뜨렸다.

옥백색 긴 도포를 입고 머리에 청목관을 쓰고 있어 유난히 더 수려해 보였다. 그는 느긋하게 무리를 따라 걸어가는 한편, 고개를 수그린 채 웃음을 머금고 몇몇 어린 여제자들과 이야기하고 있었다. 부드러운 표정이었으나 경박한 눈빛을 띠고 있어 결코 좋은 생각을 하고 있는 것 같지 않았다.

담천은 화가 치밀었다. 속은 것도 같았고, 농락당한 것도 같았다. 하지만 스스로도 자신의 감정을 이해하지 못했다. 정신을 차렸을 때는 어느새 그에게서 매몰차게 고개를 돌리고 있었다.

담천은 혼란스러웠다.

'내가 왜 화가 나는 거지?' 머리를 그러쥐며 미간을 잔뜩 찌푸렸다. 그때 옆에서 구경하던 하인들이 갑자기 담천 쪽으로 밀치고 들어왔다. 담천의 몸이 휘청거리며 하마터면 넘어질 뻔했다. 담천 대신 취아가 비명과 함께 고꾸라지더니 한참을 일어나지 못했다.

담천이 취아를 부축해 일으키려는데 낯선 사내의 목소리가 들렸다.

"낭자, 괜찮은 겁니까?"

담천과 취아가 고개를 들자 한 예인이 곁에 서 있었다. 호리호리한 봉황 눈매에 배꽃같이 준수한 용모였다. 담천은 그의 머리에 여우 귀가 자라난 것을 보았다. 그는 뒤에

난 긴 꼬리도 숨기려 하지 않았다. 사람 모습을 한 여우가 확실했다. 담천은 흠칫 놀랐다. 물론 사람과 요괴가 뒤섞여 사는 것이 이제는 그리 이상한 것도 아니지만, 요괴가 용왕의 예인으로 있다는 건 정말 의외였다.

취아의 얼굴이 금세 붉게 변했다. 한참을 아무 말도 못 한 채 얼떨떨한 표정으로 그를 보기만 했다. 사내가 싱긋이 미소 지으며 허리를 굽혀 손을 뻗었다.

"잡으시지요."

목소리마저 온화했다. 사내는 취아의 대답을 기다리지도 않고 그녀의 손을 잡고 일으켜주었다.

"낭자는 산주의 제자입니까?"

사내의 눈에 담천은 보이지도 않는 듯 취아에게만 말을 걸었다.

"전…… 전 그저 외촌에 사는 하인일 뿐입니다."

취아가 더듬더듬 대답했다.

사내는 조금도 개의치 않는다는 듯 오히려 더 부드러운 미소를 지어 보였다.

"저도 그저 예인일 뿐인걸요. 저는 호십구狐十九라 합니다. 낭자의 이름은 무엇인지요?"

취아는 온몸이 바스라질 듯했고, 마치 구름 위에 있는 듯 발이 붕 뜬 느낌이었다. 뒤에서 담천이 고개를 절레절레 저었다.

그때 담천의 팔을 붙드는 이가 있었다. 좌자진이었다.

"조심 좀 하거라. 너무 그렇게 가까이 따라가지 말고."

담천은 깜짝 놀라 그를 올려다보고는 개미 같은 소리로 말했다.

"자진 대인……."

오늘은 자진의 정신이 꽤 맑아 보였다. 한동안 초췌했던 몰골도 찾아볼 수 없었다. 미소를 띤 자진이 나지막이 물었다.

"눈이 부었구나. 잠을 푹 자지 못한 것이냐?"

담천이 어색한 듯 눈을 비비며 말했다.

"너무 설레는 통에…… 이렇게 떠들썩한 광경은 소인, 처음 보는 것이옵니다."

자진이 담천의 머리를 쓰다듬었다. 담천이 놀란 표정을 짓기도 전에 그가 지레 손을 거두고 말했다.

"이상하네……. 그냥 이렇게 해야만 할 것 같아서……. 미안하구나."

담천은 애써 웃어 보이며 아무 대답도 하지 않았다.

잠시 침묵했던 자진이 뜬금없이 물었다.

"담천, 원래 이 모습이 아니었던 게지?"

담천은 순간 숨이 멎는 듯했다. 저도 모르게 입을 떡 벌린 채 자진을 바라보았다. 그의 표정은 차분했고 목소리도 담담했다.

"그래야 아귀가 맞는다는 생각이 들었다. 나는 널 만난 적이 있는 것 같은데, 너는 그때의 네가 아닌 것 같으니 말이다. 담천, 내가 기억을 또렷이 못 할 뿐이지, 바보는 아니다. 대체 내게 뭘 숨기고 있는 것이냐?"

담천은 입을 굳게 다문 채 눈을 껌뻑이며 고개를 돌렸다. 잠시 후 차갑게 식은 목소리로 말했다.

"대인께서 대체 무슨 말씀을 하시는지 도통 모르겠습니다."

담천의 대답은 신경도 쓰지 않는 듯 자진이 그녀의 손목을 덥석 잡고 앞을 막아섰다. 담천은 한 걸음도 뗄 수 없는 상황이었다.

미간을 살짝 찡그린 자진은 망설임과 슬픔의 빛을 띠고 말했다.

"내 생각에, 너는 나를 슬프게 하는 사람인 것 같구나."

순간 담천은 북적대던 온갖 소리가 끊겨버린 느낌이었다. 목구멍에 뭐라도 막힌 듯 한참이 지나서야 겨우 입을 열 수 있었다.

"대인께서 생각이 너무 많으신 듯합니다. 전 아무것도 모르겠습니다."

자진은 담천의 손목을 한 번 더 거세게 움켜쥐었다가 천천히 놓았다. 담천의 손목이 조금씩 미끄러지면서 마침내 놓여났다.

자진이 웃으며 말했다.

"반드시 기억해내고 말 것이다. 담천, 조금만 기다려라. 내 기억이 나기 전에는 절대 널 이 향취산에서 떠나게 두지 않을 것이다."

담천의 심장이 미친듯이 뛰었다. 더는 버틸 수 없을 것 같아 몸을 돌리며 크게 외쳤다.

"저는 일개 하인일 뿐입니다!"

그리고 걸음을 재촉했다. 취아와 호십구는 그새 어디로 갔는지 보이지 않았다. 주변에 물어봐도 제대로 아는 이가 없었다. 담천은 어지럽고 산란한 마음을 가까스로 억누르며 두 사람을 찾아 무작정 인파 속으로 들어갔다.

여기저기 둘러보던 중 부구운을 보게 되었다. 여제자의 손을 잡고 담소 중이었지만 두 눈은 담천을 향해 있었다. 담천과 눈이 마주치자 왼쪽 눈을 깜박였다. 웃고 있었지만 분명 몹시 언짢아하는 기색이었다.

'별꼴이야, 정말! 다른 여인하고 손을 잡고 있는 게 누군데? 왜, 뭐 땜에 기분이 안 좋은데?' 담천은 머릿속이 뒤죽박죽이었다. 자신이 천하에 둘도 없는 바보처럼 느껴졌다. 엉망진창으로 꼬인 이 감정을 주체할 수가 없었다. 그래서 그냥 무시하기로 했다. 아무 눈치도 채지 못한 척 사람들 뒤로 몸을 숨기며 앞으로 걸어갔다.

통명전에 도착한 산주와 용왕 일행은 대전 내 고대에서 연회를 즐겼다. 술잔이 오가며 웃음이 끊이지 않았다. 산주는 이번에 통 큰 자비를 베풀었다. 여든 명의 하인들까지 연회에 불러들인 것이다. 하인들은 구석에 자리해 연회를 구경하면서 음식과 술을 나르기도 했다. 소란만 피우지 않는다면 누구도 그들을 쫓아내지 않았다.

물론 하인들에게는 다시없는 기회였다. 다만…….

담천은 자신의 손목을 붙잡은 길고 가느다란 손을 쳐다봤다. 그 손은 조금도 떠날 생각이 없는 듯했다. 손의 주인은 많은 사람들이 보고 있는데도 태연히 담천 곁에 와서 앉았다. 두 눈을 굳게 닫은 채 낯빛 한 번 바꾸지 않았다.

"자진 대인, 산주와 제자들께서는 모두 고대에 자리하셨습니다."

담천이 억지웃음을 지으며 속삭였다.

"난 여기 앉고 싶구나."

자진이 차를 따르며 담담히 대꾸했다.

담천은 속으로 이를 갈며 붙잡힌 손을 비틀었다.

"대인께서 이곳에 앉고 싶으시다면 소인이 어찌 감히 참견하겠습니까? 다만 이 손은…… 놓아주시지요."

담천이 공손하고도 대범하게 말했다.

하지만 소용없었다.

담천은 나 몰라라 하고 앞에 놓인 음식이나 먹어치우기

로 했다. 목이 메어 죽는 줄 알았다. 하인들과 제자들이 담천을 보며 한마디씩 했다. 구운을 건드려 한바탕 소란을 피우더니, 이제는 자진을 노엽게 만들었다며 손가락질을 했다. 구운은 멀리 떨어져 있어 표정을 읽을 수 없었지만, 한결같이 여인들에게 둘러싸여 화기애애한 분위기였고, 담천 쪽으로는 눈길 한 번 주지 않았다.

때마침 기분 좋게 취한 백하용왕이 예인들에게 노래와 춤을 선보이라 했다. 손님이 먼저 나서서 흥을 돋우다니, 그야말로 주객전도였다.

버들같이 가녀린 십수 명의 앳된 여인들이 온갖 악기를 들고 고대 앞쪽에 앉았다. 단소 소리가 울리자 부드러운 파도가 통명전 하늘을 가득 채운 듯 물빛이 넘실거렸다. 그것이 허상인 것을 알면서도 담천은 그 소리와 물빛에 가슴이 시원해지는 걸 느꼈다.

과연 백하용왕의 향락 솜씨는 대단했다. 악기 소리가 울려 퍼지자 마치 투명한 물속에 들어와 있는 기분이 들었다. 손을 뻗으면 산호 사이를 유영하는 장난기 어린 오색 물고기를 잡을 수 있을 것 같았다. 잠시 후 열서너 살쯤 된 남녀가 쌍을 이루어 무대로 나왔다. 소년들은 붉은 옷을 입었고, 소녀들은 초록 치마를 두르고 손목에 은종을 달고 있었다. 남녀가 가락에 맞춰 나풀나풀 춤을 추기 시작했다. 가뿐하고 민첩한 몸놀림이 꽃 사이를 날아다니는 나비들 같았다.

그들의 소매춤에서 투명한 물거품이 계속해서 쏟아져 나왔다. 정말로 물속에서 춤추는 것 같았다. 산주를 제외하고 제자들은 모두 넋을 놓고 구경했고, 구운조차 꽤 흥미진진하게 바라보았다. 그의 발아래 빈 술단지가 벌써 여남은 개였다. 앞에 놓인 요리에는 거의 손대지 않았다. 그 대신 옆에 앉은 여제자가 구운의 입에 끊임없이 음식을 넣어주며 그를 바라보고, 말을 걸고, 미소 지었다.

담천은 구운이 있는 쪽은 보기도 싫었다. 고개를 파묻고 열심히 먹어대기만 했다. 목이 막혀 힘들어하면서도 입안 가득 또 고기를 집어넣었다. 보다 못한 자진이 탕을 한 그릇 떠서 담천에게 건넸다. 지독스레 붙들고 있던 손을 그제야 풀어주었다.

"왠지 잡고 있지 않으면 언제고 네가 달아날 것만 같았다."

자진이 자조 섞인 투로 말했다.

담천은 아무 말도 하고 싶지 않았다. 그저 탕 그릇을 들고 벌컥벌컥 들이켰다. 결국 사레가 들려 숨이 끊어질 듯 기침을 했다.

자진이 등을 가볍게 두드려주었다. 담천의 가녀린 등골에 손바닥이 닿자 자진의 머릿속에 순간 수많은 낯선 장면이 지나갔다. 온몸이 굳어버린 그는 미간을 찡그리며 기억을 더듬었다. 이 순간 뭐라도 붙잡아야만 했다.

담천은 그런 자진을 눈치채지 못했다. 맞은편에 누군가 언뜻 스쳐지나갔다. 한참 전에 사라졌던 호십구였다. 봄바람 가득한 얼굴로 고대에 올라 예인들 무리에 섞여 앉았다. 여우 귀와 꼬리는 이제 보이지 않았고 보통 사람과 조금도 다르지 않았다. 담천은 왠지 불안한 마음에 두리번거렸으나 취아의 모습은 보이지 않았다.

담천은 벌떡 일어나 자리를 벗어나려 했다. 그제야 자진이 기억의 늪에서 빠져나와 담천을 붙들었다.

"어딜 가는 것이냐?"

담천이 억지로 웃으며 대답했다.

"너무 많이 먹었나 봅니다. 나가서 좀 걸으려고요."

"나도 같이 가지."

자진이 다짜고짜 담천을 따라나섰다.

또다시 그에게 붙잡힐 것 같아 담천은 얼굴을 붉히며 큰 소리로 말했다.

"뒷간에 용변을 보러 가려는데 대인도 함께 가시려고요?"

마침 한 곡의 춤이 끝나 대전 안에 잠깐 정적이 흐르던 참이었다. 그 틈에 담천이 목청을 높였으니 흡사 굉음이 울리는 것 같았다. 모든 사람의 이목이 집중되었고, 아무리 얼굴 두꺼운 담천이라도 정말이지 쥐구멍에 들어가고 싶은 심정이었다. 담천은 눈을 부라리며 잠시 자진을 쳐다본 뒤 손을 뿌리치고 그곳을 벗어났다.

8장

기억이 돌아오면
우린 어떻게 될까?

　사람들이 죄다 통명전으로 몰리니 밖은 조용하기 그지 없었다. 가볍게 흔들리는 풀 소리만 들릴 뿐이었다. 따라오는 이가 없는 것을 확인한 담천은 흰 종이를 두 갈래로 찢어 그 위에 핏방울을 떨어뜨렸다. 종이가 순식간에 흰 생쥐로 변해 바닥을 구르며 찍찍 소리를 냈다.

　"가서 쥐와를 찾아와."

　명을 내린 담천은 구석진 곳을 찾아 조용히 기다렸다.

　얼마 지나지 않아 생쥐 두 마리가 머리카락을 한 줌 물고 돌아왔다. 생쥐들은 한참 찍찍거리며 바닥을 구르다가 백지 두 조각으로 변해 바람에 흩날리며 사라졌다.

　담천은 긴 머리카락을 주워 들고 냄새를 맡아보았다. 계화유 말고도 아리따운 여인의 향이 은은하게 맡아졌다. 담천은 미간을 찌푸리며 일어나 먼지를 털고 남쪽으로 향했다.

취아는 햇살이 내리쬐는 바위에 누워 자고 있었다. 무슨 꿈을 꾸는지 활짝 웃는 얼굴에 홍조가 가득했다. 담천이 다가가 취아를 툭툭 건드렸다. 얼마 후 겨우 깨어난 취아가 눈을 비비며 두리번거렸다.

"어? 담천 언니, 내가, 내가 왜 여기서 잠들었대요?"

담천이 옅은 미소를 띠고 말했다.

"내가 묻고 싶은 말이야. 잠깐 사이에 사라져 버리더니, 아무리 찾아도 보여야 말이지. 그 호십구가 너한테 대체 뭘 어찌한 거야?"

취아가 머리를 긁적이며 기억을 더듬더니 의아한 듯 말했다.

"별거 없었는데……. 내 이름을 물었고, 자기는 향취산이 처음이라며 여기저기 구경하고 싶다고 하더라고요. 그래서 고작 몇 걸음 더 가서 함께 경치를 구경하고…… 그 뒤에는…… 그 뒤에는 갑자기 졸렸던 것 같아요. 그거 말고는 모르겠어요."

담천이 멈칫하고 망설이다 물었다.

"그럼…… 혹시 어디 몸이 불편한 데는 없어?"

취아는 세상물정을 모르는 아이였다. 팔을 흔들고 목을 돌려본 취아가 입을 열었다.

"없어요. 다 괜찮은데요? 잠이 조금 덜 깬 것 같아요.

좀 몽롱하네요."

"별일 없으면 됐어. 가자. 통명전 연회가 시작됐어. 가무가 보고 싶다고 귀에 딱지가 않도록 말했잖아!"

담천은 뭔가 의심스러운 생각이 들었으나 입 밖으로 꺼내지는 않았다. 취아는 그저 들뜬 마음으로 통명전을 향해 앞장섰다.

좌자진은 조금 전 담천이 소리 지른 것 때문에 창피했는지 고대로 올라가 있었다. 담천은 그제야 안심이 되었다.

연회가 끝이 났다. 용왕 쪽의 가무가 워낙 압도적이라 괜히 위축됐던 산주도 그제야 얼굴을 들 수 있게 되었다. 산주는 정중하게 용왕을 만보각으로 청했다. 두 신선은 각자 다른 마음을 품었으나 서로 손을 잡고 환히 웃으며 일행을 이끌고 만보각으로 향했다.

만보각은 부구운이 담천에게 보여주었던 것과 완전히 다른 모습이었다. 황금, 백은의 사치스러운 분위기로 도배되어 있었다. 붉은 산호가 놓였던 네모난 방에도 산호 대신 사람 키만 한 황금 말이 서 있었다. 황금 말의 두 눈에는 홍보석이 박혀 있었다. 정교하고 진귀하긴 했으나 속세의 기운만 물씬 풍겼다.

다른 물건들도 죄다 보석이 아니면 야광주였고, 심지어 전체가 투명한 수정으로 된 나무도 있었다. 벽에 걸렸던 두 폭의 선화도 사라졌고, 그 대신 상고 적 뛰어난 화가 평갑자平甲子의 마지막 작품인 〈미인도〉가 걸려 있었다. 이 렇게 치장해놓으니 만보각은 청아함이나 고아함이라고는 찾아볼 수 없었다. 그저 부유한 속인의 보물 창고 정도로 밖에 보이지 않았다.

용왕은 눈에 불을 켜고 쳐다보며 커다란 자신의 배를 계속 두들겼다. 한참이 지나서야 용왕이 느릿느릿 입을 열었다.

"산주 형님, 이런 것들도 보물로 치는 겁니까? 몇십 년 안 본 사이 향취산이 이 정도로 궁해진 건 아니겠지요?"

산주의 낯빛이 확 바뀌었다.

"설마 용왕은 본좌가 보지 못한 진귀한 보물이라도 갖고 있습니까? 괜찮으면 다들 견문도 넓힐 겸 꺼내어 보여 주시지요."

백하용왕이 빙긋이 웃으며 소매춤에서 부채 하나를 꺼 내 들었다. 부채를 펼치자 휘황찬란했던 만보각이 순식간 에 암흑으로 변했다. 용왕이 가볍게 부채를 부치자 반투명 하고 반짝반짝 빛나는 꽃잎들이 허공에서 흩날렸다. 간간 이 향기로운 바람이 더해져 보는 이들을 취하게 만들었다.

"이제 멸망한 나라지만 과거 대연국에 특별한 재능을 지닌 인물이 있었지요. 공자제라는 사람인데 그는 음률에 정통해 〈동풍도화〉 같은 절세의 곡을 만들었을 뿐 아니라 그림 실력도 뛰어났습니다. 그림에다 듣도 보도 못한 선술까지 부려서 그림 족자를 펼치는 순간 감상하는 이가 그림 속 풍경에 실제로 가 있는 것 같은 환상에 빠지게 했지요. 형님, 저의 이 부채를 보니 어떠십니까? 이 방 가득 들어찬 진주 보석을 죄다 팔아도 이 부채의 부챗살 하나도 사지 못할 것 같은데."

백하용왕은 득의양양한 얼굴로 몇 번이나 더 부채를 휘둘러 꽃잎들이 구석구석까지 어지럽게 날아들게 했다. 한참 그러고 나서는 특별히 더 소중하게 부채를 접어 소맷춤에 넣었다.

산주가 웃으며 고개를 돌려 분부를 내렸다.

"구운아, 용왕 대인께도 견문을 넓힐 수 있도록 네가 좀 보여드려라."

부구운이 공손하게 대답한 뒤 손으로 벽을 살짝 눌렀다. 그러자 거대한 보석장이 벽 속으로 들어가 몸을 뒤집었다. 삽시간에 밝은 달이 하늘에 걸리고, 시원한 바람이 불고, 꽃잎이 눈처럼 흩날렸다.

걸려 있던 두 폭의 〈미인도〉가 봄날의 경치와 고아한 가을밤의 그림으로 바뀌어 있었다. 고요했던 예인들도 탄성을 내지르며 웅성웅성 떠들기 시작했고, 하인들은 눈앞의 풍경에 도취해 헤어 나오지 못했다. 그저 환영에 불과했으나 도무지 믿지 못하겠는지 많은 이들이 손을 들어 꽃잎을 잡아보려 했다.

만보각은 완전히 새로운 빛으로 눈이 부셨다. 그날 밤 담천이 보았던 풍경과 똑같았다. 방금 전의 속된 분위기는 조금도 보이지 않았다.

산주는 급변한 용왕의 안색을 향해 특별히 더 겸손한 미소를 지으며 입을 열었다.

"용왕, 본좌의 이 그림 두 폭을 용왕의 부채에 비한다면 어떤 것 같습니까?"

용왕은 방문 첫날부터 기분이 상해 하마터면 이대로 떠날 뻔했다. 산주는 자신의 근거지라는 이점을 안고 용왕의 성질을 건드렸다. 물론 용왕이 비교를 당해 화가 난 것인지, 질투심으로 화가 난 것인지는 알 수 없었다.

부유함을 겨룬다는 것이 담천에게는 무료하기 짝이 없는 일이었지만, 그들은 산주와 용왕이었다. 권력을 쥔 자들은 원래 그렇게 무료한 것에 집착하는 심리가 있었다.

그날 연회는 그렇게 허둥지둥 끝이 났다. 용왕이 기이한 안색을 하고서 먼저 일어나겠다고 전했다. 하인들은 자신들이 남아서 연회상을 정리하겠다고 나섰다. 산주가 베푼 호의에 대한 보답이었다. 반쯤 정리했을 때 취아가 어지럽다며 먼저 가겠다고 했다. 오후에 만보각을 나왔을 때부터 안색이 줄곧 좋지 않았다. 얼굴이 이상하리만치

하얀 것이 이때까지 버티기도 쉽지 않았을 것 같았다.

비틀거리며 통명전을 나서는 취아의 모습을 담천은 묵묵히 지켜보았다. 취아가 문 앞에 이르렀을 때 호십구가 쫓아와 그녀와 몇 마디 나누었다. 취아는 기분이 무척 좋아 보였다. 호십구가 취아의 머리를 사랑스럽다는 듯 토닥이자 취아는 사탕을 입에 문 아이처럼 방실방실 웃었다.

담천은 두 사람이 나란히 멀어지는 것을 바라보다 다시 연회상을 정리했다. 하지만 도무지 일에 집중할 수 없었다. 치우던 그릇과 젓가락을 내려놓고 조심스레 그들의 뒤를 밟았다. 그런데 하루 종일 눈길도 주지 않았던 구운이 하필 그때 담천을 부르는 게 아닌가.

"천아!"

얼마나 애틋하게 들렸는지 대전 안에 있던 모두의 시선이 그리로 쏠렸다.

담천은 갑자기 머리 가죽이 저렸다. 마주하고 싶지 않았으나 하는 수 없이 몸을 돌려 예를 갖췄다.

"……구운 대인, 분부하실 일이라도 있으십니까?"

구운이 빙긋이 웃으며 다가왔다. 멀리 자진이 있는 곳을 무심한 척 힐끗하더니 손을 들어 담천의 귓가에 꽂힌 머리 장신구를 빼 들었다. 장신구를 코에 갖다 대고 살짝 향기를 맡다가 부드러운 음성으로 말했다.

"할 건 다 한 사이인데 대인이라 부르며 그리 내외할 건 또 무엇이냐?"

웅성웅성…….

과연 그의 말은 엄청난 파장을 불러일으켰다. 다들 도끼눈을 하고 담천을 째려보았다. 파랗게 질린 담천은 등근육이 덩어리째 뭉치는 것 같았다.

"대인, 무슨 그런 농담을 다 하십니까. 대인께서 베풀어주신 은덕이 백골난망인지라 저는 앞으로 대인을 생명의 은인으로 여기고 평생 부모님처럼 효와 공경을 다할 것입니다."

말 한마디로 천냥 빚도 갚는다지 않던가. 위기를 모면하기 위해 담천도 그 방법을 썼다.

구운은 전혀 개의치 않는 듯 담천의 볼을 어루만지며 말했다.

"오늘밤은 이 대인이 일이 있어 들어가지 못할 것 같구나. 혼자 빈방을 지켜야겠어. 괜히 나쁜 짓은 하지 말고."

오늘도 역시 들어오지 않겠다는 것이었다. 나쁜 짓은 누가 봐도 그가 하려는 것이 아닌가. 담천은 하마터면 '어딜 가시려고요?'라고 물을 뻔했다. 물을 필요가 있겠는가. 그의 뒤로 여제자들이 여럿 기다리고 서서 웃음꽃을 피우고 있었다. 그들의 얼굴에 봄바람이 가득했고 하나같이 반짝반짝 빛이 났다. 눈먼 사람이 아니고서야 구운이 어디 가서 무얼 할지 모를 리가 없었다.

원래부터 구운은 풍류를 즐기는 사내였다. 한 여인에게 부드럽게 대하는 것은 지극히 당연한 일, 여러 여인에게 똑같이 부드러운 것은 더더욱 정상적인 일이었다.

담천은 속으로 한숨을 쉬며 한 걸음 물러나 공손히 말했다.

"제가 어찌 감히 그러겠습니까. 소인은 대인께서 돌아와 보신하실 수 있도록 요화탕腰花湯, 돼지나 양의 콩팥으로 만든 탕을 끓여놓겠습니다."

구운은 웃는 듯 마는 듯 담천의 얼굴을 꼬집고는 재잘대는 무리를 이끌고 담천의 어깨를 스치며 지나갔다. 그 순간 그의 목소리가 탄식처럼 담천의 귓가에 들렸다.

"바보······."

그 말이 그녀를 향한 말인지, 옆에 있는 순진한 여제자에게 한 말인지 담천은 알 수 없었다. 알고 싶지도 않았다. 한동안 멍하니 있다가 발을 떼려는데 누군가 그녀의 팔을 우악스럽게 붙잡았다. 너무 아파서 하마터면 큰 소리를 낼 뻔했다.

"구운과 엮이지 마!"

좌자진이었다. 이번에는 그가 불평할 차례인가 보았다. 그는 굉장히 불쾌해 보였다.

담천은 괴로운 듯 머리카락을 쥐어 잡았다. 안 그래도 죄다 엉망진창으로 꼬여 있는데 거기에 또 하나 더하려는 것이 아닌가.

"소인은 구운 대인의 시중을 드는 하인입니다. 자진 대인의 말씀이 참으로 이상합니다. 소인, 이해를 잘 못 하겠습니다."

담천의 말에 자진이 눈썹을 곤두세우더니 잠시 후 입을 뗐다.

"구운은……."

머뭇거리던 자진은 결국 뒷말을 맺지 못했다.

담천은 무슨 기분이 들었는지 고개를 돌리고 이런 말을 했다.

"현주 대인께서 태미루에 연금 중인데 찾아가 봐야 하지 않겠어요?"

현주의 이름은 과연 자진의 표정을 일그러지게 만들었다. 그는 한동안 아무 말이 없었다. 화가 난 줄 알았는데 의외로 이런 말을 했다.

"어쩌면 보러 가야 하는 걸지도. 한데 또 가지 말아야 할 것 같기도 하구나."

그러고는 살짝 웃어 보인 뒤 먼 곳을 향해 발을 옮기며 들릴 듯 말 듯한 목소리로 말했다.

"기억이 모두 돌아오면…… 담천아, 그때 우리는 어떻게 될까?"

담천은 그만 멍한 표정이 되어 그대로 굳어버렸다.

'정말 그날이 오면 내가 어찌할 수 있을까?'

담천 자신도 알지 못했다.

삼경三更, 밤 11시에서 새벽 1시 사이이 지나자 연회를 즐겼던 사람들도 모두 꿈속으로 빠져들고 향취산은 고요를 되찾았다.

취아의 방안은 여전히 등불로 환히 밝혀져 있었다. 창호지에 뚜렷하게 드리워진 취아의 그림자가 촛불을 따라 흔들렸다. 그 모습을 수상쩍게 여긴 담천이 소리 없이 다가가 창문 위, 틈이 난 곳으로 눈을 갖다 댔다. 취아가 흐리멍덩한 표정으로 침상에 걸터앉아 있었다. 맞은편에는 반투명한 몸의 여우 한 마리가 똬리를 틀고 앉아 취아를 향해 머리와 꼬리를 흔들고 있었다. 정말이지 기괴한 장면이었다.

이는 호염술狐魘術이었다. 취아는 주술에 걸려 무슨 일이 일어나고 있는지 알지 못했다. 담천은 뒤로 한 걸음 물러나 백지를 꺼내 입김을 불었다. 백지가 순식간에 청동 가면으로 둔갑했다. 가면을 쓰려는데 갑자기 움직이는 소리가 들리고 창문이 끼익 소리를 내며 열렸다. 헐렁한 속곳만 걸친 취아가 품에 여우를 안고 창턱 밖으로 한 발을 내디딘 순간이었다. 담천이 잽싸게 팔을 뻗어 취아의 옷깃을 잡아 힘껏 밀었다. 취아는 바람에 휩쓸리듯 가볍게 날아 침상에 눕혀졌고 그 위로 이불이 덮였다. 그 와중에도 취아는 깨어날 기미가 전혀 없었다.

여우가 냅다 달아나려 했다. 그 순간 뒤에서 찬바람이 일더니 웬 날카로운 이빨이 여우를 덥석 물어 옴짝달싹 못하게 했다.

담천은 조용히 창문을 닫고 그곳을 나왔다. 백지에서 사나운 맹수로 둔갑한 호랑이는 온순하게 담천의 뒤를 따랐다. 호십구가 호랑이 입에 물린 채 물었다.

"뉘신지? 어찌 남의 일에 간섭을 하십니까!"

담천은 아무 말도 하지 않았다. 그저 조신하게 걸으며 은밀한 곳에 도착해서야 천천히 몸을 돌렸다. 호십구의 눈에 청동 가면을 쓴 그녀의 모습은 꽤나 무서워 보였다. 가면 뒤에서 두 눈이 반짝였으나 한사코 말을 하지 않으니 온몸의 털이 바짝바짝 서는 것 같았다. 호십구가 또다시 물었다.

"대, 대체 뭘 하려고 그러십니까?"

목소리가 살짝 떨리는 것이 겁을 잔뜩 먹은 모양이었다. 담천은 목에 힘을 주고 나지막이 말했다.

"대체 뭘 하려던 것인지는 내가 물어야 할 것 같은데?"

호십구는 잠시 망설이다 솔직히 털어놓았다.

"그 낭자는 양시陽時, 십이시(十二時) 중 자시, 인시, 진시, 오시, 신시, 술시를 말한다에 출생해 청정한 몸을 갖고 있기에 낭자를 통해 일월日月의 정수를 흡입하고 있었던 것뿐입니다. 목숨에는 절대 지장이 없습니다.”

담천이 차갑게 웃으며 말했다.

“용왕의 예인이라는 자가 향취산에 들어와 함부로 사람을 해치다니, 간이 배 밖에 나왔구나!”

뜻밖에 호십구 역시 차갑게 웃으며 대꾸했다.

“당신도 이 향취산 산주를 위해 목숨을 내놓은 자인가 봅니다. 참으로 우습네요! 죽음이 코앞까지 왔는데 자각을 못 하다니. 당신의 솜씨가 보통이 아니기에 좋은 마음에 한말씀 드리는데, 최대한 빨리 이곳을 떠나는 게 상책입니다! 앞으로 향취산 주인이 바뀔 테니까. 당신처럼 수련한 제자들은 단지 용왕 배 속에 들어갈 맛난 찬거리에 불과할 겁니다. 그때 가서 후회하면 늦어요!”

“그게 무슨 말이지?”

담천이 움찔하며 물었지만 호십구는 더 이상 대답하지 않았다. 독하게 입을 다물고는 어떤 질문에도 반응이 없었다. 담천은 호랑이에게 다시 한 번 물라고 지시했다. 곧이어 호십구의 뼈에서 우드득 소리가 났다. 금방이라도 으스러질 것 같았다. 급기야 호십구가 떨리는 음성으로 대답했다.

“나무가 크면 부는 바람도 크다 하지 않습니까……. 향취산 산주는 나이도 많은 데다 쟁여놓은 보물이 엄청나지요. 누가…… 누가 그런 야심 하나 없겠어요? 게다가 산주가 착한 신선도 아니고, 제자들을 불러들이는 것도 제자의 득도를 위함이 아니지 않습니까. 자기 보물을 지키려고 개를 사육하는 것과 뭐가 다릅니까. 하늘의 이치가 그런 것입니다. 신선도 부와 권력을 탐하고 빼앗는데, 하물며 저희 같은 작은 요괴나 평범한 인간들은 더하지 않겠어요?"

담천은 생각에 잠겼다. 따져 묻고 싶었으나 그때 멀지 않은 곳에서 웃음소리가 들렸다. 아무래도 젊은 제자 둘이서 사통을 즐기려고 으슥한 곳을 찾아든 모양이었다.

호십구가 눈알을 굴리더니 입을 크게 벌려 소리쳤다.

"살려주……."

채 말을 끝내기도 전에 호랑이가 그의 두 앞다리를 물어뜯었다. 이때 호십구는 실제의 몸이 아니라 정령이 둔갑해 있는 상태였으나, 두 다리가 물린 고통은 스스로도 가히 짐작할 수 있는 것이었다. 담천은 그가 비명을 지르기 전에 호랑이를 거두고 훌쩍 그곳을 떠나버렸다. 두 젊은 제자가 비명소리를 듣고 달려왔다. 그들이 도착했을 때는 곧 사라질 초록 형광 빛만 점점이 남아 있을 뿐이었다.

담천이 구운의 저택으로 돌아오니 침실에 불이 밝혀져 있었다. 밖에서 풍류를 즐기고 있어야 할 구운이 창가에 기댄 채 달빛 아래서 혼자 술을 마시고 있었다. 담천은 발

걸음이 천근만근 무거웠다. 벼락 맞은 것처럼 넋 놓고 구운을 바라보았다. 이렇게 난처하기도 오랜만이라 담천은 한 마디도 입 밖에 내지 못했다.

술을 따르던 구운이 담천을 향해 미소 지으며 물었다. 결코 호의적이지 않은 미소였다.

"천아, 요화탕은 어디 있느냐?"

담천은 그제야 정신을 차리고 쿵 소리를 내며 무릎을 꿇었다.

"소인이 게으름을 피웠습니다! 오늘 너무 많이 먹은 탓에 나가서 소화도 시킬 겸 걷고 온다는 것이……. 대인께서 이리 일찍 돌아오실 줄 몰랐습니다! 그게 그러니까…… 요화탕은 아직 만들지 못했습니다. 지금 바로 가서 만들어 오겠습니다!"

"오……."

구운이 탄식을 내뱉고 대수롭지 않다는 듯 말을 이었다.

"야심한 밤에는 아무 데나 돌아다니지 말거라. 산중 외진 곳에는 독사나 맹수가 많다. 혹여 네가 그런 거에 물리기라도 하면 이 대인의 마음이 너무 아프지 않겠느냐?"

담천의 가슴이 두방망이질했다. 구운의 말을 못 알아들은 척 대답은 건너뛰고 다른 질문을 했다.

"대인, 오늘은 어찌 이리 일찍 돌아오신 겁니까? 어디 몸이 안 좋으신가요? 소인이 금방 가서 요화탕을 만들어

오겠습니다."

"가까이 오너라."

구운은 담천의 말을 무시하고 그녀를 향해 손을 까딱였다.

담천은 한동안 꾸물대다 조금씩 창가로 걸음을 옮겼다. 구운의 두 손이 느닷없이 담천의 겨드랑이로 들어오더니 창밖에 있던 그녀를 안아 창틀 위에 앉혔다. 담천은 온몸이 굳어 움직일 수가 없었다. 떨리는 소리로 그녀가 말했다.

"대인, 제가 요화탕을⋯⋯."

"이 대인 생각에는 요화탕보다 네가 더 효과가 있을 것 같구나."

구운이 담천의 등 뒤에서 허리에 팔을 두르고 그녀의 어깨에 턱을 얹었다. 두 손으로 담천의 배를 당기며 꼭 안았다.

"어찌 담이 도로 작아진 것이냐? 오늘은 몸을 바치겠다고 안 하고?"

담천이 어색한 웃음을 지으며 가느다란 눈썹 모양의 달을 가리켰다.

"그것이⋯⋯ 오늘은 앞에 꽃도 없고 휘영청 밝은 달도 아니고, 분위기가 영 나질 않네요. 하하, 분위기가⋯⋯."

구운이 담천의 귀에 가볍게 입김을 불었다. 담천은 간

지러웠지만 피하려야 피할 수 없어 이를 악물었다. 간질 간질함이 마음 깊은 곳까지 파고드는 것 같았는데, 그 느낌이 싫지 않고 다만 낯설었다. 굳이 저항할 마음은 들지 않았다.

"그래? 내 생각에, 너의 그 분위기는 자진이 있는 곳으로 죄다 도망쳐 달아났나 보구나. 요 나쁜 것, 이 대인 한 사람으로 모자라 자진까지 건드린 게야?"

구운의 말은 꽤 그럴듯했다. 시큼한 질투의 향이 주위를 가득 채운 듯했다.

담천은 소심하게 이리저리 몇 번 움직여보았으나 아무래도 구운이 놓아줄 것 같지 않았다. 어쩔 수 없이 긴 한숨을 쉬고 말했다.

"정말 구운 대인은 못 속이겠습니다……. 소인, 사실 자진 대인을 처음 뵌 순간부터 마음이 갔고, 다시 뵙고 나서는 잊히지가 않더군요. 하지만 소인과 자진 대인은 하늘과 땅 같은 관계인데, 어찌 감히 신분 상승을 꿈꾸며 욕심을 부리겠습니까. 그저 매일 그분을 볼 수 있는 것만으로도 소인은 만족합니다."

구운이 쿡쿡거리며 담천의 긴 머리카락을 쓰다듬었다.

"아마 좌자진이 너의 그 두두 오라버니와 많이 닮은 게구나?"

담천은 두두라는 이름을 거의 잊고 있었던 터라 순간

당황했다. 재빨리 생각을 떠올린 그녀는 마치 곡식을 쪼는 병아리처럼 고개를 주억거렸다.

"그렇죠, 그렇죠! 소인, 자진 대인을 처음 보자마자 머릿속이 백지가 돼서……."

잠시 침묵하던 구운은 결국 천천히 손을 풀어 담천을 놓아주었다. 담천은 미꾸라지처럼 풀쩍 뛰어내려 그에게서 멀찍이 떨어지고 나서야 웃으며 말했다.

"날이 많이 늦었습니다. 대인께서도 얼른 쉬셔야지요. 소인, 물을 데워 오겠습니다."

아무 대답도 없었다. 허리를 굽혀 창턱에 엎드린 구운은 무표정한 얼굴로 담천을 응시했다. 눈 밑의 눈물점이 그를 더욱 처연해 보이게 했다. 담천은 꿈쩍도 못 하고 서 있었다. 웬일인지 그와 눈을 마주치기가 편치 않아 고개를 떨구고 자신의 발끝만 내려다봤다.

얼마나 지났을까, 비로소 구운이 나지막이 말했다.

"그만 자거라. 다른 건 필요 없다."

그 말에 담천은 괜히 산란해져서 짧게 대답하고 몸을 돌렸다.

그때 구운이 다시 입을 열었다.

"천아, 거짓말을 하려면 떳떳하고 당당하게 해라. 매번 그렇게 어설프게 하지 말고. 나는 좌자진과는 달라. 눈이 있고, 뭐든 다 기억하지."

담천이 크게 놀라 고개를 돌렸으나, 구운은 이미 창문을 닫은 뒤였다. 담천은 어리둥절한 채 한참을 가만히 서 있었다. 순간 문을 박차고 들어가 대체 무슨 말이냐고 따져 묻고 싶었다. 하지만 또 다음 순간에는 아무것도 모르는 척 머리를 비우고 자고만 싶었다. 담천은 몸을 움찔거리며 이를 악물었다. 아무래도 그냥 방으로 들어가 이불 깔고 잠을 청하는 게 나을 것 같았다.

구운은 여러 날이 지나 오늘에서야 집에 돌아왔다. 하지만 아쉽게도 오늘밤은 분위기가 아주 별로였다. 그는 담천을 등지고 침상에 누워 이불을 목까지 바싹 올려서는 꿈쩍도 하지 않았다. 그가 꿈쩍도 않으니 담천도 움직이기가 조심스러웠다. 조용히 이불을 펴고 침상 한쪽에 웅크린 담천도 구운을 등지고 누웠다. 입술을 깨물며 한 마디도 하지 않았다. 마치 그와 경쟁이라도 하듯이.

선잠이 들었는데 어느 순간 머리를 어루만지는 손길이 느껴졌다. 잠결에도 애틋한 마음이 사뭇 느껴지는 손길이었다. 꿈을 꾸는 듯했고, 꿈이 아니더라도 꿈이라 여기는 수밖에 없었다.

머리 위에서 나지막한 소리가 들려왔다.

"좌자진이 정말 그렇게 좋은 것이냐?"

담천은 그 이름을 더는 떠올리고 싶지 않았다. 그래서 아예 이불속에 머리를 넣고는 깊이 잠든 척 잠투정 소리를 냈다. 머릿속에 온갖 기억의 장면이 떠올랐다. 이런저런 기억들이 어지럽게 뒤섞여 도무지 종잡을 수 없었다. 어지러운 기억을 헤매다 그대로 잠이 들어버렸다. 꿈속에서, 담천은 몰래 궁을 빠져나와 마실 나갔던 그날 묵묵히 곁에 함께해주었던 좌자진을 만났다. 모처럼 새 옷을 입고 나갔지만 자진은 새 옷을 알아보고도 모른 체했다. 화가 난 담천이 일부러 더 많은 길을 에둘러 갔는데, 그러다 새 신발에 발이 까져서 혼자만 고생했다.

담천이 발이 아파 길가에 주저앉자 아직 어린 소년인 자진은 당황해서 어쩔 줄 몰라 했다. 날도 어두워지기 시작했다. 빨리 궁으로 돌아가지 않으면 둘 다 엄청난 꾸중을 들을 터였다. 그렇다고 감히 그녀를 업어 몸을 맞댈 수는 없었다. 그녀는 황제의 딸, 즉 제희였다. 자진이 감히 넘볼 수 없는 고귀한 신분이었다.

더는 지켜볼 수가 없어 담천이 성질을 부렸다.

"선법을 수련한다고 했잖아요? 그 간단한 통령술通靈術 하나 할 줄 몰라요?"

자진은 그제야 생각이 났는지 땅의 정령을 불러 등나무로 가마를 만들게 했다. 가마가 나타나자 손을 내밀어 담천을 부축했다. 그녀의 온몸이 화로 속 인두처럼 뜨거워 자진의 손이 살짝 떨렸다. 그녀를 겨우 가마에 태우고 그가 말했다.

"제희, 소신이 실례를 범하였습니다."

그러자 담천이 싸늘한 낯빛이 되어 대꾸했다.

"누가 소신이라는 거예요? 그쪽이 제 신하라도 되나요?"

"소인이……."

"왜 또 소인이에요!"

자진은 어쩔 줄 몰라 한참을 침묵한 채 가만히 서 있었다. 어느덧 저녁노을이 짙게 깔리며 두 사람의 몸에 홍조를 드리웠다. 자진은 그제야 그녀를 등진 채 입을 열었다. 매우 작은 목소리였다.

"오늘 너무 아름다우십니다. 저도 너무 좋습니다."

…….

담천이 꿈을 꾸며 몸을 뒤척였다. 눈가로 눈물이 흘러내렸다. 또 그 눈물은 누군가의 따스한 손 위로 또르르 굴러 떨어졌다.

생강도 늙은 것이 맵다는 말이 있다. 첫날 그리 유쾌하지 않은 시간을 보낸 용왕과 산주는 다음 날이 되자 아무 일 없었다는 듯 다시 연회 자리에서 서로를 추켜세우며 과장스런 이야기로 입담을 자랑했다.

담천은 이날도 많이 먹었다. 음식상에 몸을 기댄 채 그들의 인사치레 말을 듣고 있으니 졸음이 몰려왔다. 아무리 봐도 백하용왕은 희고 피둥피둥한 것이 그저 착하고 순박한 뚱보 아저씨로만 보였다. 역시 사람은 외모로 판단해서는 안 될 일이었다.

'속에 그런 꿍꿍이속이 있다는 걸 산주는 알고 있을까?'

담천은 한바탕 늘어지게 하품을 했다. 옆에 있던 취아가 담천의 소맷자락을 당기며 속삭였다.

"언니, 그러지 좀 마요. 남이 보면 얼마나 보기 안 좋겠어요?"

담천은 싱긋이 웃으며 취아의 얼굴을 보았다. 발그레하고 생기발랄했다. 보아하니 호십구가 전날 확실히 깨달음을 얻어 다시 취아를 찾아오지 않은 모양이었다.

"기어이 날 끌고 와 앞줄에 앉히더니, 엄청 대단한 구경거리가 있는 게 확실한 거지?"

담천은 원래 오늘은 나오지 않을 계획이었다. 하지만 취아가 가만두지 않았다. 여기까지 끌고 온 것도 모자라 한사코 앞자리를 잡아야 한다며 난리법석을 떨었다. 담천에게는 좋은 구경을 할 수 있을 테니 옆에 같이 앉아 있기만 하라고 고집부렸다. 소녀의 마음에 어떤 비밀을 품고 있는지 누가 알겠는가.

취아가 얼굴을 붉히고 손가락을 배배 꼬며 대답했다.

"뭐, 뭐 특별한 건 아니고, 어제 십구가 말해줬는데 오늘 자기가 무대에서 검무를 춘다고……. 십구가 그, 그 검무를 이끄는 주인공이래요! 그래서 좀 가까이서 보고 싶어서……."

"……좋아하는 거야?"

"에이, 아직 좋아한다고 말할 건 아니고, 그래도 잘생겼잖아요. 그래서 거절하기가……."

담천은 취아가 사내가 아니어서 다행이라 생각했다. 사내였다면 바람둥이 기질이 구운을 뛰어넘었을 것이다. 담천은 엉겁결에 고대 위를 올려다보았다. 예인들이 용왕 아래에 자리를 잡고 앉아 있었다. 호십구는 창백한 얼굴로 마지못해 다른 사람과 농담을 주고받고 있었다. 두 팔을 흰 천으로 단단히 동여매고 있어 무대를 이끌기는커녕 몸을 움직이기도 힘든 처지였다.

담천이 고소해하며 말했다.

"취아야, 너의 그 십구라는 분, 오늘은 아무래도 춤을 못 추지 싶다."

취아가 황급히 호십구 쪽을 바라보더니 자그마한 얼굴이 금세 일그러졌다.

"앗! 대체 무슨 일이래? 이따가 가서 물어봐야겠어요! 설마 정말 다친 건가?"

'네가 찾아간다고 그가 감히 만나려 할지는 모르겠네.'

담천은 괜히 제 발 저려서 차를 한 모금 들이켰다.

통명전이 한창 시끌벅적하던 그때 대전 문이 열렸다. 준수한 얼굴의 예인 서너 명이 손에 쟁반을 받쳐 들고 들어왔다. 공손한 태도로 걸어와서는 바닥에 무릎을 꿇고 낭랑한 소리로 외쳤다.

"용왕 대인을 뵙습니다! 산주 대인을 뵙습니다! 이것은 용왕 대인께서 특별히 가져오신 미주美酒로 백하白河 강물에서 자라는 향초에 온갖 진귀한 약재와 꿀을 더해 빚어낸 술, 상봉한만相逢恨晚, 늦게 만난 것이 한스럽다는 의미로, 마음이 잘 통하는 벗을 표현하는 말이라 하옵니다. 맛을 한번 보시옵소서."

산주가 수염을 쓰다듬으며 소리 내어 웃었다.

"용왕께서 어찌 이리도 마음을 쓰셨습니까! 흥을 돋우기 위해 이런 미주까지 챙겨와 주실 줄이야."

용왕이 득의양양한 얼굴로 뱃가죽을 두드리며 말했다.

"산주 형님, 이 상봉한만을 얕보시면 안 됩니다. 지난번 백호왕이 용안龍眼 크기만 한 야광주 스무 알을 부르면서 제게 상봉한만 한 동이를 청한 걸 거절했는데, 이번에 제가 여기에 오면서 네 동이를 챙겨왔지요. 산주 수제자들도 맛을 좀 보라고 말입니다."

산주는 과연 마음이 제법 동했다. 제자들에게 얼른 술동이를 가져오게 했다. 덮개를 열자 짙으나 화려하지 않고, 그윽하나 흩어지지 않는 술 향이 통명전 전체에 퍼져 나갔다. 심지어 담천도 두어 번 숨을 들이켜고는 감탄을

뱉어냈다.

"음, 향이 너무 좋아!"

환심을 사는 것은 청청이 가장 잘하는 것이었다. 청청이 먼저 잔 두 개에 상봉한만을 따른 다음 무릎을 꿇고 두 신선의 탁자에 올렸다. 그리고 부드러운 음성으로 말했다.

"스승님, 미주에 가무가 빠질 수가 있겠습니까? 저희들이 근자에 〈동풍도화〉를 연마하였기로 귀한 손님을 위해 한 곡 올려드리고 싶습니다."

산주가 흐뭇하게 고개를 끄덕이고 용왕을 슬쩍 쳐다보았다. 계속 예인들의 가무만 선보여서 향취산에는 훌륭한 인재가 없는 것처럼 여겨져 버린 상황이었다. 때마침 청청이 하명을 청했으니 용왕의 기세를 누를 절호의 기회였다. 이런 기회는 자주 오지 않았다.

뜻밖에 용왕이 조금 놀란 듯이 물었다.

"오? 〈동풍도화〉 말입니까? 대연국이 멸한 뒤로는 그 곡도 전수가 끊어졌다 들었는데, 오늘 아주 제대로 감상해봐야겠습니다!"

청청은 활짝 핀 봄꽃처럼 웃어 보인 뒤 재빨리 손뼉을 쳐 함께한 제자들을 무대 위로 불렀다. 이쪽에서는 예인들이 앞쪽에 자리한 산주의 대제자들에게 술을 따르기 시작했다. 구운은 상당히 흥미로운 듯 앞에 놓인 대리석 잔을 들었다. 상봉한만이라는 술이 몹시 기이하고 독특했다. 술잔 끝까지 술이 가득 찼으나 조금도 밖으로 새지 않았다. 비취를 닮은 청옥색으로 코에 가까이 가져가면 향이 그윽하고 멀게 느껴졌으며, 멀리 떨어뜨리면 오히려 짙은 향에 취하게 만들었다. 과연 천만금을 주고도 살 수 없는 좋은 술이었다.

구운이 느닷없이 일어나 산주를 향해 말했다.

"제자, 감히 이 자리의 어느 한 사람에게 이 술을 함께 마시자 권하고 싶습니다, 스승님. 부디 제자의 청을 들어주십시오."

기분이 좋은 상태인 산주는 기꺼이 구운의 청을 허락했다. 구운은 고대 앞으로 나아가 아래쪽을 내려다보았다. 차를 마시고 있던 담천은 오싹한 기분이 들었다. 고개도 들지 못하고 어깨를 한껏 움츠리고 있는데 과연 구운이 크게 외쳤다.

"천아, 이리 올라오너라!"

9장

그대는 언제까지
날 속일 셈이지?

산주를 포함한 모두의 시선이 순식간에 담천 쪽으로 쏠렸다.

담천이 들고 있던 잔이 부르르 떨리며 취아의 치마 위로 찻물이 쏟아졌다. 취아는 젖은 치마 따위 신경도 쓰지 않았다. 턱이 빠질세라 입만 벌린 채 어안이 벙벙한 상태였다.

통명전 전체가 쥐죽은듯 조용해졌다. 모두가 특별할 것 없는 외모의 어린 하인을 응시하고 있었다. 담천은 평온한 낯빛으로 찻잔을 내려놓았고, 평온한 낯빛으로 일어나 치마를 털었으며, 또다시 평온한 낯빛으로 고대에 올라 부구운 곁에 자리를 잡고 앉았다. 이 일련의 행동이 거침없이 이루어졌으며, 수줍음, 불안, 두려움 같은 감정은 조금도 보이지 않았다. 결코 평범한 하인은 아니라고 다들 짐작했다.

"밑에서 밥은 먹었고?"

뻔뻔한 걸로 치자면 결코 담천에게 뒤지지 않는 구운이었다. 그는 담천의 볼 옆으로 흐트러진 머리카락을 쓸어주었다. 마치 주변에 아무도 없다는 듯이, 하지만 모두에게 보란듯이. '우리는 서로 정을 통한 사이인데 뭐가 문제냐'라는 듯이 말이다.

담천은 자포자기한 심정으로, 사람들이 주시하는 가운데 눈앞의 과일을 집어 입에 넣었다. 한 술 더 떠서 미간을 찡그리며 태평하게 대답했다.

"뭐, 그럭저럭."

분위기를 보아하니 이러다 이도 저도 안 될 것 같아 청청이 재빨리 다시 손뼉을 쳤다. 여제자들이 눈치껏 악기를 들고 무대 위에 둥그렇게 자리를 잡고 앉았다. 청청은 춤을 추는 제자들과 함께 무대로 나풀거리며 걸어 나와 산주와 용왕을 향해 완곡하게 예를 갖췄다. 가락 소리가 막 울리려던 참이었다. 산주가 갑자기 생각이 난 듯 손을 내젓더니 싸늘한 낯빛의 자진을 향해 물었다.

"현주가 태미루에 들어간 지 아직 한 달이 되지 않았더냐?"

자진이 몸을 숙이고 대답했다.

"스승님께 아룁니다. 아직 대엿새 남았습니다."

산주가 살짝 아쉬운 듯이 말했다.

"용왕께 좋은 술을 선물받았는데 이런 기회가 어디 쉽게 오는 일이더냐. 어쨌든 귀한 신분인데 푸대접할 수야 없지. 현주를 불러 용왕께 인사를 드리라 하거라."

자진은 무표정으로 짧게 대답하고 일어나 발을 옮겼다. 그의 옷자락이 담천의 발등을 스쳤으나 그는 돌아보지 않았다. 담천은 입에 넣은 과일이 좀체 넘어가지 않았다. 씹고 또 씹어도 밀랍을 씹고 있는 듯 아무 맛도 나지 않았다.

얼마 지나지 않아 자진이 현주를 데리고 돌아왔다. 태미루에 있는 동안 잘 지내지 못했는지 부쩍 수척해진 모습이었다. 하지만 얼굴에 비친 원망과 상심의 표정에 비하면 수척해진 몸은 아무것도 아니었다. 그녀는 금방이라도 울음을 터뜨릴 듯한 얼굴로 자진의 뒷모습만 뚫어져라 응시하고 있었다.

산주가 미간을 살짝 찌푸리고 헛기침을 하며 말했다.

"현주는 올라와서 백하용왕께 인사를 드리시오."

현주는 마지못해 괴로운 감정을 거두고 서둘러 고대로 향했다. 그때 조용히 자신을 바라보는 담천을 발견하고 저도 모르게 걸음을 늦췄다. 두 사람의 시선이 허공에서 만나 배회했으나 둘 다 물러서려 하지 않았다. 현주는 산주 앞에 가서야 시선을 돌려 무릎을 꿇고 머리를 조아렸다.

"불초 제자 현주가 스승님을 뵙습니다, 용왕 대인을 뵙습니다."

그토록 고고하기만 했던 그녀지만 얹혀사는 처지인 지금은 부득불 머리를 조아릴 수밖에 없었다. 담천은 현주가 고개 숙인 모습이 보기 싫어 얼굴을 돌려버렸다. 순간 손바닥에 따뜻한 기운이 전해졌다. 구운이 그녀의 손을 꼭 그러잡았다. 그녀의 얼굴은 보지도 않고 그저 손만 잡은 채 상봉한만을 들이켰다. 반쯤 마셨을까, 담천에게 잔을 건네며 나지막이 물었다.

"마시겠느냐?"

담천은 억지 미소를 지으며 잔을 받아 들었다. 평소 하던 우스갯소리라도 하고 싶었지만 왠지 마음처럼 되지 않았다. 그저 공연한 말만 나올 뿐이었다.

"술 이름이 참 좋네요. 상봉한만! 이야, 역시 신선분들 것은 뭐가 달라도 달라요! 술 이름 하나에도 정취가 담겼으니 말입니다."

구운이 턱을 괸 채 고개를 돌리고 담천을 향해 말했다.

"이왕에 만났으니 늦은 만남도 원망치 않으리. 내가 좋아한다면 어쨌든 내 사람이 될 터이니."

술잔을 입술에 대던 담천은 구운의 의미심장한 말에 손을 멈추고 말았다. 이 술을 마시면 왠지 그의 말에 동의한다는 의미가 될 것 같았다. 결국 잔을 내려놓고 어색하게 웃으며 말했다.

"하하, 과연 구운 대인이십니다……. 그 뭐야, 마치 영웅적 기개가……."

구운은 아무 말도 하지 않았다. 그저 담천의 손을 더욱 움켜잡으며 깍지를 꼈고, 손가락 사이 보드라운 살결을 어루만졌다.

피리 소리가 울리기 시작했다. 드디어 〈동풍도화〉가 시작된 것이다. 기다란 소매는 흐르는 구름 같았고, 가는 허리는 하얀 눈이 흩날리는 듯했다. 말로 다 표현할 수 없는 풍류와 화려함에 산주조차 넋을 놓고 바라보았다.

담천은 구경할 마음이 전혀 없어 구운에게 잡힌 손을 슬금슬금 빼기 시작했다. 손가락 하나를 빼고, 또 하나를 빼고…… 음탕한 손에서 반쯤 빠져나왔을까, 돌연 그가 다시 손을 움켜쥐었다. 그의 손가락이 담천의 손바닥을 빙글빙글 돌리며 문질렀다. 그의 검지와 중지에 박인 굳은 살 때문에 담천은 까슬까슬하고 간지러운 느낌을 받았다. 너무 간지러워 웃음이 나올 것 같았다. 급기야 담천은 급히 구운의 신경을 다른 곳으로 돌리려 했다.

"대인, 저기 좀 보십시오. 청청 아씨가 춤을 참 잘 추십니다."

"난 이미 최고로 잘 추는 여인을 봤던 터라 그보다 못한 무대는 눈에 들어오지가 않아서."

구운은 아름다운 옛 기억이 떠오른 듯 부드럽기 그지없는 미소를 지었다. 목소리마저 유하게 바뀌었다.

"천아, 나는 이기적이고 자랑하기 좋아하는 사내라서 늘 최고만을 원하지. 그 여인이 원한다면 난 이번 생에는 평생 그 여인을 떠나지 않을 것이야. 그 여인이 원하지 않는다면…… 아니, 원하지 않는대도 그녀는 반드시 내 사람이 될 것이다……. 무슨 말인지 알겠느냐?"

담천은 순간 목에 뭔가 걸린 듯했다. 그가 이런 말을 할 거라고는 꿈에도 몰랐다. 과거 좌자진에게도 이런 말은 들어본 적이 없었다.

가슴 깊은 곳에서 파도 같은 것이 미친듯이 솟구쳐 올랐다. 눈앞의 모든 것이 흐릿하게만 보였다. 담천은 이를 악물고 눈앞의 한 점을 뚫어져라 응시했다. 금방이라도 제방을 무너뜨릴 듯한 감정의 소용돌이가 지금의 담담한 표정을 망가뜨리지 않기만 바라며.

사람 마음이라는 것이 변화무쌍하여 예측할 수도 없는 것일진대, 어찌 '평생'이라는 말을 이리 쉽게도 내뱉을까? 하지만 그의 어조와 표정, 손의 따스함이 담천에게 말해 주고 있었다. 절대 거짓말이 아니라는 걸. 이미 오래전부터 그 마음에 차근차근 쌓아가고 있었다는 것을. 너무나 간절한 마음이지만 한사코 아무렇지 않은 듯이 지금 이 순간에 내뱉은 말이라는 것을. 상처받을까, 거절당할까,

그런 것들은 조금도 두렵지 않은 듯이 말이다.

담천은 숨을 크게 들이마시고 살짝 갈라진 목소리로 말했다.

"⋯⋯잘 모르겠습니다."

구운이 옅은 미소를 지으며 상관없다는 듯이 말했다.

"결국엔 알게 되겠지. 왜냐하면 내가 절대 포기하지 않을 것이거든."

담천은 눈을 끔벅거렸다. 눈물이 곧 흘러내릴 기세였다. 청청이 무대에서 무슨 춤을 추든, 용왕이 무슨 말을 하든, 심지어 현주가 몇 번이나 흘겨보는데도 담천은 전혀 신경 쓸 수 없었다. 구운이 담천의 한쪽 볼을 손으로 감쌌다. 한 송이 가녀린 꽃을 조심스레 보살피는 듯했다. 술 내음과 함께 그의 얼굴이 가만히 다가와 차가운 담천의 볼에 입을 맞췄다.

"대연국의 제희, 그대는 언제까지 날 속일 셈이지?"

구운이 차분한 음성으로 물었다.

⋯⋯.

담천의 손가락이 한 차례 떨리는가 싶더니 거듭, 또 거듭 그리하였다. 온갖 잡음으로 시끄럽던 마음속이 일순간 고요해졌다.

그가 적잖은 것을 알고 있으리라고 담천도 어렴풋이 느끼긴 했지만, 오늘 이 같은 때에 갑자기 자신의 속을 드러낼 거라고는 상상도 못 했다.

'뭔가를 발견한 걸까? 아니면 뭘 의심하는 걸까? 그것도 아니면 내게 어떤 경고를 하는 것일까?'

담천은 기억을 더듬어 뭐라도 찾아보려 애썼다. 과거 부구운 이 사람을 만난 적이 없는 것은 확실했으나, 마치 오래전부터 알고 지낸 것처럼 그는 유독 친밀하게 자신을 대했다. 갖은 방법으로 떠보고 희롱하고, 때론 부드럽고 상냥한 말로 마음을 울렸다.

'누구지? 이 사람의 정체가 대체 뭐지?'

담천은 담담한 표정으로 고개를 돌려 가만히 그를 응시했다. 두 사람의 시선이 서로 교차하기를 한참이 지났으나, 누구도 물러서려 하지 않았다. 결국 담천이 웃으며 말했다.

"무슨 농담을 하시는 겁니까?"

구운도 웃으며 부드러운 음성으로 말했다.

"난 줄곧 진지했는데. 그저 한 여인을 곁에 두고 싶었고, 그녀가 지지 말아야 할 짐은 지지 않기를 바랐지. 내 곁에서 웃으며 지내길 원했고, 얼빠진 척 바보 행세를 하는 것도 상관없었다. 한데 항상 그녀는 내가 농담을 하는 거라고 여기더군."

담천의 호흡이 어지럽게 흔들렸다. 그녀가 급히 딴 데로 고개를 돌리며 말했다.

"무슨 말씀을 하시는지 도통 모르겠습니다."

"모르고 싶은 것은 아니고?"

구운은 태산처럼 조금도 흔들림이 없었다.

"담천, 그대가 이렇게 내 앞에 있는데 어딜 더 도망칠 수 있을까? 난 그대를 잡았고, 이후로도 절대 놓지 않을 것이야. 그대가 날 어찌할 수 있겠어?"

담천은 대체 어떻게 대응해야 할지 속무무책이었다. 그저 기가 죽은 듯 웃는 수밖에 도리가 없었다.

구운이 그녀의 손을 자신의 입으로 가져가 천천히 입을 맞췄다. 그리고 속삭이듯 말했다.

"그저 곁에 남아 뭇 여인이 살아갈 만한 단순한 삶을 살았으면 좋겠어."

담천의 눈빛이 미세하게 반짝였다. 그의 말에 마음이 동한 듯이 보였다. 구운은 그녀를 한동안 응시하다 결국 서서히 손을 풀었다. 그리고 사랑스러운 듯 그녀의 머리를 쓰다듬었다.

고대 위 〈동풍도화〉는 한참 절정으로 치닫고 있었다.

용왕이 입을 열었다.

"과연 이 〈동풍도화〉는 부드럽고 매혹적이기 그지없습니다. 다만 용맹한 기운이 조금 부족하지요. 저희 검무 예인들이 잠시 무대로 가서 함께 흥을 돋우면 어떻겠습니까."

　용왕은 그리 말하고 바로 손뼉을 쳤다. 검은색, 흰색의 옷을 두른 사내들 십수 명이 검을 들고 무대에 올랐다. 춤을 추던 여인들은 당황한 기색이 역력했다.

　산주가 불쾌한 듯이 말했다.

　"용왕, 지금 이게 무슨 뜻입니까?"

　용왕이 웃으며 대답했다.

　"너무 나무라진 마십시오. 영리한 아이들이니 여제자들의 고아한 분위기를 깨뜨리지는 않을 겁니다."

　과연 예인들이 무대에 올랐으나 여제자들의 동선과 전혀 겹치지 않았다. 오히려 여인들의 매혹적인 동작과 음률에 맞춰 유려하게 장검을 휘둘렀다. 금빛 비파가 경쾌하게 눈앞에 아릿거렸고, 장검은 힘찬 은룡銀龍과 같았다. 서서히 호흡을 맞추며 하나가 되자 무대 위의 부드러운 분위기가 옅어지고 그 대신 용맹하고 대범한 기운이 더해졌다.

　청청이 비파를 등 뒤로 들었다. 유연하여 마치 뼈가 없는 듯했다. 수많은 복사꽃이 구름같이 긴 소매 안에서 흩날리며 떨어졌다. 한바탕 꽃비가 내리는 것 같았다. 가무는 이미 절정에 이르렀고, 노랫소리와 웃음소리가 통명전을 뚫고 나가 구천에서도 음률을 듣고 미소 짓는 듯했다.

　하지만 용왕의 얼굴에는 서서히 웃음기가 가셨다. 갑자기 기침 소리를 낸 그는 들고 있던 잔을 바닥에 내동댕이쳤다. 챙그랑 하고 경쾌한 소리가 울리자 검무를 추던 예인들이 즉시 움직이기 시작했다. 재빨리 장검을 휘둘러 여전히 기쁜 듯이 춤추고 있는 여제자들의 가슴을 찔렀다.

피가 복사꽃, 금가루와 함께 사방으로 튀었다. 그중 한 방울이 담천의 얼굴에 튀자 그녀는 눈썹을 추켜올리며 손으로 닦아냈다.

창졸간에 벌어진 일이라 다들 경악을 금치 못했다. 구운이 가장 민첩하게 반응한 듯 몸을 일으키려 했으나, 그 순간 안색이 급변하며 복부를 움켜잡고 고통스런 표정을 지었다. 붉은 피 한 줄기가 그의 입가로 흘러내렸다. 놀랍게도 상봉한만은 맹독이 든 술이었다. 구운은 가장 먼저 담천의 머리를 누르며 탁자 아래로 들여보냈다.

"나오지 마!"

그는 품에서 단검을 꺼내 예인들의 공격을 막아내기 시작했다.

대전 안에 있던 대제자들은 대부분 쓰러졌고, 소수만이 예인들과 대적했다. 술을 마시지 않은 제자들은 하나같이 소스라치게 놀랐다. 향취산에 들어온 뒤로는 딱히 큰일을 겪어본 적이 없었다. 그러니 이토록 피비린내 나는 상황에 무슨 대응을 하겠는가. 아래쪽에 자리 잡은 하인들은 말할 것도 없었다. 다들 놀라서 바지에 지렸을 게 분명했다.

산주는 안색을 바꾸며 날카롭게 소리쳤다.

"이놈! 감히 네놈이 겁도 없이!"

그가 손에 있던 청옥색 술단지를 용왕의 머리를 향해 집어던졌다. 용왕이 팔로 막아냈고, 단지 속 술이 그 몸에 뿌려졌다. 그런데도 용왕은 개의치 않는 듯 웃으며 소리쳤다.

"움직일수록 더 빨리 죽게 될 것입니다! 내 상봉한만을 마셨으니 이제 염라대왕과의 만남이 늦어지는 게 한스럽겠지요!"

그의 말이 떨어지자마자 통명전 사방에서 수백 명의 예인들이 밀물처럼 쏟아져 나왔다. 용왕의 지시 아래 은밀하게 숨어 있었던 모양이었다. 흡사 목숨 건 훈련을 이미 수천수만 번 받은 것처럼 동작이 깔끔하고 잔인했다. 예인들이 독주를 마신 대제자들에게 달려들었다. 대여섯 명이 대제자 한 명과 맞서 싸우니 순식간에 통명전 곳곳에 선혈이 뿌려졌고, 참혹한 비명소리가 이어졌다.

급기야 정예 부하 수십 명이 산주를 겹겹이 둘러쌌다. 다들 손에 기이한 모양의 단도를 들고 있었다. 금빛 섬광이 번뜩이는 것이 태을금정太乙金精으로 만든 것이었다. 용왕도 신선이었으니 당연히 알고 있었다. 태을금정만이 득도한 신선을 진정으로 해칠 수 있다는 것을. 용왕은 이번 계획을 주도면밀하게 준비했다. 악랄하고 지독한 방법이었다. 결코 한 명도 살려두지 않을 작정이었다.

눈앞에서 생사가 갈리는 상황이었다. 어떤 말도 필요치

않았으며, 어떤 의문도 떠올릴 경황이 아니었다. 그저 살기 위해 죽이는 수밖에 없었다. 산주의 얼굴이 깊은 물처럼 고요하더니, 돌연 그가 크게 소리쳤다. 통명전 안에 별안간 회오리바람과 먹구름이 일기 시작했다. 수많은 탁자와 의자들이 바람에 뒤집혀 날아갔다. 대전 천장의 수정촛대도 산산조각이 나서 타닥타닥 소리 내며 떨어졌고, 그 때문에 아래 있던 자들은 머리가 터져 피가 났다. 그때 먹구름 속에서 거대한 검은 그림자가 솟구쳤다. 족히 수십 명이 팔로 둘러야 할 만큼의 두께였다. 몸통 전체가 칠흑같이 검었으며, 윗부분은 금빛 문양이 빽빽하게 둘러져 있었다. 더욱이 두 눈이 등롱보다 더 크고 기이한 은빛을 띠고 있었다. 놀랍게도 엄청난 크기의 이무기였다.

산주의 원래 신분은 실제 제자들이 아는 것과 달랐다. 제자들은 산주가 사람에서 신선이 된 줄 알았지만, 이제 비로소 사실이 밝혀졌다. 산주는 뱀 요괴에서 신선이 된 것이었다.

이무기가 휙 소리를 내며 몸을 낮추더니 마치 용이 물속을 유영하듯 대전 안을 한 바퀴 돌았다. 이무기가 가는 곳마다 참혹한 비명소리가 하늘을 진동시켰다. 이무기가 고개를 돌렸을 때는 이미 예인 수십 명이 그 입에 삼켜진 뒤였다. 이번에는 눈을 번뜩이며 용왕을 노려보았다. 얼굴이 잿빛으로 변한 백하용왕은 콧방귀를 뀌며 본모습을 드러냈다. 사실 그 역시 한 마리 거대한 백사였다. 백사는 아예 천장을 뚫고 하늘로 날아가버렸다. 산주가 그냥 놓아줄 리 없었다. 백사가 낸 천장 구멍을 향해 곧장 따라갔다. 두 마리 거대한 뱀이 공중에서 서로 몸을 휘감으며 뒤엉켰다. 생사를 건 맹렬한 싸움에 천지가 진동했다.

담천은 얌전히 탁자 아래에 숨어 있었다. 수정 촛대와 어지럽게 오가는 칼들, 흥건하게 젖은 선혈까지 탁자를 수도 없이 때렸으나 담천은 털끝 하나 상하지 않았다. 잠깐 빈틈을 노려 잽싸게 빠져나갈까 생각하는데 갑자기 구운의 손이 나타나 그녀의 팔을 잡아당겼다.

"내가 막고 있을 테니 일단 밖으로 도망쳐! 집에 돌아가면 방문 걸어 잠그고 절대 나오지 마!"

담천은 심장이 바짝 조이는 것을 느꼈다. 구운의 얼굴을 보니 고통스런 빛이 비치는 가운데 눈 주위가 시커먼 기운으로 가득했다. 분명 독이 깊게 퍼졌으리라.

구운이 담천을 향해 미소를 띠고 말했다.

"괜찮아. 안 죽어."

그때 뒤에서 예인 두 명이 칼을 휘둘렀다. 동시에 구운이 담천의 허리띠를 잡아당겨 그녀를 끌어안았다. 그는 예인들과 맞붙지 않고 몸을 피하더니, 찰나의 순간 흰 빛으로 변해 담천을 대전 문 쪽으로 순식간에 데려갔다.

"어서 가!"

구운이 담천을 문밖으로 밀쳤다.

담천은 한 발을 문턱에 올리고 잠시 머뭇거렸다. '금방이야, 이제 다 왔어. 이제 성공이 눈앞이라고! 지금 와서 갑자기 망설이는 이유가 뭐야!'

뒤에서 들리는 처참하고 끔찍한 소리는 애초에 그녀와는 상관없는 일이었다. 향취산이 오늘 완전히 무너져 내린다 해도 상관없었다. 모든 사람이 다 죽을 것이었다. 그것 또한 자신과는 무관한 일이었다. '그런데 왜 주저하는 거야?'

불가항력의 어떤 힘이 부드럽게 그녀를 잡아당긴 듯 담천은 부득불 고개를 돌렸다. 한 사람 한 사람이 눈에 들어왔다. 기겁해서 쓰러져 있던 취아, 중독으로 바닥에 누워 미동도 하지 않는 현주, 그런 그녀를 곁에서 술법으로 지키고 있는 좌자진…… 그리고 당연히 또 한 명, 늘 빙긋이 웃으며 농담을 던지던, 풍류 넘치고 호방하기 그지없는 부구운까지…….

구운은 그녀를 평생 떠나지 않겠다고 했다. 그렇게 아름다운 맹세를 다시는 듣지 못할 것이다. 그녀는 그를 까다로운 상대라며 은근히 배척해왔지만, 사실 그는 줄곧 그녀에게 따뜻하고 상냥했다. 목숨을 구해주었고, 약을 발라주었으며, 무심한 듯 그녀를 울리긴 했으나 마지막에는 늘 따뜻이 위로해주었다. 그저 여인이 살아갈 만한 단순한 삶을 살았으면 좋겠다고도 말해주었다.

'정말 부구운 곁에 남는다면 그것이 어떤 아름다운 시작이 될 수 있을까? 과거 내게 아무 일도 일어나지 않았더라면, 그리고 처음 알았던 사내가 다름 아닌 그였다면 과연 그 후의 일들은 달라졌을까?'

하지만 담천은 구운에게 어떤 긍정적인 대답도 해줄 수 없었다. 여인이 살아갈 만한 단순한 삶은 평생 살 수 없을 터였다.

담천은 눈앞의 저들을 만나기 전, 혹은 재회하기 전만 해도 헤어짐 앞에 이토록 가슴이 아릴 줄은 몰랐다. 원래 이별을 앞두면 과거의 상처는 중요치 않게 여겨진다고 하지 않던가. 담천은 곧 다가올 죽음 앞에서 사랑이니 미움이니 하는 감정도 극히 사소한 것으로 느꼈다.

담천과의 첫 만남 혹은 재회가 그들에게는 새로운 시작일 수 있겠으나 담천에게는 이미 그 모든 것이 마지막이었다.

담천은 미세하게 입술을 달싹였으나 결국 아무 말도 하지 않았다. 더는 돌아보지 않고 곧장 통명전 밖으로 달아나버렸다.

대전 안은 살육전이 한창이었고, 대전 밖은 상황이 더 심각했다. 용왕은 치밀한 계획을 세우고 이번 일을 진행

했다. 일단 실력 좋은 제자들을 독주로 쓰러뜨렸고, 대전 밖으로 사람을 보내 산을 불태웠다. 통명전 밖으로 도망쳐 나오는 제자는 그 자리에서 포위하도록 복병을 숨겨 놓았다. 안팎의 협공으로 향취산은 매우 위태로운 지경에 놓여 있었다.

문 밖으로 앳된 하인이 한 명 나왔다. 복병들이 그녀에게 몰려들어 칼을 휘둘렀다. "챙!" 하는 소리가 여러 차례 이어졌다. 칼이 딱딱한 무언가에 부딪히는 것 같았다. 부딪힌 순간 칼이 심하게 진동해 손아귀가 찢어질 듯했다.

그런데 정작 앳된 하인은 보이지 않았다. 아무리 둘러봐도 없었다. 연신 내려치는 칼날 앞에 거대한 바위가 나타났고, 복병이 휘두른 칼이 바위를 찍고 튕겨나갔다. 하지만 바위는 찍힌 자국이 전혀 보이지 않았다.

복병들은 의아해하며 두리번거렸다. 뒤에서 바람 소리가 났으나 공중에서 대결 중인 용왕과 산주가 보일 뿐이었다. 어리둥절해 있는데 통명전 안에서 돌격하는 함성 소리가 들렸다. 산주의 제자들이 드디어 정신을 차리고 상황 파악을 한 모양이었다.

제자들은 각자 몸에 차고 있던 무기를 꺼내 대전 내 얼마 남지 않은 예인들과 맞서기 시작했다. 겁을 먹고 쓰러지거나 덜덜 떨고만 있던 하인들도 마침내 기운을 차렸다. 큰 도움은 못 되어도 어쨌든 하인들까지 몽둥이를 들고 합세했다. 점차 향취산 쪽으로 승세가 기울고 있었다.

쿵!

굉음과 함께 육중한 대전 문이 쓰러졌다. 피투성이가 되어 밖으로 뛰쳐나온 제자들은 문 앞을 지키고 있던 용왕 부하들과 다시 한 번 교전을 벌였다. 생사가 갈리는 상황에서 평소 배워두었던 선술을 기억해내는 제자는 아무도 없었다. 당장은 칼과 검밖에 쓸 수 없었다. 구운도 장검을 빼앗아 순식간에 너덧 명을 베어냈다.

바깥에 맹렬하게 타오르는 불길이 구운의 눈에 들어왔다. 혹시 다른 집들까지 불이 번지진 않을까 걱정스러웠다. 용왕을 보니 패색이 짙어 얼마 가지 못할 듯했다. 아무래도 당장 술법을 써서 집으로 가야 할 것 같았다. 그때였다.

"구운!"

뒤에서 자진의 목소리가 들렸다.

"담천이 어찌 대인 곁에 없는 것이오?"

매섭게 호통치는 목소리였다. 왜 담천을 돌보지 못했느냐고 질책하는 듯했다.

구운은 표정 없이 자진을 흘끗 쳐다보았다. 자진은 곧 숨이 끊어질 듯한 현주를 받쳐 들고 있었다.

"품에 다른 여인을 안고서 대체 누구의 안위를 묻는 거지?"

조소하는 구운의 말에 자진은 입을 굳게 다물었다.

"불길이 안쪽 저택들까지 미칠까 담천을 찾으러 가는 길이네."

구운이 이 말과 함께 흰 섬광으로 변하더니 눈 깜짝할 사이에 멀리 사라졌다.

현주가 자진의 얼굴을 올려다보며 쇠약한 목소리로 말했다.

"자진…… 가, 가지 마요. 내 옆에 있어줘……."

자진은 입술을 깨물며 현주를 안전한 구석자리에 앉혀 놓았다.

"여기 해독제가 있으니 일단 이걸 먹어."

자진이 환약을 꺼내 현주의 손에 쥐여주었다. 현주는 그 약을 냅다 던져버리고 자진을 힘껏 붙들었다.

"해독제 같은 건 필요 없어요! 자진만 내 곁에 남아주면 돼요! 내 옆에 있어줘요!"

자진은 울먹이는 현주의 팔을 풀어내고 환약을 주워 들었다.

"목숨 가지고 장난치지 마!"

자진이 차갑게 소리치며 현주의 입속에 억지로 환약을 집어넣었다. 현주는 묵묵히 눈물을 흘리다 입을 열었다.

"그 애는 떠났어요. 자진이 싫다고 떠난 애를 왜 자꾸 찾는 거죠? 대체 눈을 어디다 달고 있는 거예요? 줄곧 공자 옆을 지키는 사람이 누군지 몰라서 그래요? 내가 꼭 죽어야 그걸 깨달을 거예요?"

자진은 아무 대꾸 없이 현주의 어깨를 두어 번 토닥였다.

"잠시 쉬고 있어. 난 가서 사람을 좀 찾아야겠어."

현주가 눈을 번쩍 뜨며 날카롭게 소리쳤다.

"좌자진! 기억을 잃었잖아! 내게 기대 지금까지 간신히 살아왔으면서 어떻게 그 은혜를 이런 식으로 되돌려줘? 그 아이를 찾아가서 뭘 어쩔 건데! 나라의 원수, 집안의 원수가 되었는데 정말 예전처럼 돌아갈 수 있을 거라고 생각해?"

자진은 잠시 침묵하다가 무겁게 입을 뗐다.

"잊어버린 내 과거를 너도 알고 있구나. 나라의 원수, 집안의 원수라니. 현주는 그녀가 누구인지 아는 게야?"

현주는 순간 목이 메었다. 실언한 자신이 원망스러웠다. 입술을 질끈 깨물고는 그저 원망의 눈으로 그를 응시했다.

자진은 현주의 대답을 기다리지 않고 몸을 일으켰다. 현주가 독하게 수십 수백 번을 불러도 단 한 번도 돌아보지 않았다. 전부터 그랬다. 현주가 아무리 자진을 위해주어도 그는 결코 그녀를 돌아보지 않았다. 자진의 마음속에는 영원히 제희, 제희, 제희밖에 없었다. 지금은 그 모든 기억을 잃어 마음에 제희가 존재하지 않지만, 그 대신 느닷없이 나타난 하인이 그 자리를 차지해버렸다.

현주는 마치 제희에게 지기 위해 세상에 태어난 것만 같았다. 아무리 현주가 뛰어나게 잘해도 누구 하나 그녀를 각별히 봐주는 이가 없었다. 사람 간에 흔히 오가는 따스한 정도 느껴본 적이 없었다. 따스함보다는 냉혹함을 먼저 경험했다. 사랑하는 법을 배우기보다 뼈에 사무치는 질투와 복수심을 먼저 맛보았다.

현주는 손으로 얼굴을 가렸다. 손가락 사이로 흘러내리는 눈물을 필사적으로 가렸다.

그 시각 구운은 자신의 텅 빈 저택을 바라보고 있었다. 그의 낯빛이 퍼렇게 질렸다. 뒤따른 자진이 상황을 짐작하고 즉시 몸을 돌리며 말했다.

"다른 곳도 찾아보겠소."

목소리가 떨렸다. 길 곳곳에 시체가 넘쳐났다. 칼에 맞아 죽은 이도 있었고, 불타 죽은 이도 있었다.

"설마……."

구운도 같은 생각이 들었는지 곧바로 문을 나섰다. 왔던 길을 되돌아가며 샅샅이 살폈다. 얼마쯤 가니 검게 탄 덤불 사이로 잿빛 옷자락이 드러나 있었다. 담천이 자주 입던 옷이었다. 심장이 멈출 것만 같았다. 구운은 호흡을 가다듬고 불에 탄 시체를 들어 끄집어냈다. 하지만 얼굴을 알아볼 수 없었다. 입은 옷도 거의 타버렸는데 놀랍게도 허리에 찬 염낭은 조금도 타지 않았다.

구운은 두 손으로 염낭을 쥐고 뚫어져라 쳐다보았다. 소가죽 주머니에 쇠심줄, 서툰 솜씨로 수놓은 잎사귀……. 담천은 이 염낭을 늘 조심스럽게 품에 넣고 다녔다. 많지도 적지도 않은 염낭 속 물건은 영원히 은자 두 돈과 이빨 빠진 나무빗뿐일 것이다.

구운은 머릿속이 웅웅거리며 어지럽게 요동치는 것을 느꼈다. 이토록 처절한 허망함과 끝도 없는 공포심에 휩싸인 것은 그의 생애 두 번째였다.

자진은 시력을 잃었던 그 일 년 동안 수없이 많은 꿈을 꾸었다. 흐릿하고 모호해 내용은 기억에 없지만 그 색깔만은 생생하게 뇌리에 남아 있었다.

핏빛의 사나운 불길이 세상 모든 것을 집어삼킬 듯 맹렬하게 타오르고 있었다. 그 속에 익숙하고도 낯선 유리궁 한 채가 서 있었고, 불길 위로 악의 무리가 미친듯이 춤추며 궁에서 도망치는 자들을 한 명 한 명 먹어치웠다. 자진은 자주 그런 꿈을 꾸다 잠에서 깼다. 그 일 년간은 허약하고 예민했으며, 아무것도 기억하지 못할뿐더러 보이는 것은 어둠뿐이었다. 오직 현주만이 그를 살뜰히 챙겨주었고, 늘 곁에 있어주었다. 그리고 위로해주었다. 꿈은 단지 꿈일 뿐이니 신경 쓰지 말라고.

그랬다. 아무 의미 없는 꿈일 뿐이라고 생각했다. 그런데 오늘, 향취산의 절반이 불길에 뒤덮인 것을 보면서 과거의 그 두려움이 어렴풋이 되살아나는 것 같았다. 그것은 꿈이 아니었다. 자진은 실제로 이런 엄청난 기세의 불길을 경험한 적이 있었다. 심지어 그때 자신이 무서운 절망감에 빠졌던 것도 기억해냈다.

마음이 산란했다. 안절부절못하던 자진은 멍하니 불길을 배회하기 시작했다. 담천을 찾으러 나왔으나 그의 발길은 어느새 동쪽 산꼭대기의 야매각夜寐閣으로 향했다. 사방이 쥐죽은듯 고요했다. 맹렬한 화염이 나무를 집어삼키는 소리만 타닥타닥 들릴 뿐이었다. 짙은 연기가 시야를 가렸다.

아무래도 방향을 잃은 것 같았다. 몸을 돌려 되돌아가려던 그때 공중에서 날카로운 매 울음소리가 들렸다. 곧이어 거대한 매 한 마리가 날개를 퍼덕이며 화마를 뚫고 나왔다. 쏜살처럼 빠르게 공중을 선회하다가 멀지 않은 곳에 무사히 내려앉았다.

매 위에서 한 소녀가 뛰어내렸다. 불꽃보다 더 강렬한 붉은색 차림에 농염한 흑발을 하고 있었다. 하지만 조금도 속된 느낌이 들지 않았다. 곱고 맑은 기운이 가득했으며, 밝게 빛나는 눈동자에 천진하고 아리따운 미소가 서려 있었다.

자진은 이유도 없이 온몸이 떨렸다. 돌연 심장이 멈추는 소리를 들었다. 마치 얼음에 금이 가듯 쩍 하는 소리까지 울렸다.

그녀의 얼굴, 그녀의 미소가 예리한 칼날이 되어 가슴 깊은 곳을 찔렀고, 기억을 덮고 있던 얼음막이 순식간에 무너져 내렸다. 가히 셀 수도 없는 장면들이 더는 기다릴 수 없다는 듯 머릿속으로 밀려들었다. 머리가 깨질 것만 같았다. 자진은 급히 뒷걸음치며 고통스러운 듯 이마를 움켜쥐었다.

소녀도 이곳에서 자진을 만난 것이 조금 뜻밖인 듯했다. 소녀는 담담한 미소를 지으며 나지막이 물었다.

"여기가 제일 높은 곳이 맞나요? 보통 좋은 물건은 가장 높은 곳에 두는 것이 상식이니까."

그러자 자진이 불쑥 다가갔다. 무엇에서 그런 충동을 느꼈는지 소녀의 두 어깨를 거세게 움켜쥐며 떨리는 소리로 말했다.

"너는…… 제희…….

소녀는 조금도 당황하지 않았다. 자진 너머, 하늘을 뒤덮은 짙은 연기를 바라볼 뿐이었다. 화염 빛이 그녀의 칠흑 같은 눈동자를 비추니 아름다운 자태에 기이함이 더해졌다. 그녀의 목소리는 옅고 담담했다. 얼음골처럼 차갑고 냉철한 현주와는 달리 가볍게 불어오는 바람과 같았다.

"사람 잘못 보셨어요."

자진은 그녀의 대답을 정확히 알아듣지 못했다. 머리가 깨질 듯이 아파 온몸을 부르르 떨었다. 그가 원하든 원하지 않든 긴 시간 잃었던 기억이 돌아오는 순간이었다. 그 충격을 버텨낼 힘이 없었다. 모든 장면 하나하나가 또렷하게 스쳐지나갔다. 그 속의 자신은 아직 풋풋한 소년의 모습이었다. 살짝 차가운 눈동자에 속을 알 수가 없어 좀처럼 다가가기 어려운 소년이었다.

'기억이 났어……'

고대 위에서 처음 그녀를 보았다. 〈동풍도화〉를 추고 있었다. 아직 열세 살의 가냘픈 소녀였다. 얇게 비치는 비단천에 얼굴을 반쯤 가리고 반짝이는 두 눈만 내민 채, 안에서는 천진난만한 미소를 짓고 있었다.

기억하기를 그때는 그녀의 신분을 알지 못했다. 고대 위에서 한참을 기다려 드디어 그녀를 만났고, 그는 용기 내어 말을 걸었다. 서툴기 짝이 없는 구실을 갖다 대며 말이다.

"낭자의 얼굴이 낯이 익은 것 같은데, 혹 우리가 만난 적이 있던가요?"

그녀가 먼저 적극적으로 다가와 그를 끌어안았던 것도 기억했다. 아직 성숙하지 않은 몸으로 거리낌 없이 다가왔다. 두 사람은 서로를 가만히 안고 창가에 앉아 뜨는 해를 바라보았다. 그리고 그는 날이 채 밝기 전 혼자 몰래 빠져 나왔다. 호위병에게 발각되지 않기 위해서였다.

그리고 어느 날…… 절망과 분노에 찬 그녀가 날카롭게 외쳤다.

"파렴치한 매국노 같으니라고!"

그러고는 그에게 검을 휘둘렀다. 자진의 두 눈은 그래 서 멀게 되었다.

기억이 되살아나 그녀에게 하고 싶은 말이 너무 많았 다. 그러나 한 마디도 할 수 없었다. 눈앞에 선 그녀의 모 습이 흐릿하게 변했고, 화염과 짙은 연기조차 뚜렷하게 보이지 않았다. 자진은 고개를 내저으며 그녀의 소맷자락 을 단단히 붙잡았다.

"제희……."

그 말을 내뱉은 순간 바닥에 쓰러지고 말았다.

담천은 들고 있던 은침을 거두며 무표정한 얼굴로 몸을 돌렸다. 흔들림이라고는 조금도 보이지 않았다. 문득 오 래전 일이 떠올랐다. 현주가 쓰러질 듯이 울부짖던 그날, 아마도 현주 그녀가 태어나 사람들 앞에서 가장 추한 모 습을 보인 날이었을 것이다. 담천의 옷깃을 부여잡고 미 친듯이 흔들어댔고, 담천은 탈탈 털린 포대 자루가 된 기 분이었다.

그때 현주가 날카롭게 소리쳤더랬다.

"이 잔인하고 무정한 것! 지독하고 냉혹한 년 같으니라고! 네가 어떻게 감히! 어떻게 감히 그를 해칠 수가 있어!"

담천은 몸을 숙여 혼절한 자진의 얼굴을 바라보았다. 그의 손이 여전히 그녀의 소맷자락을 붙들고 있었다. 뿌리쳐도 손이 떨어지지 않았다. 담천은 한참 동안 바라보다가 그가 붙든 소맷자락을 찢어버렸다. 무슨 말을 할 듯 입술을 몇 번 달싹거렸으나 담천은 끝내 고개를 저으며 입을 닫아버렸다.

그녀는 잡초가 수북한 수풀 속에서 발을 앞으로 들어 연속 세 번 찼다. 야매각의 석문이 웅장한 소리를 내며 열렸다. 신물神物의 기운이 눈부신 빛과 위용으로 얼굴을 덮쳤다. 현주가 그녀를 속이진 않은 모양이었다. 이곳은 희귀한 신물을 쌓아둔 산주의 진짜 보물 창고였다. 이에 비하면 만보각과 지하 보물고는 장난 수준이었다. 용왕이 변란을 일으키지 않았더라면 삼엄한 감시를 뚫고 이곳 야매각에 오기까지 얼마나 많은 시간이 걸렸을지 모른다.

담천은 허리춤에서 소가죽 주머니를 풀고 손으로 조몰락거리며 석문 안으로 들어갔다.

겨울 중 가장 추웠던 그달, 백하용왕은 향취산에서 큰 난을 일으켰지만 결국 아무 소득도 없이 산주에게 잡아먹히는 신세가 되었다. 산주가 거느렸던 수백 명의 제자와 하인들 중 반 이상이 다치거나 죽었고, 집들도 절반이 불에 타 사그라졌다. 그리고 같은 달, 야매각 꼭대기 층에 봉인되어 있던 수백 년 된 보물과 함께 하인 하나가 향취산을 떠났으나, 이 사실을 아는 이는 아직 아무도 없었다.

담천의 이름은 하인들의 사망자 명단에 기록되었다. 요행히 살아남은 조 관사는 나머지 하인들과 함께 지전과 옷가지들을 태워 망자들을 위로했다. 취아는 상심한 마음에 눈물을 그치지 않았다. 다시는 상냥한 담천 언니를 볼 수 없으니…….

담천이 열세 살 때는 이름이 담천이 아니었다. 대연국 풍속에 귀족의 여식은 만 열다섯, 시집갈 나이가 되어야 부모가 자字를 내려주었다. 그전에는 그녀를 그냥 '제희'라 불렀고, 친근히 '연희燕姬'라고도 불렀으며, 아바마마와 어마마마, 다섯 오라버니는 '연연'이라고도 불렀다.

당시 보안제寶安帝가 대연국의 마지막 황제가 될 거라고는 누구도 생각지 못했다. 대연국은 솜씨 좋은 공예 장인도 많았고, 국력이 강해서 주변 제후들이 신하의 예로 섬겼다. 물론 보안제 때에 이르러 이미 쇠퇴의 길로 들어서긴 했으나, 말라 죽은 낙타라도 체격은 말보다 낫다는 말처럼 아직은 그리 쉽게 무너질 나라가 아니었다.

보안제와 황후는 혼인한 지 20여 년으로, 부부의 정이 깊어 슬하에 삼남 일녀를 두었다. 후궁에 비빈妃嬪도 많았으나 서출 황자가 두 명 더 있을 뿐이었고, 제희는 여섯 형제 중 가장 나이 어린 적녀嫡女였다. 예쁘고 상냥해서 궁 안 사람들은 모두 사랑스러운 제희를 오냐오냐했다.

대연국은 꽤 개방적인 분위기였다. 소녀들도 무예와 학문을 연마했고 가무에 능통한 것을 영예로 여겼다. 만일 어느 집안에 가무에 출중한 여식이 있으면 다들 그 집안을 부러워했다. 여인들은 얼굴도 드러내지 못했던 서쪽 제후국들과는 확연히 달랐다.

제희는 어릴 때부터 오라버니들을 따라 글공부와 무예를 익혔다. 대연 황실의 적자 혈통인 만큼 열세 살이 되어서는 따로 스승을 두어 희귀한 선법을 전수받았다. 듣기로 대연 황실은 원래 선술에도 매우 능했는데, 세월이 흐르는 동안 자연스레 유실되어 보안제 당시 배울 수 있는 것은 백지통령술밖에 없었다.

막 열세 살을 채운 제희는 이 지독한 선법을 배우느라 고생이었다. 백지로 영수靈獸를 불러내기 위해 온종일 손가락을 수십 번이나 찔러야 했다. 며칠 내도록 그러고 나니 손가락 피부가 성한 곳이 없었다. 무언가에 슬쩍 닿기만 해도 신음이 흘러나왔다.

안 그래도 며칠 전 어마마마에게서 들은 소식 때문에 파리를 씹어 먹은 것처럼 기분이 좋지 않은 상태였다. 다음 달 이모와 사촌언니 현주가 와서 잠시 머물다 간다는 것이었다. 현주는 제희보다 두 살이 더 많았는데, 지난 달 막 열다섯을 넘겨 이모부한테 현주라는 이름을 하사받았다. 그전에는 현주 역시 제희와 마찬가지로 이름이 없었다. 물론 제희는 그녀의 이름을 알고 싶지도 않았지만.

제희는 자신이 생각할 때 현주에게 나쁘게 군 적이 한 번도 없었다. 하지만 본디 그렇게 타고난 것인지 현주는 제희를 늘 눈에 거슬려하며 사사건건 맞서려 했다. 제희의 서체가 예쁘다는 얘기를 들으면 굳이 잠화소해簪花小楷, 청아한 분위기가 특징인 해서체의 일종를 베껴 써서 어딜 가나 자랑을 했다. 또 한번은 제희가 시 몇 수를 암송했다는 말을 듣더니, 아예 명사어록 한 권을 달달 외워버렸다. 그나마 서로 떨어져 있으니 그 정도였지, 얼굴을 맞대고 있으면 얼마나 더 심한지 모른다. 제희가 하나를 말하면 현주는 둘을 말했다. 어쨌든 현주에게 제희는 문제 그 자체였다. 머리부터 발끝까지 모든 것이 눈엣가시였다.

아침에 스승이 백지 열 장을 학 열 마리로 둔갑시키는 것을 연습하라 일렀다. 아무리 연습해도 학은커녕 손가락 핏방울을 떨어뜨릴 때마다 청개구리가 튀어나오거나, 발 한쪽을 접질린 참새가 나왔다. 제희는 백지를 내동댕이치고 식식대며 어화원御花園으로 향했다.

마침 궁 밖에서 돌아온 이황자二皇子가 정자에 앉아 있는 제희를 보았다. 제희는 화난 얼굴로 종이를 접고 있었다.

아만은 뒤에서 걱정스러운 표정으로 제희를 바라보았다. 이황자가 씨익 웃으며 다가가 제희의 머리를 쓰다듬었다.

"왜, 스승님께 벌이라도 받은 것이냐?"

이황자는 제희가 가장 좋아하는 오라버니였다. 일황자는 너무 진중한 성격이었고, 삼황자는 어둡고 침울했다. 사황자와 오황자는 서출이라 감히 제희에게 가까이 다가오지도 못했다. 유일하게 이황자만이 유쾌하고 싹싹한 성격이었다. 어릴 때부터 '민심을 살핀다'는 핑계로 자주 궁밖으로 나가 놀다 오곤 했다. 밖에서 돌아올 때면 제희에게 온갖 흥미로운 물건을 가져다주었다. 이황자를 보자 제희의 눈이 금세 반짝거렸다.

"아니요. 현주 언니가 온다는 소리 듣고 우울해서 그런지 선법을 아무리 연습해도 학이 안 나오잖아요."

제희는 접은 종이를 조각조각 찢은 뒤 손가락 상처에서 핏방울을 쥐어짜 종이에 떨어뜨렸다. 그러자 펑 소리와 함께 찢어진 백지가 맹한 얼굴의 거북이로 둔갑했다. 거북이가 탁자 위를 엉금엉금 기었다. 제희는 분노가 치밀어 거북이를 집어 연못으로 던져버렸다.

이황자가 허허 웃으며 말했다.

"적당히 해. 왜 애먼 현주 핑계를 대고 그래? 잘 안 되면 안 된다고 솔직하게 인정하면 될 것을!"

제희의 눈썹이 잔뜩 찌푸려졌고, 이황자의 얼굴에 절로

미소가 흘렀다. 이황자는 품에 손을 넣고 잠시 뜸을 들이더니 그림 족자 두 개를 꺼내 탁자에 올려놓았다.

"네가 이리도 화나 있으니 이 오라비가 아주 멋진 것을 보여주마. 황금 천 냥을 준대도 절대 살 수 없는 귀한 것이란다."

제희의 얼굴이 호기심의 빛으로 바뀌었다. 이황자가 이토록 비밀스럽게 이야기하는 걸 보면 틀림없이 춘화를 구해왔을 것이었다. 제희는 족자를 펼칠 때부터 얼굴이 붉어지고 가슴이 두근거렸다. 한데 눈앞에 펼쳐진 그림은 나뭇가지에 핀 새빨간 겨울 매화였다. 소탈하고 운치가 넘치면서 힘을 잃지 않은 붓놀림이 느껴졌다.

제희가 입술을 삐죽였다.

"정말 잘 그리긴 했는데, 값이 황금 천 냥까진 아니지 않아요?"

바로 그 순간 스산한 겨울바람이 불어왔다. 분명 봄빛이 완연한 정자에 앉아 있었는데, 갑자기 진눈깨비가 날리는 것 같았다. 하얀 눈 속에서 아리따운 자태를 뽐내던 붉은 매화 가지가 서릿발 속에서 꿋꿋하고 지조 있는 모습으로 뻗어 나왔다.

제희는 헉하고 놀라며 두 눈을 비볐다. 하지만 붉은 매화는 여전히 그 자리에 있었다. 어여쁜 꽃잎이 바람에 흔들리기까지 했다. 제희는 저도 모르게 손을 뻗어 만져보았으나, 손에 닿는 것은 허공뿐이었다. 그저 눈에만 보이는 환영이었던 것이다.

이황자가 득의양양한 얼굴로 족자를 말기 시작했다. 그러자 눈앞에 펼쳐졌던 풍경이 홀연히 사라졌다.

"어떠하냐? 황금 천 냥은 너끈히 나가지 않겠느냐?"

제희는 멍한 얼굴로 고개를 끄덕였다.

"오라버니, 이거 어디서 난 거예요? 누가 그렸어요?"

"요 며칠 출궁했다가 길가 난전에 그림을 내놓은 걸 보았다. 사람들이 모여들어 야단법석이길래 나도 호기심에 가봤더니 누가 그림을 그리고 있더구나. 이름이 공자제라 하는데, 세간에 이미 명성이 자자해. 다만 성격이 좀 괴팍해서 그림을 그리기만 하고 팔지는 않는 걸로 유명하단다. 이 그림들도 내 몇 날 며칠을 간청해 겨우 빌려온 것이야. 며칠 감상하다가 돌려줘야 해."

제희는 재빨리 다른 화폭을 펼쳐 들었다. 이번에는 화려하고 아름다운 궁전 그림이었다. 궁전 앞에서 십수 명의 무희들이 품에 금비파를 안고 춤을 추고 있었다. 무희들이 실제로 눈앞에 있는 것처럼 움직이기 시작했다. 곱고 아리따운 몸짓으로 가는 허리를 천천히 흔들었다. 비파를 거꾸로 든 자태가 요염하기 그지없었다. 물론 악기 소리가 없어 아쉽긴 했지만, 그 아름다운 몸짓은 누구든 감탄을 금치 못하고 바라볼 만했다.

이황자가 웃으며 말했다.

"공자제, 그 사람이 나이도 젊어. 세상을 놀랠 만한 재주를 갖고 있지만 오만방자하기가 보통이 아니야. 스스로 말하길 자신은 한평생 이룬 업적이 많다며, 그중 음률이 제일이요, 그림은 그저 세 번째요, 선법은 네 번째로 밀려났다 하더구나. 〈동풍도화〉 곡을 반쯤 지었는데, 그걸 춤으로 완벽히 구현해낼 무희가 없어 개탄하던 중 차라리 아예 그림 속에 무희를 그려 넣자 생각했다지. 곡의 나머지 반은 아직 완성하지도 않았대. 천하 그 어디에도 실력 있는 무희가 없어 완성할 가치가 없다고 공언까지 했다더구나. 참으로 오만방자한 사람이지 않느냐."

제희는 넋을 놓고 그림을 보며 무심코 물었다.

"음률이 제일이고, 그림이 세 번째면 두 번째는 뭐래요?"

이황자가 난처해하며 얼버무리듯 대답했다.

"별것도 아니야……. 그저 초야에 묻혀 사는 일개 광인일 뿐이지."

원래 공자제가 한 말은 이랬다. 평생 이룬 업적이 네 가지 있는데, 그중 첫째가 음률로, 봉황이 따라 부르고 두루미도 춤추게 만들 정도라 했다. 세 번째는 그림인데, 가짜를 진짜로 착각하게 할 정도이며, 네 번째는 선법으로 그럭저럭 자기 몸 하나 지킬 정도는 부릴 수 있다고 했다.

그리고 마지막에 덧붙인 두 번째 업적은 풍류가 넘치고 여인에게 다정한 것이었다. 아무리 천하에 무뚝뚝한 여인이라도 얼굴에 홍조와 미소를 띠게 하고 가슴을 뛰게 만들 수 있다는 것이다. 여인들이 많은 곳에서는 그야말로 물 만난 물고기라 하였다.

이런 말을 어린 제희에게 들려줄 수는 없기에 대충 둘러댄 것이었다.

제희도 별로 개의치 않고 무희들의 춤이 끝나자 천천히 화폭을 말아 올렸다. 잠시 망설이던 제희가 웃으며 물었다.

"이 〈동풍도화〉를 완벽하게 출 수 있는 사람은 세상에 아무도 없다고, 정말 그가 그렇게 말했어요?"

이황자가 제희를 놀리듯 되물었다.

"왜? 설마 우리 누이가 도전해보고 싶기라도 한 거야?"

제희가 턱을 치켜들어 한껏 거드름을 피우며 말했다.

"오라버니는 다음에 출궁해서 그에게 알려주세요. 〈동풍도화〉를 어서 완성하라고요. 그 춤을 완벽히 출 사람이 곧 나타날 테니까!"

"진짜 추려는 건 아니지? 괜히 나서서 창피라도 당하면 평생 궁 밖 사람들한테 웃음거리가 될 텐데? 그땐 이 오라비도 책임 못 진다."

"장담컨대 두고 봐요. 내가 완벽하게 춰줄 테니까."

제희가 옅은 미소를 짓자 양쪽 볼에 볼우물이 패었다.

이황자가 공자제를 찾아간다며 다시 출궁해 있을 때였다. 조정에 한바탕 큰일이 벌어졌다. 지난 20여 년간 대연국의 승상을 지낸 좌상左相이 갑자기 자리에서 물러나겠다고 상주문上奏文을 올린 것이었다. 본인이 늙고 쇠하여 병환이 있는바 더는 군왕을 모시지 못하겠다는 이유였다. 그는 오랫동안 관료 생활을 한 만큼 권력 세계에 복잡하게 뒤얽힌 인물이었다. 그런 그가 아무런 조짐도, 예고도 없이 갑자기 사직을 논했으니, 그 속에 얼마나 많은 것이 연루돼 있을지는 가히 상상할 수도 없었다. 조정 전체가 들썩일 만했다.

보안제의 얼굴에 수심이 가득했다. 수차례 좌상을 달래며 권고해보았으나 아무 소용이 없었다. 근래 들어 대연국 변방은 계속해서 불안한 상황이었다. 서북의 대국 천원국天原國이 줄곧 야심을 품고 꿈틀대고 있었다. 5년 전에는 서북 주변 여러 약소국을 집어삼켰고, 2년 전에는 군대를 일으켜 서방에서 강성하다 알려진 4개국에 대거 파병했다. 어떤 기습과 계책을 사용했는지는 모르나 그 짧은 2년 만에 4개국을 모두 멸망시켜 땅을 빼앗았다.

천원국은 최근 또다시 대연국 변방에서 소요를 일으켰다. 아직은 소규모이긴 하나 언제라도 그들이 군사를 일으킨다면 전국에 한바탕 전란이 일어나는 것은 피할 수 없었다. 이런 시기에 좌상이 물러난다 하니 보안제에게는 한쪽 팔이 떨어져나가는 것과 진배없었다.

어린 제희는 조정 일에 대해 아는 바가 별로 없었다. 이때까지도 그녀는 여전히 천진난만한 소녀였다. 근래 들어 부황의 미간이 편치 않은 것을 보고 농담과 애교로 그를 웃게 만들려고 노력할 뿐이었다. 궁을 나섰던 이황자는 〈동풍도화〉의 완성된 악보를 들고 보름 만에 나타났다.

"내 먼저 확실히 말해두는데, 이 오라비는 절대 널 도울 수가 없으니 명심해."

이황자가 쓴웃음을 지으며 말을 이었다.

"그 공자제란 사람이 아주 시원하게 응해주더구나. 곡을 네게 주고 네가 그 춤을 완벽히 춘다면 자기 평생 최고의 심혈을 쏟은 그림 두 폭을 네게 선물하겠다 하였다. 다만 제대로 못 춘다면 제희가 분수도 모르고 말만 앞선다는 오명이 널리 퍼지더라도 자신을 탓하지 말라더구나."

제희는 악보를 꼼꼼히 살펴보더니 아무 문제 없다는 듯 웃었다.

"그럼 이제 그 사람이 그림 줄 날만 기다리면 되겠네!"

현주와 그 모친 추화秋華 부인은 황후 생신연이 있기 사흘 전부터 대연 황궁에 와 있었다. 추화 부인은 혼인 전에는 온화하고 부드러운 여인이었다고 한다. 명망 높은 집안의 장녀로, 부모님이 자신을 궁으로 시집보내 일국의 어미가 되게 해줄 거라고 철썩같이 믿고 있었다. 그런데 보안제가 그녀의 여동생을 깊이 연모한 것이 문제였다. 집안에 혼사를 거론하며 지목한 여인이 자신이 아닌 여동생일 거라고 누가 짐작이나 했겠는가. 결국 여동생이 먼저 혼례를 치르며 황후 자리에 올랐고, 추화 부인은 상심한 중에 제후국으로 시집을 가게 되었다.

그때부터 그녀의 성격이 확 바뀌었다. 무엇을 보든 절대 곱게 보지 않았다. 제희가 황후 생신연에서 춤을 선사할 거라는 말에도 추화 부인은 애매한 태도로 한마디했다.

"과연 황족의 적녀는 하찮은 집안 여인들과는 뭐가 달라도 다르구나. 사람들 앞에서 춤을 선사한다니, 백성들이 그걸 보고 뭐라고들 떠들지 참으로 궁금하군."

제희는 현주가 싫은 만큼 추화 이모도 싫었다. 그래서 구실을 찾아 몰래 자리를 빠져나가려 했다. 하지만 황실의 예를 다해야 한다며 어마마마가 기어이 현주와 함께 대화를 나누라 당부했다. 이루 말할 수 없는 고통의 시간이었다. 현주는 제희가 지루하게 백지를 찢으며 통령술을 연습하는 것을 보고 마땅찮은 얼굴로 말했다.

"난 또 대연국 직계 황족의 선술은 뭔가 엄청 대단한 건 줄 알았더니, 지금 보니 그냥 어린애들 놀이 수준이네."

제희는 꾹 참았다. 안 그랬다가는 밤에 또 어마마마에게 혼이 날 것이 분명했다. 그래서 그저 씁쓸한 미소로 답했다.

"맞아, 그리 대단할 것도 없어. 현주 언니는 엄청 대단한 거 할 줄 아는 거 있어? 나한테도 보여줘 봐."

그러자 현주가 갑자기 소매를 뿌리치며 황후 면전에서 엉엉 소리 내 울었다. 제희가 자신을 모욕하며 제후국 공주라고 무시했다는 것이었다. 추화 부인은 그런 현주를 달래기는커녕 흠씬 욕을 퍼붓더니, 그래도 화가 안 풀렸는지 현주를 방안에 가두고 이틀 동안 나오지도 못하게 했다. 황후는 아니나 다를까 그날 밤 제희를 불러 한바탕 나무랐다.

그들 모녀는 올 때마다 매번 그렇게 난리를 피웠다. 제희는 울적한 마음에 이황자를 찾아가 졸랐다. 기분전환 좀 해야겠으니 몰래 변장하고 출궁할 수 있게 해달라고 했다. 제희는 공자제가 날마다 환대環帶 강가에 나와 술을 마시며 그림을 그린다는 말을 들은 터였다. 그 기인을 꼭 한번 만나고 싶었다.

제희와 이황자는 아침부터 환대 강가로 나가 공자제를 기다렸다. 한데 매일 나온다던 사람이 하필 그날은 나타나지 않았다. 기다리다 지친 제희는 뚱한 얼굴을 했다. 이황자가 그녀를 보고 웃으며 말했다.

"에휴, 계집애들 일은 나도 잘은 모르겠는데, 현주야 원래 그렇다 치더라도 넌 왜 또 말썽을 피우려는 게야? 제희 너를 예까지 데리고 나온 걸 부황께 들키기라도 하면 나까지 욕을 들어먹는단 말이다. 게다가 몰래 사내를 만나? 그것도 평민을? 오늘은 그냥 돌아가는 게 낫겠어. 괜히 나중에 말 나오면 이 오라비도 도울 방법이 없어. 이렇게 애 같은 모습을 다른 사람에게 알려 무슨 좋은 말을 듣는다고?"

제희는 얌전히 궁으로 돌아오는 수밖에 없었다.

그날 밤 삼경 즈음 제희가 눈을 번쩍 뜨며 잠에서 깼다. 창가 쪽 긴 서탁 앞에 누군가 서 있었다. 시커먼 형체가 분명 사내였다.

제희는 몸을 벌떡 일으켰다. 온몸에 힘이 빠져 소리조차 지를 수 없었다. 상대도 그녀가 깬 것을 눈치챘는지 순식간에 옅은 안개가 되어 사라져버렸다. 그리고 정향색丁香色, 라일락 꽃의 연자색 쪽지 하나가 흩날리며 제희의 침상 앞으로 떨어졌다. 쪽지에는 생동감 넘치는 필체로 두 줄 휘갈겨 있었다.

그대 원래 아름다운 사람이나 남장男裝은 참으로 못났소!
춤에 대한 약속은 아무쪼록 잊지 않길 바라오.

제희는 기가 막혀서 울어야 할지 웃어야 할지 알 수 없었다. 그는 낮에 어디엔가 숨어서 그녀를 훔쳐보았고, 그녀가 남장을 한 것도 알아보았던 것이다. 이 한밤중에 황궁까지 잠입할 정도로 간이 큰 사내라는 것이 놀라웠고, 동시에 황족에게 그토록 오만방자한 태도로 일관하는 것에 분노가 치밀었다. 한편으로는 이런 사람과 내기를 한다는 게 흥미롭고 의미 있는 일이라는 생각도 들었다.

평소 용감무쌍한 제희도 사실 이때만큼은 무섭기 그지없었다. 쪽지를 조심스레 탁자에 올려놓고 크게 소리쳤다.

"공자제! 내가 꼭 이기고 말 테니까 어디 두고 봐요!"

아무도 그녀에게 대답하는 이는 없었다. 다만 잠이 깬 아만이 옷을 걸치고 다가와 그녀의 시중을 들었다.

이틀 후 황후의 마흔 생신연에 많은 군신이 고대에 모여들었다. 좌상은 병가를 청해 집에 머물렀고, 작은아들 편에 축하 선물을 보내왔다.

자색 도포를 입은 소년이 고대 위로 모습을 드러냈다. 웃음소리로 떠들썩했던 고대가 일순간에 고요해졌다. 소년이 난초같이 준수한 용모로 좌중을 압도했다. 옅은 안개와 아침 햇살이 그의 훤칠한 자태를 둘러싸고 있는 것 같았다. 감히 여러 번 훔쳐보기가 저어될 정도였다.

그때 제희는 뒤편에서 무의舞衣로 갈아입고 있었다. 떠

들썩했던 고대가 갑자기 고요해지자 고개를 내밀어 살펴봤는데, 마침 지나가던 소년과 눈이 마주쳤다. 소년은 잠깐 당황하더니 무덤덤한 얼굴로 깍듯하게 고개를 숙여 보였다. 그러고는 길을 돌아 황좌 앞으로 가서 거만하지도 비굴하지도 않게 무릎을 꿇었다.

그는 두드러지게 준수한 용모에 황성의 다른 명문가 자제들과 사뭇 다른 분위기였다. 절로 시선이 갈 수밖에 없었다.

"저 사람 누구야?"

그를 흘끔거리며 제희가 물었고, 명문가 자제들에 대해 빠른 소식통을 자랑하는 아만이 웃으며 대답했다.

"좌상의 작은아드님인데, 평소 수련하는 곳에서 지내며 황성에는 일 년에 한두 번밖에 오지 않는대요. 듣기로 어릴 때 우연히 만난 신선이 저분한테 선계에 인연이 있다고 했대요. 그래서 일찌감치 수련하는 곳에 보내졌다고…… 공주님도 처음 보시는 거죠?"

과연 도를 닦는 사람 같았다.

"어쩐지 신선 같은 느낌이 물씬 풍기더라니. 다른 명문가 자제들과는 확실히 다른 느낌이야."

소년은 선물을 올린 뒤 좌상이 병중이라는 핑계로 속히 자리에서 물러났다. 그는 고대를 벗어나며 몇 번이나 제희를 쳐다봤다. 제희는 부끄러워 눈을 내리뜬 채 얼굴을 붉혔다. 단지 부끄러워했을 뿐인 제희를 현주가 도끼눈을 하고 노려보더니 소년을 향해서는 얼굴에 홍조를 띠었다. 제희가 고개를 내밀고 자꾸 두리번거리자 현주의 낯빛이 다시 어둡게 변했다.

제희는 그런 현주를 골려주고 싶었다. 그래서 소년을 향해 손을 흔들었다. 과연 소년이 당황해서 무슨 일인지 눈짓으로 물었다. 제희가 키득거리며 천진하게 물었다.

"이름이 무엇인가요?"

소년은 의아한 표정을 짓더니 금세 얼굴을 붉혔다. 평소 여인들은 명문가의 고아한 지위에 있는 그를 그저 경외의 눈빛으로 바라만 봤을 터였다. 한데 웬 소녀가 거침없이 자신의 이름을 물으니 당황스러울 수밖에. 망설이던 그가 나지막이 대답했다.

"소인…… 좌자진이라 하옵니다. 낭자는 뉘신지요?"

고상한 분위기에 따뜻한 목소리였다.

"자진 공자, 너무 급히 떠나진 마셔요. 제가 공자께 춤을 선사하고 싶습니다!"

제희의 대답에 자진의 얼굴이 또다시 붉어졌다.

'사람은 기개 있어 보이는데 얼굴은 왜 저렇게 쉽게 빨개진대?'

제희는 자진을 향해 미소를 날린 뒤 그 자리를 벗어났다.

그저 장난기가 발동했을 뿐인 이 일을 제희는 전혀 마

음에 두지 않았다. 심지어 옷을 갈아입자마자 그 일은 깡그리 잊어버렸다. 제희는 황녀인 데다 아직 시집갈 나이도 차지 않은지라 궁 밖 평민들 앞에서 쉬이 얼굴을 드러낼 수 없었다. 그래서 얇게 비치는 비단천을 얼굴에 둘러 반짝이는 눈만 빼꼼히 내밀고 고대로 나왔다.

예인들은 모두 얇은 흰색 면사로 된 긴 치마 차림이었고, 제희만 홀로 붉은 치마를 입었다. 가녀린 허리에 검은 머리를 늘어뜨린 제희가 긴 소매를 나붓거리며 의기양양하게 고대에 올랐다. 좌중은 햇살보다 눈부신 그녀의 모습에 금세 시선을 빼앗겼다.

이날 제희의 〈동풍도화〉 춤은 사람들의 감탄을 자아내기에 충분했다. 사실 제희가 춤을 선보인 것은 아바마마와 어마마마를 위한 것이기도 했지만, 오만한 공자제에게 본때를 보여주고 싶은 마음이 더 컸다. 한데 이 일에 다른 잡다한 일이 꼬이게 될 줄 누가 알았겠는가. 처음에는 전혀 예상치 못한 일이었다.

제희가 고대에 오른 뒤로 현주의 낯빛은 완전히 구겨져 펴질 줄 몰랐다. 춤이 끝났을 때는 얼굴이 푸르죽죽하게 변해 있었다. 추화 부인이 그런 현주에게 뭐라고 한마디 했다. 다음 순간 현주가 입술을 꽉 깨물더니 눈물이 그렁해지며 치욕스러운 듯 고개를 떨구었다.

즐거웠던 제희의 마음도 한순간에 잡쳐버렸다. 그녀는

아바마마와 어마마마에게 술을 올린 뒤 황급히 고대에서 물러났다. 그때 고대 한쪽에서 그녀를 주시하고 있던 좌자진과 눈이 마주쳤다. 제희가 싱긋 웃으며 물었다.

"마음에 드셨나요?"

제희는 대답을 기다리지도 않고 예인들에게 둘러싸여 층계 아래로 내려갔다.

그날 밤 보안제는 〈동풍도화〉에 대해 입이 마르도록 치하하며 누가 만든 곡인지 물었다. 이황자가 빙긋이 웃으며 공자제를 언급했고, 혹 의심이라도 살까 싶어 제희와 공자제의 황당한 내기에 관해서는 입을 굳게 다물었다. 인재를 귀히 여기는 보안제는 그날 이후 몇 차례나 사람을 보내 공자제의 행방을 수소문했다. 하지만 끝내 아무 소득도 얻지 못했다. 아마도 공자제는 제희가 춤을 선보인 이후 곧 대연국을 떠난 게 아닐까 싶었다. 대연국이 멸망할 때까지도 그는 모습을 드러내지 않았다.

안타까움을 금치 못한 보안제는 황제의 친서로 '대연 악사 공자제'라는 칭호를 내려주었다. 그리고 민간 악방에서 〈동풍도화〉를 발췌해 사적으로 연습해 선보이는 것을 허락했다. 이때부터 공자제의 이름은 대연국 백성들 사이에 신비스러운 명인의 대명사가 되었다.

생신연 다음 날 아침 제희는 서탁 위에 족자 두 개와 정향색 쪽지 한 장이 놓인 것을 발견했다. 쪽지에는 이렇게 적혀 있었다.

    내기에 진 것에 기꺼이 승복하오.
    공자재

    전날 밤에도 몰래 황궁에 들어왔던 모양이었다. 그녀를 깨우지 않고 조심스레 다녀간 것을 보면 분명 내기에 져서 민망했던 것이리라.

    공자제를 향한 제희의 호기심은 참을 수 없는 지경에 이르렀다. 결국 다시 남장을 하고 홀로 궁을 나섰다. 환대 강가로 가서 그를 기다릴 작정이었다. 하지만 출궁한 경험이 거의 없었던 제희는 얼마 가지 않아 길을 잃고 말았다. 같은 길을 하루 종일 돌고 돌아 겨우 황궁으로 돌아가는 길을 찾았다. 날은 이미 어둑해져 있었다.

    지름길을 찾아볼 요량으로 어느 고대에 올랐는데, 뜻밖에 좌자진이 그곳에 혼자 뒷짐을 지고 서 있었다. 멍하니 생각에 잠긴 듯한 모습이었다. 제희는 호기심이 일어 그를 불렀다.

    “저기, 곧 궁문이 닫힐 텐데요? 돌아가지 않고 거기서 뭐 하세요?”

    자진이 흠칫하며 뒤돌아보았다. 남장한 제희의 모습을 보고 갸우뚱한 얼굴을 했다.

제희는 난간을 짚고 주변을 둘러보았다. 지대가 높아서 내려다보면 황성이 발밑에 있는 것처럼 훤히 보였다. 저녁노을이 성벽을 붉게 물들였고, 앞에 서 있는 옥 같은 얼굴의 소년도 함께 물들였다. 그는 한 마디도 입 밖에 내지 않고 그녀의 얼굴만 가만히 바라보았다. 제희는 가슴이 쿵쿵 뛰었다. 괜히 머리 위 모자를 만지작거리며 해명하듯 말했다.

"그냥 가끔 변장을 하고…… 민, 민심을 살피러 나오곤 해요."

제희는 평소 둘째 오라버니가 쓰던 핑계를 댔다.

자진이 옅은 미소를 지었다. 제희의 손에 긴 버드나무 가지가 들려 있었다. 청록빛 가지가 가늘고도 강인해 보였고, 바람도 없는데 혼자서 흔들렸다. 자진의 미소가 절로 환해졌다.

"……어찌 그리 장난기가 많으십니까. 버들 정령의 수염을 뽑아오시다니요."

자진은 버드나무 가지를 건네받아 이리저리 돌려보았다.

제희는 얼굴이 살짝 뜨거워져 아무 말도 못 했다.

자진도 어색한 듯 고개를 돌려 큼큼거리더니 서투른 말을 꾸며냈다.

"낭자의 얼굴이 낯이 익은 것 같은데, 혹 우리가 만난 적이 있던가요?"

제희는 그제야 키득키득 웃음소리를 냈다. 그 청초한 모습에 자진은 속수무책 빠져들었다.

"어제 공자의 이름을 물었으니 오늘은 제 이름을 알려 드려야겠네요. 한데 아직 이름이 없는데 어쩌죠?"

웃음 짓던 자진의 얼굴이 차분히 가라앉았다. 아직 이름이 없다는 것은 열다섯이 되지 않은 귀족의 여식이라는 뜻이었다. 전날 자진은 그녀의 모습을 보고 예인인 줄로만 알았다.

제희가 다시 천천히 입을 열었다.

"그냥 제희라 부르시면 될 거예요. 궁에 살거든요."

그 순간 자진의 눈빛이 급격히 흐려졌다.

자진은 처음 만났을 때부터 몹시 완고하고 고집스러웠다. 곧 죽어도 제희를 향해 신하의 예를 다했다. 제희보다 결코 한 걸음 앞서지도 않았고, 제희보다 한 마디 더 보태는 일도 없었다. 그날 제희가 새 신을 신고 뒤꿈치가 까이는 일이 없었더라면 그의 진솔한 마음은 결코 알지 못했을지도 모른다.

제희는 그런 그의 완고함이 못마땅했다. 자진이 제희를 좋아한다는 것은 바보라도 알아볼 정도였으나, 그는 한사코 남들은 모를 거라고 생각했다. 한번은 여전히 단념치 못한 현주가 자진을 찾아왔는데 그가 이야기 도중 자꾸만 딴생각에 빠지는 것이었다. 현주는 섭섭한 마음에 집으로 돌아가 이불을 뒤집어쓰고 울어야 했다.

자진을 만난 뒤로 제희의 마음에는 온통 자진뿐이었다. 말을 얼버무리는 자진의 태도 때문에 온종일 화가 나기도 했고, 일각이나 늦은 데다 현주까지 대동하고 나타난 자진 때문에 뿔이 나기도 했다. 사소하기 그지없는 일들이 제희의 일상을 괴롭혔다.

당시 제희의 나이가 열여덟 살쯤 되었더라면 갖은 방법으로 자진을 유혹하고 애틋한 분위기도 만들어냈을 것이다. 그렇게 손쉽게 그를 사로잡을 수 있었겠으나, 제희는 그저 속 편하고 천진난만한 열세 살 소녀였다. 자진의 고집스러움에 대해서도 속으로만 이를 갈 뿐, 아쉬울 것 없는 그녀는 도도한 태도로 일관했다. 그러니 두 사람의 관계는 좀처럼 진전이 없었다. 시간이 갈수록 제희는 마치 피어난 지 오래된 꽃이 된 것만 같았다. 그가 다가와 꺾어주기만을 기다렸지만, 그는 끝내 꺾지 않았다. 아름답고 외로운 시간이 헛되이 지나갔다.

공자제에 대해서는 잊은 지 오래였다. 누군가 그녀에게 공자제가 누구냐고 묻는다면 선뜻 대답하지도 못했으리라.

돌아가는 상황을 진즉에 알아챈 이황자는 조심스럽게 제희에게 충고했다.

"자진이 좌상의 아들이라 신분이 높기는 하나 장자가 아니잖느냐. 너는 황제의 적녀인데 어찌 그에게 시집을 가겠어. 게다가 도를 닦는 사람이라는데. 더 늦기 전에 마음 정리해라."

제희에게는 쓸모없는 말이었다. 쏟아진 물을 어찌 쓸어 담을 수 있겠는가. 감정이 어디 그렇게 쉽게 정리할 수 있는 것이란 말인가.

오랫동안 고민하던 제희는 마침내 결심이 섰다. 그날 저녁 내내 제희가 옷을 고르는 바람에 아만이 어찌나 분주했는지 모른다. 붉은 옷을 입었더니 초록색이 더 청아해 보일 것 같았고, 모란 꽃을 달았더니 작약이 더 아리따워 보일 것 같았다. 거울 앞에 앉아 연지를 발랐더니 시뻘건 원숭이 엉덩이를 보는 것 같았다. 마음에 드는 구석이 하나도 없어 제희는 한바탕 울음을 터뜨렸다.

하늘조차 무심했다. 삼경부터 큰비가 쏟아졌다. 창밖에 두었던 접난佛蘭을 깜빡하고 들이지 않아 아침에 보니 익사하기 직전이었다. 제희는 답답하고 속상해 하루 종일 창가에 앉아 있었다. 아만은 제희가 밖에 나가 놀고 싶어 그런가 하여 그녀를 위로했다.

"저녁에는 비가 그칠지도 모르겠어요. 그때 모시고 나갈 테니 어화원에서 산책이나 하는 건 어떠세요?"

하지만 제희가 가고 싶은 곳은 고대였다. 그곳에 한 소년이 늘 외로이 서서 그녀를 기다리고 있었다. 비바람도 그를 막을 순 없었다. 그는 제희에게 정말 따뜻한 사내였다. 그런데 좀처럼 가까이 다가오지 않았다. 그토록 부드러운 눈빛으로 그녀를 바라보면서도 좋아한다는 말은 애써 삼갔다. 열세 살의 제희는 그런 그를 이해할 수 없었다. 아만이 딴 데로 향해 있을 때 제희는 몰래 눈물을 훔쳤다.

해질 무렵에야 비가 개며 가랑비로 변했다. 제희는 속이 바짝바짝 마르는 듯했다. 비가 완전히 그칠 때까지 기다릴 수 없었다. 우산도 들지 않고 황급히 고대로 달려갔다. 고대는 안개로 자욱했다. 거기서 얼마나 오래 기다렸는지 자진의 머리와 옷이 흠뻑 젖어 있었다. 손에 우산은 들었으나 펴지도 않은 채였다. 희미한 자색 형체가 외롭고 쓸쓸해 보였다.

제희는 애써 눈물을 참았다. 그 억울한 눈물이 자신을 위한 것인지, 자진을 위한 것인지 알지 못했다. 천천히 다가서는데 그가 진즉에 발소리를 들은 듯 미소를 머금고 돌아섰다. 그의 아름다운 눈망울에 습기를 머금은 애틋한 미소가 서려 있었다.

"비가 이렇게 오는데 바람 쐬러 나오신 겁니까?"

자진의 목소리는 평소보다 훨씬 더 부드러웠다. 현주의 훼방 없이 모처럼 고대에 단둘이 있게 되어서일까?

하지만 그 말밖에 하지 않는 그에게 제희는 단단히 화

가 났다.

'내가 새 옷을 입고 나왔는데 어쩜 이렇게 둔할 수가! 칫, 목석이 따로 없어!'

제희는 옷고름을 잡아 쥐고 일부러 쌀쌀맞게 말했다.

"제가 바람 쐬러 나오든 말든 그쪽이 무슨 상관이에요? 늘 고대에 나와 넋 놓고 서 있는 사람이 누군데?"

과연 자진은 대꾸할 말이 없었다. 잠시 후 들고 있던 자죽紫竹 우산을 펼쳐 제희에게 씌워주며 말했다.

"옷이 젖으면 고뿔에 걸릴 수 있으니 조심하시지요."

그 순간 더할 수 없이 서운한 감정이 제희의 가슴을 파고들었다. 그에게서 더 이상의 말은 기대할 수 없었다. 그는 어느 날 불쑥 나타나더니 그녀를 한없이 아껴주었고, 그에게 익숙해진 그녀는 결국 그를 좋아하게 되었다. 그런데도 그는 끝내 자기 자신을 미천한 소신이라 칭하며 그녀에게 거리를 두고 있었다.

'세상에 어쩜 저렇게 얄미울 수가!'

제희는 우산을 든 자진의 손을 내려치며 소리쳤다.

"자진 공자! 그래서 나를 좋아한다는 거예요, 좋아하지 않는다는 거예요?"

자진은 얼어붙은 듯 아무 말이 없었다.

"아니면 공자가 좋아하는 사람은 현주 언니인가요?"

그가 드디어 얼굴을 붉히며 입을 열었다.

"말도 안 됩니다……. 단 한 번도 그분께 그런……."

"그럼 대체 누굴 좋아하는 건데요?"

제희가 무서운 기세로 다그쳤다.

"더는 못 참겠네! 자진 공자! 나는…… 나는 어쨌든 공자를 좋아해요! 공자가 난처해하든 말든 그건 그쪽 집안일이고, 하여간 감히 나를 거절이라도 한다면 난…… 공자의 구족을 멸할 거예요!"

감정이 격해진 제희가 협박의 말을 내뱉었다.

우산이 탁 소리를 내며 바닥으로 떨어졌다. 보슬비가 두 사람의 머리 위로 뿌려졌다. 금빛 별이 제희의 눈앞에서 춤을 추듯 아른거렸다. 제희는 자진을 쳐다보지 못하고 고개를 파묻었다. 큰 숨을 들이켜지 않았더라면 다리 힘이 풀려 진즉에 주저앉았을 것이다. 오랜 침묵이 흐르도록 자진은 아무 말이 없었다. 황망해진 제희는 머릿속이 하얘지는 걸 느꼈다.

"구족을 멸한다는 건…… 그, 그냥 농담으로 한 말이었어요."

제희가 떨리는 목소리로 말했다.

자진은 여전히 말이 없었다. 마치 견고한 석상 같았다.

제희의 마음이 서서히 가라앉았다. 그녀는 난처한 듯 옷고름을 잡아 틀며 간신히 고개를 끄덕였다.

"알겠어요……. 공자의 마음이 어떤 건지 알겠어요……."

몸을 돌려 떠나려던 그때 어깨가 강하게 조여왔다. 따뜻한 두 손이 그녀의 어깨를 꽉 붙잡은 것이다. 다음 순간 자진의 흠뻑 젖은 가슴으로 제희의 몸이 끌어당겨졌다. 자진이 숨이 차오를 정도로 강하게 제희의 몸을 붙들었다. 제희의 입에서 짧게 앓는 소리가 흘러나왔다. 자진의 두 팔이 아직 여물지 않은 그녀의 몸을 거침없이 끌어안았다. 그에 질세라 제희도 팔을 들어 그의 목을 끌어안았다.

자진이 제희의 머리를 감싸안으며 떨리는 목소리로 물었다.

"⋯⋯장난으로 한 말 아니지요? 정말인 거지요?"

제희는 감정이 격해져 끝내 울음을 터뜨렸다. 정말이라고 말하고 싶었으나 말이 나오지 않아 고개만 힘껏 끄덕였다.

그날 제희는 눈이 퉁퉁 붓도록 울었다. 체면 같은 건 안중에도 없었다. 처음으로 그날 깨달았다. 너무 기쁘면 말문이 막혀 그저 눈물밖에 나오지 않는다는 것을.

그날 두 사람은 드디어 연인 사이가 되었다. 어린 남녀가 연애를 하면 낯간지러운 것도 즐거움으로 여기게 마련인데, 자진 같은 목석이 그런 걸 알기나 할까. 그만 가보라고 하면 당장 걸음을 돌려 떠나버리고, 이제 그만하라고 하면 군소리 없이 멈추는 그였다. 손 한 번 닿는 것도 허용치 않았다. 밤늦게 몰래 만날 때도 점잖게 의자에만 앉아 있었고, 제희가 조금이라도 가까이 가려 하면 금세 얼굴이 붉어졌다.

제희는 전에 이황자의 연서를 훔쳐본 적이 있었다. 어마마마 곁에 있던 입술이 붉은 어린 궁녀를 이황자가 좋아했더랬다. 한번은 이황자가 어디서 베껴 온 듯한 시를 분홍색 종이에 적고 매화 모양으로 접어 제희에게 건네주었다. 그 궁녀에게 전해달라는 것이었다. 그때 슬쩍 펼쳐본 종이에는 "품위 있고 정숙한 여인은 군자의 좋은 배필"이라느니, "바다같이 깊은 그리움에 애타는 마음, 하늘을 떠도네"라느니, 처량하기 그지없는 구절이 가득했다. 안타깝게도 글을 몰랐던 궁녀는 그 연서를 화롯불 붙이는 불쏘시개로 쓰고 말았다.

그때는 그런 이황자를 닭살스럽다며 속으로 조롱했지만, 지금은 닭살스럽지 않은 자진이 얄미웠다. 그래서 은근히 암시를 주기도 했다.

"혹 『시경詩經』 읽어봤어요? 거기 나오는 「관저關雎, 시경에 나오는 첫 번째 시」를 읊어줄 수 있어요?"

저녁에 몰래 그녀를 보러 온 그에게 진지하게 청해보았다.

자진은 눈치도 없이 곧이곧대로 고개를 끄덕였다.

"읽었지. 어찌 그걸 지금 읊으라는 거야?"

제희는 좀이 쑤시는 듯 몸을 비틀며 쏘아붙였다.

"뭘 자꾸 그렇게 물어요? 그냥 읊어주면 되잖아!"

제희는 날이 갈수록 점점 더 포악하게 굴었다. 어린 공주의 그런 모습이 자진에게는 마냥 귀엽게만 보였다. 조금 뜬금없는 청이었지만 자진은 거절하지 않기로 했다. 사실 제희의 어떤 청도 거절하고 싶지 않았다.

"꾸우꾸우 암수 물수리가 나란히 강가 모래섬에 서 있네. 품위 있고 정숙한 여인은 군자의…… 좋은 배필이리…….."

네 구절 읊었을 즈음 자진도 번뜩 눈치를 챘다. 제희를 바라보는 그의 얼굴에 보일 듯 말 듯 미소가 번졌다.

얼굴이 붉어진 제희는 '쓸데없이 이상한 생각 말라'는 표정을 지어 보이며 괜히 부아를 냈다.

"왜 멈추는 거예요?"

자진이 부드러운 눈빛으로 제희를 바라보더니 손을 잡아당겼다. 그리고 나직한 목소리로 그녀를 불렀다.

"연연."

제희도 부끄럽고 민망했다. '다른 집안 여식들도 이럴까? 내가 너무 들이대서 공자가 난감해하는 걸까?'

"나 내일 떠나야 해."

갑작스런 그 한마디가 일장춘몽에 빠져 있던 소녀를 무섭게 흔들어댔다.

"떠난다니요?"

제희가 믿을 수 없다는 듯 자진을 바라보았다.

자진이 그녀를 품에 안고 부드럽게 말했다.

"스승님을 뵈러 가야 해. 연연과 혼인하는 게 얼마나 힘든 일인지…… 수련하는 것보다 백배 천배는 더 어려워."

"왜 어려워요? 스승님이 혼인을 허락하지 않으시는 거예요?"

자진은 잠시 담담하게 웃기만 했다.

"네가 열다섯이 될 때까지 기다려야지. 나는 기다릴 수 있는데, 설마 연연이 못 기다리는 건 아니겠지?"

제희의 얼굴이 붉게 물들었다.

"제가 못 기다릴 거라고 누가 그래요? 한데 공자가 가버리면 그럴지도 모르지! 돌아오지 않는다면 정말 다른 사람한테 시집가버릴 거예요!"

자진이 제희를 힘껏 끌어안고 이마에 입을 맞췄다. 여느 때처럼 부드러우면서 오늘따라 더 뜨겁게 느껴졌다. 제희가 어리둥절한 표정으로 그를 올려다보자 자진이 말했다.

"다른 사람한테 시집가는 건 절대 안 되지."

뜨거운 그의 입술이 가늘게 열린 제희의 입술을 덮었다.

그 한 번의 입맞춤은 가볍고 부드러웠으며 조금 서툴었다. 제희는 술도 마시지 않았으면서 이미 흠뻑 취해버렸다. 빨리 어른이 되기를, 빨리 시집갈 나이가 되기를 이토록 간절히 소원해본 적이 없었다. 제희가 그토록 좋아한 사람은 오직 한 사람, 좌자진뿐이었다. 그를 위해 진주와 비취를 머리에 꽂고, 그를 위해 혼례복을 몸에 두른다면 이후의 인생은 온통 행복뿐일 것 같았다.

하지만 제희가 기다리던 열다섯의 그날은 끝내 오지 않았다.

제희가 열네 살이던 그해, 많은 일들이 일어났다.

자진은 떠난 뒤로 돌아오지 않았다. 제희가 얼마나 많은 서신을 보냈던가. 처음에는 그리움을 전하고, 나중에는 따져 묻기도 했으나 끝내 감감무소식이었다. 그 사이 좌상이 적과 내통해 나라를 팔아먹었다. 그는 천원국의 식인 요괴 대군을 끌고 와 황성을 공격했고, 황족들의 머리를 베어 성벽에 달아놓을 거라고 떠벌렸다. 전장에 나간 황자들이 잇달아 전사했고, 황후는 몸져누워 다시는 일어나지 못했다. 보안제 역시 절망과 공포 속에서 끝내 숨을 거두었다.

나라를 배신한 자가 좌상이라는 말을 듣고 제희는 비로소 깨달았다. 이 모든 일을 좌자진도 처음부터 알고 있었다는 것을. 그래서 그가 아무 소식도 전해오지 않는다는 것을.

어떻게 그럴 수 있을까? 품에 안고, 입 맞추고, 혼인하자 약속한 여인의 등에 어찌 그토록 지독한 비수를 꽂는단 말인가! 얼마나 잔인한 사람이면 나라가 망하고, 사람이 죽어나고, 괴물이 잔학한 짓을 벌이는 현실을 그토록 방관할 수 있단 말인가! 그런 그를 위해 진주와 비취를 머리에 꽂고 혼례복을 몸에 두르려 했다니! 그 얼마나 가소로웠을까. 그가 떠난 것은 둘의 약속이 영원히 실현될 수 없는 것임을 알았기 때문이었다. 그녀가 품었던 일장춘몽은 그에게 한낱 조롱거리일 뿐이었다.

제희는 격분해서 홀로 향취산으로 향했다. 사실 그전에도 좌자진을 찾는 것은 그리 어려운 일이 아니었다. 다만 그녀는 자신의 사랑이 그 긴 기다림을 거쳐 깊은 연모의 마음으로 변하길 바랐던 것이다. 그날 좌자진 앞에 섰을 때 낯설고 냉담했던 그의 표정을 잊을 수가 없었다. 오래전 실종되었다던 현주가 그의 팔을 끌어안고 있었다. 두 사람이 한데 붙어 있으니 마치 신선의 시중을 드는 아름다운 남녀 한 쌍으로 보였다. 자진이 말했다.

"낭자는 뉘신지요?"

제희는 아무 말도 하지 않았다. 그를 찾아가기 전 열흘 밤낮을 고민했다. 만나면 무슨 말을 할까, 무엇을 물을까. 하지만 아무것도 물을 필요가 없었다. 제희는 다만 칼을 휘둘렀다. 현주의 날카로운 비명 사이로 제희의 칼이 자진의 눈을 베었다. 사실 그녀가 조준한 것은 목이었다. 그의 잔인한 목을 베어내고 싶었다. 그런데 자진에 대한 미련이 본능적으로 작용한 탓인지, 목이 아니라 두 눈을 베고 만 것이다.

매국노를 처단한 것은 가슴 통쾌한 일이었으나, 제희는 오랫동안 이 일을 떠올리고 싶지 않았다. 자신이 좌자진이라는 사내를 한 번도 제대로 이해한 적이 없었다는 생각이 들었다.

'왜 나를 향해 웃어주었던 것일까. 그토록 애틋이 대해주었던 이유가 무엇이며, 그처럼 상냥했던 까닭은 무엇일까. 얼굴은 왜 또 그렇게 붉혔으며, 왜 항상 고대에 덩그러니 서서 나를 기다렸을까. 그리고 어쩌다 그렇게 악독한 독사로 돌변했을까……'

도무지 이해할 수 없었다.

사람 마음이란 얼마나 간사하고 변덕스러운가. 세상의 어떤 천연 요새보다 알 수 없고 무서운 것이 사람 마음이었다. 인간의 몸뚱어리는 요괴들이 먹어치웠지만, 인간의 마음은 결국 인간이 죽인 것이었다.

천원국이 대연국 황궁에 불을 지르자 제희는 아만과 함께 그곳을 빠져나왔다. 두 사람은 어릴 때부터 황궁에서 자라 한 번도 고생이란 것을 해본 적이 없었다. 산속을 헤매기를 며칠째, 충격과 공포 속에 제대로 먹지 못한 아만이 결국 병이 나서 쓰러졌다. 사흘 밤낮을 고열에 시달렸으나 나아질 기미가 없었다. 요행히 제희에게 백지통령술을 전수해주던 노스승을 우연히 만났다. 노스승은 선술 능력이 있었으나 혼자서 그 많은 요괴를 감당할 순 없어, 그 역시 궁에서 탈출한 것이었다.

아만의 상태를 살핀 노스승이 고개를 가로저었다.

"이미 허할 대로 허해졌어. 아무래도 손쓸 수가 없을 것 같구나."

최근 일 년간 지칠 대로 지친 제희는 더 이상 크게 울 힘도 없었다. 울지 못하는 것이 한스러웠지만, 지금은 결코 울 때가 아니었다. 간신히 참아낸 제희가 억지 미소를 지으며 말했다.

"스승님의 어조가 왠지 구할 방도가 있다는 것처럼 들리네요. 말씀해주세요. 아무리 힘든 일이라도 해낼 수 있으니, 어서요."

노스승은 제희를 흘끗 쳐다보고는 조금 난처한 듯 입을 열었다.

"이 늙은이가 전에 듣기로, 향취산 산주가 젊었을 때 신통한 단약을 만드는 재주가 있었다더구나. 그중 자영단紫靈丹이라는 것이 있는데, 만병을 고치는 효험이 있는 약이다. 다만 공주가…… 향취산에 있는 좌자진과 관계가……."

제희가 몸을 벌떡 일으켰다.

"돌아올 때까지 기다려주세요, 스승님!"

이 한마디를 남기고 밖으로 뛰쳐나갔다.

하지만 그 단약은 구할 수 없었다. 제희는 자진이 머무는 집을 찾아가 모든 자존심을 버리고 꼬박 하루 동안 문 앞에 무릎을 꿇고 기다렸다. 하지만 자진은 그녀를 피했고, 현주가 나타나 탄식하듯 말했다.

"사람을 구하려는 것이니 응당 내주어야 할 것을, 이를 어째? 네가 지난번 자진 공자를 다치게 하는 바람에 그 단약은 자진 공자가 이미 먹었거든. 향취산에 그런 단약은 더 이상 남아 있지 않아. 다른 곳에 가서 물어보는 게 어때? 제희, 너는 평소 아는 사람도 많으니 단약 하나 구하는 것쯤이야 그리 어려운 일이 아닐 텐데."

제희가 비쩍 마른 나무 같은 낯빛으로 난생처음 굽신거리며 말했다.

"꼭 자영단이 아니더라도, 비슷한 거라도 괜찮아. 현주 언니, 제발 한 번만 도와줘."

현주가 입을 열려던 그때 안쪽에서 자진의 목소리가 들렸다.

"현주! 어디 있지?"

현주는 황급히 몸을 돌려 안으로 들어갔다. 한참 후 다시 나타난 그녀의 손에 약봉지가 들려 있었다.

"산주께 남은 거라곤 타박상에 바르는 약뿐이야. 필요하면 이거라도 가져가."

현주가 약봉지를 제희 앞에 던졌다.

제희는 천천히 약봉지를 열어보았다. 약방에서 쉽게 구할 수 있는 약으로 은자 한 냥이면 살 수 있는 것이었다.

제희는 오랫동안 멍하니 있었다. 현주가 빙그레 웃으며 말했다.

"봐, 내가 널 도와주지 않는 게 아니라니까! 사실 자진 공자는 얼마나 미웠으면 네가 빨리 죽지 않으면 어쩌나 걱정하던데?"

제희는 현주의 얼굴을 향해 약봉지를 내던지고 발을 돌렸다.

돌아오니 아만은 이미 죽은 뒤였다. 딱딱하게 굳은 채 잡초 위에 누워 있는 모습이 마치 그냥 자고 있는 것만 같았다.

제희는 아만의 손을 꼭 붙들고 자신의 얼굴에 갖다 댔다. 순간 심장이 빠르게 뛰었다. 칼에 가슴이 찔려 하나둘 구멍이 나는 듯 심하게 아팠다. 하지만 두 눈이 바짝 말라 눈물은 한 방울도 흐르지 않았다.

제희는 손으로 조금씩 구덩이를 파고, 나무토막에 비녀로 글자를 새겼다.

아만의 묘.

제희는 무덤 앞에 무릎을 끌어안고 앉았다. 몇 날 며칠을 그러고 멍하니 앉아 있었는지 모른다.

노스승이 제희를 위로하며 말했다.

"사람은 어차피 죽게 되어 있단다. 너무 상심 말거라. 낙담하고 있을 때가 아니다."

"스승님, 저는 더 이상 살 수 없을 것⋯⋯."

제희는 말을 맺지도 못하고 그 자리에서 쓰러졌다.

그 후 비통함에 제희는 한동안 앓아누웠다. 죽기 직전 거의 혼만 남아 있던 그때 문득 깨달은 바가 있었다. 어떤 상처는 그 기억이 평생을 가며, 상처가 언급되면 아픔이 되살아나기도 하지만, 그 대신 다시는 똑같은 실수를 범하지 않도록 교훈을 남긴다. 반면에 어떤 상처는 당장에 잊어버리는 것이 나은 경우도 있다.

제희의 아픈 기억이 되살아났다. 고대 위에서 추던 〈동풍도화〉, 황혼 무렵 보는 이를 취하게 만들던 한 소년의 눈빛, 달빛 아래의 서툰 입맞춤⋯⋯. 어쩌면 지난 생애 그녀의 모든 것인지도⋯⋯.

제희는 자신이 정말 한 사내를 사랑한 적이 있었는지 의구심이 들었다. 정말 그 사내와 혼인하여 백년해로하고 싶었던 것인지 의심이 들었다.

'아, 그런데⋯⋯ 그 사내, 이름이 뭐였더라?'

벌써 잊어버린 듯했다.

그렇게 잊는 것도 좋으리라.

사랑은 무에서 태어나지만, 미움은 사랑에서 난다. 날이 밝을 때는 애절하게 사랑했다가도, 날이 지고 나면 그 사랑을 저버리곤 한다. 수많은 사람들이 그토록 중히 여기는 사랑과 미움이지만, 결국 사람 마음의 변덕은 이기지 못한다.

모든 것에 원인과 결과가 있다 하지 않던가. 이 모든 것이 그녀가 너무 순진했던 것에 대한 인과응보였다.

노스승이 말해주었다. 세상에 '혼등魂燈'이라는 신물神物이 있는데, 향취산 산주가 가져가서 보물 창고 깊숙이 보관하고 있다고. 그 신물을 손에 넣기만 하면 대원국의 원수를 갚을 수 있었다.

병이 나은 제희는 스승과 함께 대연국을 떠나 서쪽의 작은 나라에 이르렀다. 그곳에서 스승에게 처음부터 모든 것을 다시 배우기 시작했다. 제희는 반드시 해내야 할 중요한 일이 있었다. 끝없는 공허함 속에서 더 이상 자신의 생을 낭비할 수 없었다.

열다섯, 시집갈 나이가 되었을 때 스승은 그녀에게 담천이라는 이름을 지어주었다.

대연국의 제희는 그날 이후 진정 세상에서 사라져버렸다.

9월의 어느 날 산주를 위해 긴 시간 희귀한 보물을 찾아 나섰던 부구운이 돌아오자 좌자진은 현주와 함께 그를 찾아갔다.

이제 막 산주의 제자가 된 현주는 다른 이들은 몰라도 산주 곁의 8대 제자와는 반드시 안면을 터야 했고, 그중 하나가 부구운이었다. 듣기로 그는 산주 문하에 매우 일찍 들어온 제자로, 깊이를 가늠할 수 없을 정도로 실력이 엄청나다고 했다. 그런 한편 풍류를 즐기는 바람둥이로 항상 여인들에게 파묻혀 지내며 다른 제자들과는 친밀하게 왕래하지 않았다. 그래서 평판은 좋은 편이 아니었는데, 산주는 그를 몹시 신뢰하는 모양이었다. 진귀한 보물 창고를 모두 부구운에게 맡겨 관리하게 했다.

현주는 자진의 팔짱을 끼고 단풍 흩날리는 길을 천천히 걸었다. 최근 들어 현주는 진정한 만족감을 느끼고 있었다.

천원국이 부린 요괴들이 대연국을 침략했을 때 가장 먼저 재난을 당한 것은 바로 제후국들이었다. 보안제는 나약하고 비겁했다. 그는 제 몸만 지킬 줄 알았지, 제후국들의 온갖 지원 요청을 나몰라라 했다. 전란의 평정을 위해 대연국 국사國師를 보내달라고 그토록 청하는데도 아랑곳하지 않았다. 혼란스러운 가운데 현주는 홀로 그곳을 탈출했다. 얼마나 길을 헤매며 걸었는지, 끝내 향취산 근처에서 쓰러졌다.

좌자진이 현주를 구해주었다. 다만 그는 대연국의 모든 기억을 잃어버린 뒤였다. 심지어 제희가 누구인지도 몰랐다. 매우 독특한 방식으로 기억을 잃었는데, 마치 누군가가 일부러 어느 한 부분만 자진의 기억을 봉인해놓은 것 같았다. 손을 쓴 사람은 자진이 그 당시를 기억하는 걸 원치 않는 듯했다. 대연국에서 헤어나지 못할 정도로 깊이 사랑에 빠졌던 그때를.

물론 현주는 그러한 자진의 상태를 매우 긍정적으로 받아들였다. 자진은 모든 기억을 잃었고, 지금 그의 마음속에는 오직 현주뿐이었다. 종국에는 그도 깨달을 거라 생각했다. 이 세상에 진심으로 그를 대하며 그를 위해 모든 것을 쏟아붓는 사람은 오직 자신뿐이라는 걸. 좌씨 집안이 나라를 판 것도 현주에게는 나쁘지 않았다. 대연국이 멸망하고 세상 모든 사람이 죽어 없어진대도 상관없었다. 자진만 곁에 있다면 그 무엇도 괜찮았다.

제희는 결코 이 정도까지 자진을 사랑하지 못할 것이다. 어릴 때부터 줄곧 제희를 철저히 이길 방법을 찾았던 현주가 드디어 이긴 것이다. 이 정도로 자진을 사랑하는 여인이 세상에 또 있을까? 절망과 공포에 가까운 그녀의 사랑에 결국 제희는 진 것이나 다름없었다.

현주는 더없는 행복을 느꼈다.

드디어 말로만 듣던 호방한 풍류남 부구운을 만나게 되었다. 상상했던 귀족 자제 같은 분위기와는 사뭇 달랐다. 언뜻 보기에 앳된 청년 같지도 않았고, 그렇다고 나이 들어 보이는 것도 아니었다. 눈 밑의 눈물점 때문인지 웃을 때 상대를 설레게 하는 특유의 천진함이 느껴졌다. 하지만 웃지 않을 때는 조금 처연해 보이면서 숱한 시름을 안고 있는 사람 같았다.

구운은 홀로 창가에 앉아 술을 마시고 있었다. 발밑에 술주전자가 이미 여남은 개나 쌓여 있었다. 현주는 방안을 가득 채운 술 냄새에 미간을 찌푸렸다.

구운은 동쪽 하늘을 향해 멍하니 넋을 놓은 채 고개도 돌리지 않았다. 현주는 짜증이 나는 듯 조금씩 몸을 움직였다. 바로 그때 구운이 고개를 돌렸다. 번뜩이는 눈을 하고서 그녀를 머리부터 발끝까지 훑어보았다. 현주는 자신이 벌거숭이가 된 것만 같아 얼굴이 빨개졌다.

구운은 이내 자진에게로 시선을 돌렸다. 굳게 닫힌 자진의 두 눈을 보고 그가 어리둥절하여 물었다.

"눈은 왜 그런 거지?"

자진은 대답하고 싶지 않은 듯했다. 대답하려 해도 무어라 할 말이 없었다. 기억이 없으니까. 자진은 구운에게 다가가 술주전자를 건네받아 자신의 잔에 따랐다. 구운의 기분이 그다지 좋아 보이지 않아 늘 하던 농담 대신 따뜻한 말로 물었다.

"최근 나가 있는 동안 그리 잘 지내지 못했나 보군."

구운은 코웃음을 치고 현주를 흘끗 쳐다보며 대답했다.

"나는 잘 모르겠고, 그쪽이 아주 잘 지냈다는 건 내 확실히 알겠네. 옛것을 잃고 새것을 안았으니."

자진이 이해하지 못한 듯 물었다.

"무슨 뜻이오?"

구운은 대답도 없이 술을 들이켰다. 그의 눈길은 줄곧 동쪽 하늘을 떠나지 않았다. 맑고 파란 하늘에 구름이 실처럼 걸려 있었다. 시원한 바람이 얼굴을 덮치자 구운의 두 눈이 절로 가늘어졌다.

구운은 그날을 떠올렸다. 비가 오다 멈추다를 반복하던 그날, 강가에 앉은 그는 버드나무 잎사귀에서 또르르 굴러내리는 물방울을 바라보았다. 속으로 하나, 둘, 물방울을 세며 그녀를 기다렸다. 그림을 미끼로 던져놓고 그녀가 그 미끼에 걸려들기를 기다렸다. 그녀는 구운의 마음속 깊은 바다를 유영하는 한 마리 작은 물고기였다. 언제쯤 그 미끼를 물 것인지 알 수 없었다. 한편으로는 그녀가 오는 것이 두렵기도 했다. 아직 어린 나이의 순진한 소녀였다. 무슨 말을 어떻게 해야 그녀를 이해시킬 수 있을지 알 수 없었다.

서서히 저녁노을이 드리워졌고, 버들잎이 여린 새순처

럼 청아해 보였다. 행인들을 지켜보는 구운의 마음은 기쁘면서도 애가 탔다. 기다리는 사람이 다른 누구도 아닌 그녀였기에 기뻤고, 그녀의 걸음이 늦어지니 애가 탔다.

구운은 멸망하던 대연국의 모습도 떠올렸다. 수려하고 기품 있던 황궁이 불길에 휩싸여 결국 무너진 담벼락밖에 남지 않았다. 높고 웅장했던 고대도 까맣게 타서 백석 난간의 흔적만 겨우 남았다. 그 고대 위에서 그녀가 〈동풍도화〉를 추었고, 불꽃처럼 붉은 그녀의 옷자락이 나풀거렸다.

이제 그녀는 없었다. 대연국과 함께 이 변화무쌍한 인간 세상을 영영 떠나버렸다.

구운은 줄곧 한 사람을 기다려왔지만 그도 알고 있었다. 그녀는 절대 오지 않으리라는 걸.

11장

수천 번 품에 안아도
돌아오는 메아리가 없었다

　엄동설한, 신선의 산은 온갖 꽃들로 아름답겠지만, 속세는 그저 흑백의 두 가지 색뿐이었다. 어린 당나귀가 얼음 길을 어정어정 나아가고 있었다. 네 발굽이 얼음을 딛는 소리가 또각또각 낭랑하게 들렸다.

　담천은 당나귀 등에 반쯤 누운 채 지도를 살폈다. 향취산은 남쪽에 위치했고, 천원국은 서북쪽이었다. 담천의 이번 노정은 꽤 멀리까지 이어질 것 같았다. 일단 서쪽으로 가서 노스승의 묘 앞에 절을 올릴 것이다. 반년 만의 길이었다. 마침 그곳 서쪽 작은 나라에 나루터가 있는데, 거기서 망망대해만 건너면 천원국에 당도한다.

　그전에 먼저 대연 땅에 들러 아만의 묘를 살펴볼 것이다. 떠난 지 여러 해가 흘렀지만 아직 한 번도 찾아가 보지 못했다. 아만이 그녀를 매정하다 탓하고 있는지도 몰랐다. 살아생전 늘 그녀를 살뜰히 챙겨주던 아만이었다. 그런데 지금 춥고 황량한 야산에 홀로 묻혀 있으니 섭섭할 만도 했다.

그나마 아만은 나은 편이었다. 담천의 가족들은 모두 전장에서 전사하거나 화염 속에서 한 줌 재가 되었다. 보고 싶어도 찾아가 볼 무덤이 없었다.

긴 한숨을 내쉰 담천은 지도를 접고 당나귀 허리를 톡톡 두들겼다. 당나귀가 기운을 내고 명랑한 발걸음을 내디뎠다. 부지런히 껑충거리며 내려갔더니 날이 어두워지기 전에 산 아래 마을에 도착했다. 나귀는 하얀 종이로 바뀌어 바람을 타고 어디론가 날아갔다.

속세에 내려온 것은 반년 만이었다. 거리에 북적대는 사람들을 보며 담천은 숨을 크게 들이켰다. 바람 속에 온갖 냄새가 섞여 있었다. 길모퉁이에서 전병을 굽는 기름 냄새가 났다. 약방의 약을 달이는 쓰고 떫은 냄새와 찜통 속에서 수증기를 내뿜으며 밀이 익어가는 냄새까지…… 그야말로 번잡한 속세의 냄새였다.

담천은 이런 냄새가 좋았다.

객잔에 들어가 방을 하나 잡았다. 일을 거드는 사내가 그녀를 위층으로 모시며 자꾸만 고개를 돌려 흘끔거렸다.

"이렇게 아리따우신 낭자께서 어찌 홀로 나오신 겁니까? 상공이라도 찾으러 나오신 겐지? 어떤 분이길래 이리 아름다운 분을 부인으로 두셨는지 참으로 복이 많으시네요!"

담천은 표정 하나 바꾸지 않고 듣고만 있었다. 방으로 들어가기 직전 그녀가 돌연 물었다.

"여기 혹 생고기 같은 것도 파나요? 돼지든 소든 괜찮아요."

이렇게 아리따운 여인의 입에서 맨 처음 나온 말이 '생고기'일 줄이야! 잠시 멍해 있던 사내가 묘한 미소를 띠며 물었다.

"있긴 있습죠. 한데 낭자께서 그걸 어디에 쓰시려고? 낭자가 드시게요?"

"아니요, 저 녀석 주려고요."

담천이 자신의 뒤를 가리켰다. 언제 나타났는지 거대한 맹호 한 마리가 그 자리에 풀썩 드러눕는 것이 아닌가. 표정이 흉악하기 이를 데 없었다. 놀란 사내를 향해 하품을 하며 날카로운 이빨을 드러내더니 갑자기 다시 눈앞에서 사라졌다.

담천은 덜덜 떨고 있는 사내를 부드러운 눈빛으로 바라보았다.

"많이는 필요 없고 소고기랑 돼지고기 스무 근씩만 주세요."

담천이 방문을 닫자 문 너머로 우당탕탕하는 소리가 들

렸다. 거의 구르다시피 계단을 뛰어 내려가는 소리였다. 담천은 웃음이 났다. 속세에는 인간과 요괴가 뒤섞여 살고 있지만, 여전히 겉모습으로만 사람을 판단하는 이들이 많았다. 객잔 사내는 아마 그녀를 요괴로 생각한 모양이었다.

과거 담천이 노스승에게 훈련을 받던 시절, 그녀의 용모를 보고 흑심을 품거나 괜히 희롱을 거는 사내들이 많았다. 어릴 적 한 번도 그런 일을 겪어보지 못한 담천은 그때마다 당황스럽고 괴로웠다. 이에 노스승은 수십 년간 자신을 따르던 호위 영수 맹호를 담천에게 주었다. 담천은 경박한 놈들을 만나면 곧바로 맹호를 불러들였다. 이 방법은 확실히 그녀의 근심을 덜어주었다. 열네 살 때부터 지금까지 백발백중이었다.

생각해보니 그때는 우스운 일도 많았더랬다. 물건을 사면서도 매번 돈 내는 걸 깜빡했다. 혼자서 머리를 단장할 줄도 몰라 삐뚤삐뚤 땋아 묶기 일쑤였다. 줄곧 능라주단綾羅綢緞만 입다가 처음으로 무명옷을 입었더니 몸에 붉은 점이 나고 가려움증이 생겼다. 어디 그뿐일까. 음식에 기름을 넣는 것도, 고기를 썰 줄도 몰랐던 담천은 처음으로 밥상을 차리던 날 다섯 근의 고깃덩이를 통째로 끓는 물에 넣어버렸다. 반도 익지 않은 고기를 먹고 노스승은 결국 배탈이 났다.

시간이 흐르면서 그런 우스꽝스러운 일도 점차 줄어들었다. 나중에는 아무 무명옷이나 입었고, 야채절임과 국밥을 잘도 먹었으며, 초라한 냉골 바닥에서도 단잠을 잤다.

갈수록 제희와는 다른 모습으로 변해갔으며, 그럴수록 더 자유로워졌다. 가장 절망적이던 시절에는 자신이 이토록 씩씩하게 살아갈 수 있을 줄 상상도 못 했다. 하늘에 계신 아바마마와 어마마마, 그리고 둘째 오라버니와 다른 이들 모두 이런 그녀를 보며 분명 흡족해할 것이다. 담천은 더 이상 얼굴과 가무 실력을 자랑으로 여겼던 과거의 제희가 아니었다.

담천이 열여덟 살이 되어갈 즈음 노스승이 세상을 떠났다. 스승은 떠나기 전 고이 간직했던 환약 두 알을 담천에게 주었다. 검은색은 사람의 외양을 바꿔주는 약이었고, 붉은색은 본래 모습으로 돌려주는 해독제였다. 변신하고 싶은 인물의 이름과 사주팔자를 부적 종이에 적어 불에 태운 뒤 그 재와 물을 환약과 함께 삼키면 되었다. 천신이와도 본래의 모습을 알아볼 수 없었다. 다만 이런 약은 독성이 심하고, 사주팔자를 빌려 쓰는 것이 하늘의 순리를 거스르는 일이라 반년 안에 반드시 해독제를 먹어야 했다. 그렇지 않으면 목숨을 보전할 수 없었다.

담천은 황후의 모습으로 변신해볼까도 생각했다. 나이가 많아 보이면 쉽게 발각되지 않을 것 같아서였다. 하지만 외양만 바뀌는 거라, 점잖은 부인의 모습에서 앳된 웃음소리라도 나와버리면 곤란해질 수 있었다.

결국 담천은 아만의 모습으로 변신했고, 향취산에서 어깨를 한껏 움츠린 채 반년을 가슴 졸이며 지냈다. 그리고 마침내 혼등을 손에 넣었다.

담천은 소가죽으로 된 건곤乾坤 주머니에서 혼등을 꺼내 손에 올려놓고 이리저리 뒤집어보았다. 어찌 봐도 그저 오래된 청동 촛대 모양이었다. 뚜껑을 여니 안에 심지가 네 가닥 있었는데 면이나 식물의 질감은 아니었고 연한 핏빛이 비쳤다. 안에 기름을 채워 넣으면 보통의 촛대처럼 쓸 수 있는 것인지는 알 수 없었다.

한참 생각에 빠져 있는데 누군가 문을 두드렸다. 객잔 사내가 고기를 가져온 모양이었다.

"문 앞에 두고 가세요."

그런데 아무 대답이 없다가 잠시 뒤 또 문을 두드렸다. 급하지도 느리지도 않았으며, 마치 장난을 치는 듯한 느낌이었다. 담천은 혼등을 다시 염낭에 넣어 입구를 단단히 싸매며 물었다.

"뉘신지요?"

여전히 아무 대답이 없었다. 그리고 또다시 빠르지도 느리지도 않은 속도로 문을 두드렸다. 담천은 살짝 화가 나서 문을 빼꼼히 열고 물었다.

"무슨 일입니까?"

문 앞에 훤칠한 체격의 사내가 서 있었다. 눈 밑에 눈물점이 난 얼굴로 천진난만한 미소를 지어 보였는데, 그 눈망울에 어떤 광란의 폭풍우가 어슴푸레 비치는 듯했다. 담천을 바라보던 그가 갑자기 낯빛을 바꾸며 느릿한 투로 말했다.

"낭자께 고기를 드리러 왔습니다만."

담천은 잠깐 사이 마음을 가다듬고 머리를 굴렸다. '또 멍청한 척 연기해야 할까? 아니, 소용없을 거야.'

언제부터인지 모르겠지만 이 사내는 전부터 자신의 본모습을 알아챈 것 같았다. '공격해서 싸울까? 그래봐야 소용없을 텐데……' 싸워서 이 사내를 이길 리 만무했다. 괜히 격분하게 했다가는 상황만 더 나빠질 것 같았다.

재빨리 도망가는 것이 상책이다. 속도로 겨룬다면 지지 않을 자신이 있었다.

담천은 문을 닫고 걸쇠를 건 다음 곧바로 창문을 열어 밖으로 훌쩍 뛰어내렸다. 땅바닥에 발을 딛고 벽에 몸을 기대서자 부구운의 모습이 바로 눈앞에 들어왔다. 그가 그녀를 바라보고 있었다. 무어라 말로 표현할 수 없는 미소를 짓고 있었다. 담천은 등에 난 솜털이 바짝 서는 것을 느꼈다. 주위를 둘러보았으나 도망갈 곳이 없었다. 담천은 하는 수 없이 얼굴에 철판을 깔고 구운과 눈을 마주쳤다.

"구운 대인, 정말 대인이셨어요? 설마 설마했는데. 이렇게 빨리 대인을 만나게 될 거라곤 생각도 못 했네요."

담천은 가까이 다가가 구운의 팔을 끌어안았다.

구운이 담천을 내려다보며 느릿느릿 입을 열었다.

"불쾌하군. 네가 그 밤에 산주의 제자인 척할 때부터 내 진즉에 좀도둑인 너를 잡았어야 했는데."

담천이 억지 미소를 지으며 말했다.

"제가 예전부터 영명하고 위풍당당하신 산주를 엄청 존경했거든요. 속으로 그분 제자가 되기를 얼마나 갈망했다고요."

구운이 알겠다는 듯 고개를 끄덕였다.

"그랬던 거구나. 그리 엄청난 소원을 품고 있었다니, 내 당연히 그 소원을 들어줘야지. 지금 바로 같이 돌아가지. 산주께서도 널 기다리고 계시니 당연히 제자가 되는 것도 상의하기 좋을 것이야."

구운이 다짜고짜 담천의 목덜미를 잡아끌었다. 담천은 허둥거리며 도살장에 끌려가는 돼지처럼 꿱꿱거렸다.

"구운 대인! 이리 급히 가지 않아도 되지 않습니까? 제가 아직 마음의 준비가 되지 않아서요!"

구운이 잽싸게 손을 뻗어 담천의 허리에 묶인 염낭을 잡아챘다.

"그래? 난 네가 간이 배 밖으로 나와서 무서울 게 없는 처자인 줄 알았는데!"

담천은 그의 팔을 꼭 끌어안은 채 뻔뻔함을 포기하지 않았다.

"대인, 또 제 은자를 뺏으려 하십니까?"

구운은 담천을 바라보며 코웃음을 쳤다.

"좋아, 인정! 담천, 넌 정말 대단한 아이야. 일이 이 지경까지 됐는데 계속 시치미를 떼시겠다?"

구운은 이제껏 이 같은 여인은 한 번도 보지 못했다. 겁도 없이 날뛰질 않나, 남의 눈을 속이고 물건을 슬쩍하더니, 일이 틀어져 붙잡히고서도 이리도 뻔뻔하게 잡아떼며 대거리를 하다니!

'양심의 가책이라곤 조금도 느끼지 못하는 걸까?'

설사 그냥 떠난 것이라 해도 떳떳하게 떠난 것도 아니었다. 그동안 얼마나 갖은 수를 쓰며 빈틈을 노렸을까? 남의 마음은 그저 흙덩이로만 여기고 쓸모없어지니 곧바로 내팽개치면서 말이다.

구운은 그날 검게 타서 누워 있던 시체가 담천인 줄만 알았다. 청천벽력 같았던 그때의 기분은 영영 다시 떠올리고 싶지 않았다. 과거에는 뜻하지 않게 그녀 곁을 지키지 못했으나, 이번에는 확실히 붙잡을 것이었다. 하지만 담천은 팔딱거리는 물고기 같았다. 아무리 움켜쥐어도 자꾸만 손가락 사이로 빠져나가려 했다.

"담천, 네가 아무리 하늘 끝, 바다 끝으로 도망가려 해도 내 손바닥을 벗어날 수 있단 생각은 하지 않는 것이 좋을 것이야."

구운이 담천의 손목을 붙든 손가락을 강하게 조였다. 마치 쇠 집게 같았다. 담천은 손목이 아프다 못해 화가 나서 소리쳤다.

"도망이라도 안 치면 대인 손바닥에서 뼈가 으스러질 판인데 어떻게 가만있어요?"

구운은 다짜고짜 담천의 손을 잡아끌었다. 죽어라 싫다고 버티는 여인을 끌고 다시 객잔 대문 안으로 당당하게 들어갔다. 객잔 사내에게 구운은 낯선 얼굴이었다. 그 얼굴이 어둡고 사악해 보여 사내는 애써 넉살스럽게 물었다.

"나리, 식사를 하실 겁니까, 아니면 숙박을 하실 겁니까?"

구운은 그를 본체만체하고 품에서 진주 한 알을 꺼내 주인에게 던지며 말했다.

"열흘간 객잔을 살 것이니 대문과 창문을 모두 닫고 그 위에 쇠꼬챙이를 박으시오. 절대 출입을 금하고 개구멍까지 모조리 봉해주시오."

그리고는 창백해진 담천을 돌아보며 야릇한 미소로 중얼거렸다.

"천아, 우리 둘이 천천히 시간을 보내보자꾸나."

위층으로 들려 올라가는 동안 담천은 탈출할 방법을 수없이 떠올렸으나 쓸만한 수는 하나도 없었다. 구운은 키로 보나, 덩치로 보나, 실력으로 보나 자신보다 강했고, 코는 개 코보다 더 예민했다. 게다가 얼마나 단단히 결심하고 왔는지 한사코 자신에게서 눈을 떼지 않았다. 당장 몸에 날개 열 쌍이 자란다 해도 날개 한 번 퍼덕이지 못할 것이 뻔했다.

꼭 잡혔던 손목이 갑자기 풀리면서 담천은 세 걸음 연달아 뒷걸음쳤다. 침상에 부딪히고 간신히 몸을 가누었다. 구운이 방문을 쾅 닫았다. 변변치 못한 담천의 심장이 폭주하기 시작했다. 구운이 차갑게 웃는 얼굴로 외투를 벗으며 다가왔다. 담천은 눈을 휘둥그레 떴다.

"지, 지금 뭐 하시려고요?"

담천이 재빨리 옷깃을 여몄다. 뒤로 더 물러서고 싶었지만 뒤쪽은 침상으로 막혀 있었다.

"내가 뭘 하려는 걸까?"

구운은 난폭한 미소를 지으며 자신의 외투 끈을 잡아당겼다. 매듭이 단단히 묶여 있어 아예 끈을 홱 당겨 끊어내 버렸다. 담천은 간담이 서늘해져 소리쳤다.

"오, 오지 마요! 가까이 오지 마!"

담천은 서탁 뒤쪽으로 기다시피 도망쳐 머리를 감쌌다.

"지난번 몸을 바친다 할 때는 대인이 싫다고 했잖아요!

이제는 기회가 없다고요!"

"그래? 이 대인은 이렇게 강압적인 것도 좋다만."

구운은 외투를 휘리릭 벗어던지고 담천의 허리를 휘감아 안았다. 담천은 반항 한 번 못 하고 침상 위로 나자빠졌다. 머릿속이 새하얘졌다.

"저 사흘 동안 안 씻었어요!"

겨우 이 한마디를 내지르고 죽을지 살지도 모른 채 두 눈을 질끈 감았다. 이제 구운의 검은 손이 다가올 차례였다.

한데 한참이 지나도록 아무 일도 일어나지 않았다. 담천은 조심스레 실눈을 뜨고 구운을 보았다. 그는 외투만 벗은 채 찻잔을 들고 침상 머리맡에 앉아 뜨거운 김을 후 불고 있었다. 담천과 눈이 마주치자 그가 빈정거리는 투로 말했다.

"괜한 소녀 감성은 그만 거두고 여기 와서 좀 앉아라!"

'가는 곳마다 욕정을 분출하려는 놈이 누군데?' 담천은 억울한 듯 속으로 내뱉었다. 토끼가 이보다 빠를까, 후다닥 몸을 일으킨 그녀는 최대한 침상 끄트머리에 걸터앉아 죽을상을 했다.

"구운 대인, 그나저나 저를 어떻게 찾으신 겁니까?"

억지스럽게 웃으며 물었는데 구운은 바로 대답하지 않았다. 고개를 반쯤 숙인 채 찻잔의 뜨거운 김을 가볍게 불었다. 무표정한 얼굴이 왠지 처연하고 슬퍼 보였다. 순간 담천의 마음속 무언가가 꿈틀했다. 그간 냉정히 억눌려 있던 죄책감과 고마움, 그리고 뭐라 말할 수 없는 애틋함이 마음속 문을 박차고 뛰쳐나오는 순간이었다. 짧고도 애틋한 침묵을 깨고 구운이 입을 열었다.

"지금도 나를 대인이라 부르는 건가?"

밑도 끝도 없는 질문이었다.

담천은 구운이 들고 있는 찻잔의 조잡한 문양에 시선을 드리운 채 답했다.

"그리 부르는 게 습관이 돼서……."

구운은 또다시 말이 없었다. 그저 차를 마실 뿐이었고, 딴생각에 잠겨 있는 듯 보였다. 담천은 구운이 최소한 몇 번은 자신을 독하게 괴롭힐 줄 알았다. 최소한 한 번은 제대로 욕보일 거라고 생각했다. 하지만 예상과 달랐다. 대체 무슨 수로 여기까지 찾아온 건지는 모르겠지만, 마치 이곳에서 넋 놓고 앉아 딴생각이나 하려고 그 먼길을 찾아온 사람 같았다.

"구, 구운……."

담천은 속으로 헛기침을 했다. 대인이라는 말을 붙이지 않으려니 민망하기 그지없었다. 얼굴이 살짝 달아올랐다.

"그, 그 뭐야, 그러니까 대체 어떻게 저를 찾아낸 거죠? 여기는 향취산에서 엄청 먼 곳인데."

'설마 나 몰래 나한테 무슨 이상한 주문이라도 걸어놓

은 건 아니겠지?'

구운은 살짝 매서운 눈초리로 담천을 향해 차갑게 웃었다.

"어떻게 찾아냈는지 그대가 한번 맞혀보든지. 과연 우리 도둑님께서 훔친 보물이 무엇인지도 말이야."

담천은 온몸의 털이 쭈뼛 서는 것을 느끼며 구운의 손에 들린 건곤 주머니를 쳐다보았다. 담천은 목욕을 할 때도, 잠을 잘 때도 그것을 몸에서 떨어뜨려본 적이 없었다. 그토록 잘 지켜왔다고 생각했는데, 설마 구운에게 들키게 될 줄이야!

'설마 정말 알아챈 걸까?'

구운은 찻잔을 내려놓고 담천을 향해 의미심장한 미소를 지었다. 담천은 또다시 간담이 서늘해졌다. 구운이 건곤 주머니의 끈을 천천히 풀기 시작했다. 침을 꿀꺽 삼키고 지켜보던 담천은 벌벌 떨며 입을 열었다.

"그, 그 뭐야…… 염낭에 정말 얼마 없다니까요……. 그, 그냥 노잣돈 정도…… 대, 대인께 드릴 정도라도 돼야 드리지……."

"아, 그래? 노잣돈이 보통이 아닌가 보군. 이런 소가죽 건곤 주머니에 노잣돈을 넣고 다닐 정도면."

구운이 건곤 주머니에 손을 넣고 뒤지더니 낡은 옷 하나를 꺼내 들었다. 다시 손을 넣고 뒤지자 건량幹糧, 먼 여정에

휴대하기 좋은 말린 식품류 주머니가 손에 잡혔다. 그렇게 나온 것이 계화유, 빗, 은자 조각, 온갖 상비약, 백지 한 묶음……. 주먹 크기만 한 염낭 속에 이렇게 많은 물건이 담겨 있었다. 겉으로 봐선 모르겠지만 확실히 신선의 진귀한 보물다웠고, 건곤 주머니라는 이름이 꽤 어울렸다.

그리고 마지막에 나온 물건이 혼등이었다.

"정말 간덩이가 부은 게야. 혼등이라니, 어찌 감히 이런 신물을 훔칠 수가 있지?"

구운이 웃는 듯 마는 듯 혼등을 만지작거렸다.

담천은 눈을 휘둥그레 뜬 채 시치미를 뗐다.

"혼등이 뭐죠? 무슨 말씀이신지. 이건 그냥 동으로 만든 보통 촛대잖습니까. 급할 때 쓰려고 가져온 건데……."

구운은 크게 깨달았다는 표정으로 혼등을 자신의 품안에 집어넣었다.

"그런 거라면 내게 주려무나. 고풍스럽게 생겨서 아주 마음에 든단 말이지. 네게는 나중에 더 좋은 걸로 길에서 하나 사주마."

담천의 낯빛이 돌변하더니 이내 아첨하는 미소로 바뀌었다.

"그야 물론 좋지만…… 구운 대인께는 그 고물보다 몇십 배는 더 좋은 걸로 드려야지요!"

담천이 몸을 일으켜 문 쪽으로 가자 구운이 미간을 찡

그렸다.

"어딜 가려고?"

담천이 고개를 돌려 느릿느릿 웃어 보였다.

"내려가서…… 먹을 것 좀 가져오려고요. 대인은 뭐가 드시고 싶으세요?"

그 순간 구운은 바로 앞에서 어떤 살기가 압박해오는 것을 느꼈다. 눈에 보이지 않는 맹수가 자신을 매섭게 노려보며 덤비기라도 할 듯이. 그때 담천이 토끼처럼 껑충 뛰어올라 날카롭게 소리쳤다.

"맹호! 물어!"

허공에서 별안간 거대한 호랑이가 나타나 시뻘건 입을 쩍 벌리더니 구운의 머리를 향해 가차없이 달려들었다. 피하기에는 너무 늦었다. 구운은 재빨리 한쪽으로 피했다. 쩍 벌린 입속 날카로운 이빨들이 구운의 왼쪽 어깨를 물었다. 구운의 짧은 비명소리가 들렸고, 시뻘건 피가 순식간에 그의 몸 절반을 물들였다.

담천은 재빨리 구운의 품에서 혼등을 낚아채고 방문을 열었다. 돌아보면 안 된다고 스스로를 다그치면서 발을 내디디려던 순간이었다.

보이지 않는 두 손이 열린 문을 거세게 닫아버렸다. 지 직지직 소리가 나더니 담천의 귓가로 살을 에는 듯한 한 기가 느껴졌다. 수십 개의 은백색 섬광이 방문으로 발사

되어 사정없이 못박혔다. 분노에 찬 구운의 목소리가 뒤에서 들렸다.

"담천, 또 어딜 가려고!"

담천이 구운을 향했다. 구운의 손바닥에 은빛 전류가 드나들고 있었다. 구운이 그 은빛 전류를 맹호의 머리에 씌우자 그토록 사나웠던 영수가 순식간에 자잘한 빛으로 산산조각이 나버렸다. 담천은 심장이 멎는 것 같았다. 온몸이 뻣뻣하게 굳은 채 문에 몸을 기댔다.

구운은 고개를 숙여 피가 흥건한 자신의 몸을 보았다. 어깨에 뼈가 보일 정도로 깊게 팬 이빨 자국이 두 줄 나 있었다. 붉은 피가 샘물처럼 솟구쳤다. 담천이 정말로 그를 죽이려 했던 것이다. 철저히 냉혹했고, 조금의 여지도 주지 않았다. 구운이 침묵을 지킬수록 담천은 더더욱 숨이 가빴다. 마치 심장이 쥐어짜이는 느낌이었다.

그때 눈앞이 번뜩이더니 뜨겁게 타는 듯한 손이 담천의 목을 붙잡았다. 담천은 어떤 수로든 저항할 수 있는 상황이 아니었다. 침상 위에 내동댕이쳐지는 대로 몸을 맡길 수밖에 없었다. 머리가 침상 나무판에 부딪혀 어질어질했다. 곧바로 몸에 하중이 실리는 걸 느꼈다. 담천은 눈을 크게 떴다. 눈앞에 금빛 별들이 쏟아지는 듯 어지러웠다. 간신히 정신을 차렸을 때는 구운의 차갑고 어두운 눈동자를 정면으로 마주하고 있었다. 너무 가까이 있었다. 금방이라도 그녀를 덥석 집어삼킬 기세였다.

"그대, 죽기를 자처하는 것인가……."

구운이 진정으로 분노를 표출하며 손을 들었다. 담천의 목을 다시 움켜쥐려는 것 같았다.

담천은 바들바들 떨며 헐떡거리는 소리를 냈다. 눈을 질끈 감고 이를 악물었다. 이제 곧 극심한 고통이 찾아들 것이다. 하지만 한참을 기다려도 아무 움직임이 없었다. 천천히 실눈을 뜬 담천은 광기와 슬픔이 뒤섞인 구운의 눈동자와 마주했다.

말로 형용할 수 없는 눈빛이었다. 극도로 사랑하는 한편 극도로 실망한 듯한 그 눈빛이 어떤 말보다도 날카롭고 예리하게 담천의 마음을 찔렀다.

'그대가 어떻게 그럴 수 있지?'

'어떻게 나를 해칠 수가 있냐고!'

'정말 나를 죽이려 했던 거야?'

…….

구운의 피가 담천의 가슴 위로 뚝뚝 떨어졌다. 미세하게 들리는 핏방울 소리가 담천의 가슴을 울리고 정신을 뒤흔들었다. 도무지 감당하기 힘든 이 순간을 피하기라도 하듯 담천이 다시 눈을 감았다.

그 질문들은 담천도 대답할 수 없는 것이었다.

혼등을 얻기 위해서라면 그 무엇도 두렵지 않았다. 무

를을 꿇으라면 꿇을 것이고, 실없이 히죽대라 해도 그럴 것이다. 사랑스러운 사람들을 매정하게 버릴 수도 있었으며, 설령…… 방금처럼 혼등에 손을 뻗는 사람에게 날카로운 이빨을 드러내야 한대도 또다시 그리할 것이다.

담천은 목이 잠긴 목소리로 기괴한 웃음소리를 내며 읊조렸다.

"왜, 절 겁간이라도 하려고요? 왜 갑자기 멈추는 거죠? 그 잘난 배짱은 어디로 간 거죠?"

이런 상황에 구운을 자극하다니 담천은 미친 것이 분명했다.

가슴 앞에 갑자기 한기가 들었다. 옷이 종이 쪼가리처럼 순식간에 찢겨버렸다. 담천은 극도의 공포를 느꼈다. 온몸이 경직되어 아무 소리도 나오지 않았다. 어깨 위로 극심한 통증이 느껴졌다. 구운이 가차없이 물어버린 것이다. 정말 먹어치우기라도 할 것처럼.

구운이 담천의 치마를 찢었다. 벌벌 떨던 담천의 목구멍에서 그제야 비명이 터졌다. 그녀는 필사적으로 몸을 웅크렸다. 마치 폭풍우 치는 바다에서 나무토막이라도 끌어안듯 두 무릎을 단단히 부둥켜안았다.

난폭한 그의 몸짓이 갑자기 멈췄다. 그녀 위에 엎드려서 한참 동안 그녀를 바라보는 듯했다. 담천은 얼굴을 이불 속에 파묻었다. 울고 싶었지만 여전히 눈물은 나지 않았다. 그녀는 내버려진 소녀처럼 무릎을 끌어안은 채 벌거숭이로 드러난 어깨를 심하게 떨었다.

이윽고 담천의 몸이 가벼워졌다. 커다란 외투가 그녀의 벗은 몸 가까이로 떨어졌다. 얼음장보다 차가운 구운의 목소리가 들렸다.

"피도 눈물도 없는 그 마음이 혀를 내두를 정도군. 가고 싶으면 지금 가도 좋아. 단, 몸만 가야 할 것이야!"

아무리 사랑을 주어도 그녀에게 구운은 그저 잠시 머물다 가는 작은 섬일 뿐이었다. 조금의 미련도 없이 떠날 수 있으며, 한 치의 망설임 없이 그 작은 섬을 침몰시킬 수 있는 여인이었다. 이토록 잔인한 인간의 심성은 듣도 보도 못했다. 그녀는 구운을 철저하게 심연 밑바닥으로 떨어뜨렸다. 수천 번 그녀를 품에 안아도 돌아오는 메아리가 없었다. 그녀를 놓지 않으려면 가시덤불에 찔려 만신창이가 되어야 했다. 심지어 담천은 상대를 해치는 동시에 자신도 해치는 여인이었다.

구운은 담천의 옷가지와 함께 바닥에 떨어진 건곤 주머니를 집어 품에 넣었다.

"더는 뒤쫓지 않을 테니 가도 좋아. 다시는 혼등을 가져갈 생각 말고! 이 길로 나가서 하늘 끝을 가든, 바다 끝을 가든 네 마음대로 해!"

벌벌 떨던 담천의 몸도 서서히 안정을 되찾았다. 담천

은 외투를 꼭 붙잡고 천천히 몸을 끼워 넣었다. 그리고 느 릿느릿 입을 열었다.

"당신은 나라가 망한 적도, 가족이 전사한 적도 없으면 서 무슨 이유로 나를 사사건건 방해하는 거죠? 부구운, 나 를 연모하기라도 하는 건가요?"

담천이 질문을 마치기가 무섭게 구운이 대답했다.

"맞아."

담천은 이를 악물었다. 눈물을 보이지 않으려고 안간힘 썼다. 하지만 가슴 깊이 밀려드는 파도는 그녀도 막을 수 없었다. 모호하게만 느껴졌던 과거의 장면들이 날카롭고 선명한 기억으로 밀려왔다. 구운이 자신을 얼마나 살뜰히 챙겼던가. 가슴에 품을 만큼 아름다운 말들로 그녀를 표 현했던 것은 모두 그녀를 사랑하기 때문이었다.

농담도 아니었고 희롱도 아니었으며, 한순간의 충동도 아니었다. 그의 사랑은 진중하고 잔잔했으며, 비밀스럽고 고요하게 만물을 적시는 것이었다.

담천은 세상에서 가장 아름다운 사랑도 해보았고, 가장 처참한 결말도 경험했더랬다. 그래서 스스로를 말라비틀 어진 고목이거나 사그라진 재와 같을 거라고 여겼다. 하 지만 지난 과거가 지금 자신의 몸을 미친듯이 휘젓는 이 파도를 막아내지는 못했다.

담천은 또 한 번 몸을 부르르 떨었다. 손가락을 입으로 가져가 깨물었다. 그 통증이 자신을 냉정하게 만들어주리라 기대했다.

낮은 목소리로 담천이 말했다.

"⋯⋯하지만 전 한 번도 당신을 연모한 적이 없어요. 조금도."

담천은 자신의 말이 진심인지 거짓인지 알지 못했으며, 이런 말이 부구운을 괴롭히는 것인지, 자신을 괴롭히는 것인지도 알지 못했다.

구운은 웅크린 담천의 뒷모습을 바라보았다.

"정말 대단하군! 이토록 냉혹한 사람이었다니. 아주 성공적이야. 죽도록 그리웠던 마음까지 사그라들게 했으니."

구운은 방문 앞으로 성큼성큼 걸어가 소매를 한 번 휘둘렀다. 그러자 못박혔던 은백색 섬광이 모두 거두어졌다.

밖으로 나간 그는 다시는 돌아보지 않았다.

부구운은 객잔 주점에 앉아 한밤중까지 술을 마셨다. 주점에 보관된 술 3분의 2를 혼자서 다 마셔버렸다. 주인과 일을 거드는 사내는 악귀같이 피칠갑을 한 그를 보며 숨소리조차 내지 못했다. 같이 올라갔던 아리따운 여인이 나타나지 않자 이자가 그녀를 죽인 것이 아닌가 의심했다. 하지만 감히 관아에 알릴 생각도 못 했다.

평소 아무리 마셔도 취하지 않는 구운이 이날은 어지러

워 몸을 가누기도 힘들었다. 찢어진 어깨 통증도 그를 괴롭혔다. 그는 아프면 아픈 대로, 피가 나면 나는 대로 내버려두었다. 어느 순간 산산이 흩어졌던 마음속 문장들이 하나둘 이어지기 시작했다.

몸의 통증 대신 가슴이 시리도록 아팠다. 구운은 그녀가 소중히 간직한 마음속 풍경을 한 획 한 획 정성 들여 그려주었다. 그 그림으로 그녀가 위로받기를 바랐다. 그녀를 꼭 끌어안으며 내가 여기 있으니 기대도 된다고 소리 없이 말해주었다. 설령 그녀가 자신의 호의를 고마워하지 않는다 해도 상관없었다. 모두 그가 원해서 한 일이었다.

고집스럽게 고통을 자처하는 그녀를 생각하니 더욱 마음이 아팠다. 남을 해치며 자기 자신마저 해치고 있는 그녀가 안타까웠다. 구운마저 그녀에게 상처 주는 말을 해버렸다. 후회스럽고 씁쓸하기 그지없었다.

품에 넣어두었던 건곤 주머니가 앞으로 쏠리며 떨어졌다. 구운은 주머니를 손에 들고 뚫어져라 쳐다보았다. 그 속에 혼등이 들어 있었다. 처음에는 구운도 담천이 향취산에 온 이유를 알지 못했다. 하지만 혼등이 사라졌다는 걸 안 순간 모든 것이 이해되었다.

전해오기로 어느 외딴 산에서 입에 혼등을 머금은 신룡神龍이 온 세상 요괴의 혼을 꾀어냈다는 전설이 있었다. 혼

등은 혼백을 불씨로 삼았는데, 그 불씨는 한번 켜지면 천
년만년 꺼지지 않았다. 담천이 혼등으로 무얼 하려는 것
인지 구운은 상상도 하기 싫었다. 정말 그녀가 그렇게 죽
기 위해 지금을 살고 있는 거라면, 구운은 그녀가 뼈에 사
무치도록 자신을 증오한다 해도 결코 이 물건을 내주지
않을 터였다.

12장

내 곁에 있겠다고 한 말,
참으로 아름다운 약속이었네

고요한 방안에서 담천은 홀로 외투 속에 손발을 웅크리고 있었다. 그런데도 몸이 마구 떨렸다.

몸을 살짝 움직여 주위를 둘러보았다. 이제 어떻게 해야 할지 알 수 없었다.

'정말 그가 날 강제로 향취산까지 끌고 갈까?'

탁자 위에 언제 두었는지 그림 족자 하나가 있었다. 일반 족자보다 몇 배는 더 컸고, 묶고 있는 붉은 끈마저 정갈하고 고왔다.

담천의 것이 아니었다.

족자를 가져와 끈을 풀어보았다. 그림에 사용한 종이가 새것처럼 보였고, 부구운의 따뜻한 체온이 실려 있는 듯했다.

조금 펼쳐보니 담천에게 너무나 익숙한 궁궐 그림이었

다. 경염궁景炎宮. 그녀는 열네 살이 되던 해까지 그곳에서 자랐다. 대연 황궁에서 가장 아름다운 궁궐이었다. 궁중 뜰에는 수사해당화垂絲海棠花, 겉 꽃잎은 분홍색이고 안쪽은 흰색인 해당화가 가득했는데, 담천이 그곳을 떠날 때 꽃이 막 피어나기 시작했다. 안타깝게도 그 아름다움을 감상할 수 있는 사람은 없었다.

손에 힘이 빠지면서 그림이 바닥으로 떨어졌다. 담천은 화들짝 놀라며 몸이 굳어버렸다.

눈앞에 환영이 펼쳐졌다. 붉고 흰 수사해당화가 사방에 가득했다. 담천은 꽃밭 한가운데 앉아 하늘거리는 꽃잎을 바라보았다. 옷자락이 바람에 흩날렸다. 경염궁 사람들이 오갔으며, 아바마마와 어마마마, 오라버니들이 그녀 주변에 앉아 있었다. 다만 얼굴이 희미하게 보였다. 유일하게 둘째 오라버니만이 생기 있는 눈매로 함박웃음을 짓고 있었다. 그가 담천 앞에 앉았고, 입술을 달싹이는 것이 무슨 말을 하려는 듯 보였다.

"오라버니!"

담천은 오라버니를 부르며 두 팔을 뻗었다. 하지만 두 팔에 안기는 건 텅 빈 허공뿐, 하마터면 침상 아래로 구를 뻔했다.

아만이 천천히 다가왔다. 평온하고 단아한 얼굴에 특유의 온화한 미소를 드리운 채 찻주전자를 담천 옆에 내려놓았다.

"가, 가지 마……."

담천은 무의식적으로 아만의 손을 잡아당겼다. 물론 잡히는 건 허공이었다.

담천도 알고 있었다. 이 모든 것이 신선의 그림 속에서 나온 환영일 뿐이라는 것을. 모든 것이 가짜였다. 그들을 만질 수도, 목소리를 들을 수도 없었다. 언젠가 하늘에서 저들을 다시 만나는 날, 지금처럼 똑같이 자신을 향해 생생하게 웃어줄지, 곁을 오가며 함께 이야기를 나눌 수 있을지 담천은 감히 기대조차 할 수 없었다.

그녀는 손을 거두며 이를 악물었다. 눈 속에 가둬둔 눈물이 급기야 한 방울 떨어졌다. 고집스럽게도 두 번째 눈물방울은 허락하지 않았다. 필사적으로 눈물을 닦고 문 앞으로 달려갔다.

문을 열자 구운이 서 있었다. 피범벅인 겉옷을 팔에 걸치고 있었다. 상처에 약을 바르고 싸매고 온 모양이었다. 그가 고개를 살짝 숙인 채 담천을 바라보았다.

"근자에는 줄곧 그 그림만 그리고 있었지."

그의 목소리가 고요하게 가라앉아 있었다.

"아직 반 정도만 그린 거라 나머지는 다 완성하고 나면 그때 주지. 그대가 제희인 것을 알아본 때부터 그리려고 했던 것이야."

담천이 멍하니 고개를 끄덕이다 중얼거리듯 말했다.

"……공자제?"

"공자제든 부구운이든 그저 이름에 불과할 뿐, 그건 중요치 않아. 중요한 건 그때 공자제는 제희 곁을 지키지 못했고 늘 한 발씩 늦었지만, 지금의 부구운은 그대를 붙잡을 수 있다는 것이야."

담천은 마치 낯선 사람 보듯 한참이나 그를 보았다.

그 시선이 어색했는지 구운은 그녀를 천천히 안으로 밀고 들어와 방문을 닫았다.

구운은 족자를 도로 말아서 붉은 끈으로 묶은 뒤 허리 뒤쪽에 놓아두었다. 그러고는 침상에 걸터앉아 고개도 들지 않고 말했다.

"쓸데없는 얘기는 더 이상 하지 않는 게 좋겠군. 혼등은 위험한 물건이니 절대 제희가 가져가게 하는 일은 없을 것이야. 오늘은 여기서 자고 내일 같이 향취산으로 돌아가지."

담천이 매섭게 고개를 돌렸다.

"……전 돌아가지 않을 거예요."

"좌자진은 이미 향취산을 떠났고, 현주도 그 뒤를 쫓아갔으니 다시 돌아오는 일은 없을 거야. 그러니 누가 제희를 알아볼까 걱정할 필요는 없다는 말이야."

"제가 왜 굳이 거기에 가야 하죠?"

'설마 당신이 공자제라서, 날 연모하는 마음으로 경염궁을 그려줬다고 해서 내가 감격해 자기를 부군으로 따르기라도 할 줄 아는 건가?'

"그대가 혼등을 사용하는 건 원치 않으니까. 그대가 혼자 외롭게 있는 것은 더더욱 싫으니까. 난 그저 제희가 기쁘게 지냈으면 하는 바람이야."

"그럼 차라리 저더러 죽으라 하시지요!"

구운이 깊은 한숨을 내쉬었다. 그의 눈빛이 무겁게 가라앉았다.

"정말 돌이킬 여지는 없는 건가?"

담천이 차갑게 웃으며 말했다.

"어떻게 돌이켜요? 뭘 돌이킨다는 거죠? 대연국을 다시 돌아오게라도 할까요?"

구운은 한동안 침묵하다가 입을 열었다.

"담천…… 혼등으로 뭘 하려는 건지 알고 있다. 세상엔 분명 목숨을 바칠 만한 가치 있는 일들이 있긴 하지. 그런 일이라면 죽는 것도 그리 대수롭지 않아. 사람에게는 윤회가 있으니까. 고초의 세월이 일단락되면 또 다른 삶이 기다리고 있으니까. 하지만 혼등을 밝히려 혼백이 생을 떠나면 끝도 없이 무한한 고통에 시달리지. 그런 고통을 껴안아야 할 만큼 가치 있는 일은 절대 없어."

담천은 상처 입은 짐승처럼 침울하게 고개만 숙이고 있

었다.

"천아, 내가 네 곁에 있을게. 네가 어찌하든 떠나지 않고 함께할 것이야. 다만 혼등만은 절대 안 돼."

담천이 매섭게 고개를 들고 죽일 듯 그를 노려보았다. 구운은 태연한 얼굴로 그 시선을 오롯이 받아냈다. 담천의 눈빛도 서서히 누그러졌다. 이미 모든 힘을 소진했으며, 품었던 용기도 다 사그라든 기분이었다. 담천은 눈을 질끈 감았다. 굵은 눈물이 주르륵 흘러내렸다. 구운이 그녀의 손을 당겨 자신의 얼굴로 가져갔다. 그의 손은 너무나 따뜻하고 부드러워 한번 닿으면 절대 떼고 싶지 않았다. 담천은 약해진 자신이 싫었지만 어쩔 도리가 없었다.

구운은 긴 소맷자락으로 담천의 어깨를 덮고 그녀의 머리를 자신의 가슴에 파묻었다. 그의 옷섶이 금세 젖어버렸다.

얼마나 지났을까, 담천이 그의 가슴에 안긴 채 잠이 든 것 같았다. 그녀의 몸을 누이고 잠을 청하려 하는데, 코맹맹이 소리로 그녀가 말했다.

"……독은, 다 빠진 거예요?"

상봉한만 독주에 관해 물은 것이었다. 담천의 기억이 전혀 소실되지 않은 것을 확인하자 구운은 조금 서글프고 쓰라렸다.

"그런 독으로 이 대인을 죽일 수가 있겠느냐?"

농담하듯 가볍게 대답했다.

담천이 얼굴을 들었다. 눈이 발갛게 부어 있었다. 잠시
망설이던 그녀가 고개를 돌리고 다시 물었다.

"……상처는요?"

구운은 자조 섞인 미소로 자신의 어깨를 내려다보았다.
피는 이미 멎은 상태였다. 산에서 급히 내려오느라 영단묘
약을 챙기지 못했다. 바른 약이 별 효과가 없는지 상처 부
위가 크게 부어올랐다.

"괜찮아, 안 아파."

눈물에 젖은 담천의 속눈썹이 가늘게 떨렸다. 그걸 보니
구운의 마음도 따라서 떨렸다. 그는 순간 감정을 주체할
수 없었다. 나비의 날갯짓을 닮은 그 속눈썹을 손가락 끝
으로 만져보고 싶었다. 그때 담천이 쉰 목소리로 말했다.

"저한테 약이 있어요."

담천은 좋은 약을 많이 갖고 있었다. 건곤 주머니는 화
수분처럼 많은 것이 담겨 있었다. 작은 도자기 병에 손톱
만 한 백색 환약이 들어 있었는데, 냄새를 맡아본 구운은
상처에 좋은 상등급 약임을 금세 알아보았다. 환약 두 알
을 물에 녹여 바르면 하룻밤 새 상처가 아물 수 있었다.

담천은 무릎을 꿇고 구운을 도와 겉옷을 벗겼다. 살짝
차가운 그녀의 손가락이 그의 벗은 가슴을 스쳤다. 그 순
간 구운의 호흡이 어지럽게 꼬이더니 별안간 담천의 손을

덥석 잡았다. 담천은 그의 손이 너무 뜨거워 데일 것만 같았다. 그녀는 고개를 수그린 채 희미한 미소를 띠었다. 그러나 이내 장난기 어린 투로 말했다.

"참 정력도 좋으시네요. 피를 그렇게 많이 흘려놓고 또 뭘 어쩌려고 그러시는지."

구운이 자조적인 웃음을 지으며 대꾸했다.

"……살살 해. 아픈 건 못 참으니까."

담천은 조심조심 손을 움직였다. 손가락 끝이 상처에 닿을 때는 미풍이 살랑이는 듯했고, 피부에 닿았던 촉감은 통증이 느껴지기도 전에 사라졌다. 구운은 담천이 최대한 천천히 약을 발라주었으면 했다. 손에 조금만 더 힘을 가해주었으면 했다. 가려운 곳을 살살 긁는 것처럼 슬쩍 닿았다 떨어지니 괜히 마음만 더 간질간질했다.

창에 비친 달빛 아래 두 사람의 그림자가 하나로 겹쳐 보였다. 그녀 속에 그가 있고, 그 속에 그녀가 있었다. 마치 둘이 다시는 떨어지지 않을 것처럼 보였다. 담천은 말로 표현할 수 없는 기쁨이 샘솟는 한편 아쉬운 마음도 들었다.

"구운, 일국의 공주는 어떤 모습이어야 할까요? 단지 예쁘게 치장하고 아름다운 몸가짐으로 사람들 앞에서 황실의 위엄을 과시하면 되는 건가요?"

구운은 대답이 없었다. 잠이 든 것 같았다. 머리가 살짝 기울어져 얼굴에 그림자가 드리워져 있었다.

"예전엔 이런 걸 생각해본 적도 없고, 알려주는 사람도 없었죠. 대연국이 멸망한 뒤 우연히 스승님과 같이 대연에 가본 적이 있어요. 어딜 가도 모두가 요괴를 떠받들고 있더군요. 단지 천원국이 요괴를 신봉한다는 이유로. 매년 백성들은 인채人菜를 공물로 바쳤어요. 인간을 맛있는 찬으로 여겨 지체 높은 요괴들에게 진상을 올리는 거죠. 이런 황당무계한 일이 있을까요? 한데 그런 일이 실제로 일어나고 있었어요……. 돌아와서 전 계속 생각했죠. 예전에 저는 대연의 공주로 백성들의 사랑을 한몸에 받았어요. 하지만 대체 무슨 자격으로? 그들을 위해 제가 뭘 했다고? 과연 제가 그럴 자격이 있었던 걸까요? 내게 그랬죠. 혼백이 생을 떠나 영원히 고통받는 걸 감수해야 할 만큼 가치 있는 일은 없다고요. 맞아요, 정말 그만큼 가치 있는 일은 아닐 거예요, 담천에게 있어서는. 담천은 가족도 없는 평범한 여인에 불과하니까. 하지만 그녀는 담천이기 이전에 대연국의 제희였어요. 제희에게 이 일은 세상 그 무엇보다 가치 있는 일이에요."

약은 이미 다 바른 뒤였다. 상등급 상처 약에 환선산戱仙散, '신선을 희롱하는 가루'라는 의미까지 더했다. 환선산은 이름 그대로 신선도 조심치 않으면 걸려들어 부지불식 간에 깊은 잠에 빠져드는 약이었다. 천둥 번개가 쳐도 깨지 않고 족히 다섯 시진은 자고 나서야 스스로 깨어날 수 있었다. 원래는 향취산에서 막다른 궁지에 몰리면 쓰려고 했던 것인데 뜻밖에도 구운에게 사용할 줄은 몰랐다.

담천은 구운의 옷을 입힌 뒤 그를 베개에 눕혔다. 평온하게 잠든 그의 얼굴을 보니 하고 싶은 말이 너무 많았다. 맹호에게 그대를 물라고 했던 건 급한 마음에 그리했던 것이지, 결코 그대를 죽일 마음은 아니었다고 말해주고 싶었다. 향취산에서 지낼 때 그대 덕분에, 그리고 정다운 향취산 식구들과 취아 덕분에 진심으로 웃을 수 있었다고도 말해주고 싶었다. 꿈속에서 그대를 몇 번이나 만났는지, 그때마다 내 마음이 그렇게 가볍고 즐거울 수 없었노라고도.

그리고…… 그대가 내 곁에 있겠다고 한 말, 참으로 아름답고 가슴 따뜻한 약속이었다고 말해주고 싶었다.

하고 싶은 말이 많았지만 다 말해버리면 아쉬워 떠나지 못할 것 같았다. 담천은 다짐했다. 몇 년만 더 버티자고. 마땅히 죽을 때가 되면 그때는 모든 것에서 벗어날 수 있다고. 그런데 그 마지막 일 년을 담천은 너무나 아름답게 보냈다. 이미 만족했다. 적어도 가슴을 가득 채웠던 미움과 원망에서 벗어나게 됐으니까.

담천은 구운의 품에서 조심스럽게 혼등을 꺼내 건곤 주머니에 넣었다.

옷을 갈아입고 문으로 향하던 담천은 못내 고개를 돌렸다. 차마 떠나기 아쉬운 듯 구운을 한 번 더 바라보았다. 혹시 모를 일에 대비해 백지 두 장으로 조그만 영수 두 마리를 불러 그의 곁을 지키게 했다. 문을 열고 마지막으로 다시 한 번 그를 돌아보았다.

이윽고 단호한 표정으로 방문을 닫았다.

이제 진짜로 떠나는 것이다.

담천은 부구운이 또 쫓아오지 않을까 걱정스러웠다. 그의 말은 늘 진짜인지 아닌지 헷갈렸다. 향취산에서 이먼 곳까지 어떻게 그녀를 찾아온 것인지는 하늘만이 알 것이다. 담천은 사나흘 동안 주변 마을을 돌면서 몇 가지 계책을 구상해놓았다. 혹 불행히 다시 그에게 붙잡힐 경우를 대비해 완벽한 대책을 세워야만 했다.

사나흘이 지나도 아무런 움직임이 없었다. 어쩌면 화가 난 그가 아예 천원국으로 미리 가서 그녀가 걸려들기만을 기다리고 있을지도 몰랐다. 담천은 당나귀에 올라타 급하지도 느리지도 않게 서쪽으로 향했다.

노스승의 무덤 앞에 도착한 것은 2월과 3월 사이, 이제 막 풀이 돋아 꾀꼬리가 나는 계절이었다. 노스승의 무덤에도 잡초와 야생화가 자라고 있었다. 초목이 무성하여 무덤가가 꽤 붐벼 보였다. 꽃들만 남겨놓고 잡초를 모두 뜯어냈다. 스승도 좋아할 것 같았다.

담천은 마을 동쪽 끝에 위치한 극단에서 은자 두 냥을 들여 놀이패를 청했다. 좋은 술 몇 동이와 소고기 반 근도 구했다. 무덤 앞에 온 놀이패가 악기를 울리며 신명나게 놀았고, 담천은 무덤 앞에 앉아 고기와 술을 맛있게 먹었다. 행인들이 다들 흘끔거리며 지나갔다. 담천이 사람들 앞에서 이렇게 능청스럽고 두꺼운 낯짝을 할 수 있는 것도 다 스승에게 배운 것이었다. 노스승은 떠나기 전 유언 대신 빙긋이 웃으며 이 한마디를 남겼다.

"나중에 성묘하러 오면 좋은 술이랑 소고기 가져오는 거 잊지 말거라. 놀이패가 신명나게 놀다 가면 더 좋고."

담천은 그 자리에서 술 네 동이를 해치웠지만 얼굴색 하나 변하지 않았다. 그 모습을 보고 놀이패들의 낯빛이 오히려 더 하얗게 변했다. 이렇게 아름답고 가녀린 술고래는 처음 본다는 듯한 눈초리로. 배불리 먹고 마신 담천은 손을 털고 일어나 무덤을 향해 예를 갖췄다.

"스승님, 이제 스승님을 뵈러 오는 것도 오늘이 마지막이겠네요. 앞으로는 무덤 앞편에 풀이 자라고, 뒤편에 꽃이 한가득 피어도 어쩔 수 없으니, 너무 나무라지 마셔요."

담천은 놀이패에게 값을 치른 뒤 당나귀 등에 올라탔다. 그때 뒤에서 누군가 깜짝 놀란 듯한 소리를 냈다. 고개를 돌리니 똘망똘망한 모습의 복숭아 요괴들이 지친 기색으로 길을 재촉하고 있었다. 예전에 스승과 이곳에서 함께 지낼 때 산에 올라 저 요괴들과 함께 복숭아를 따 먹곤 했다.

복숭아 요괴들은 성품이 온화하고 사람들을 대할 때도 친절했다. 그런데 이상하게도 그들을 바라보는 사람들의 얼굴에 놀람과 공포의 빛이 서려 있었다. 근래에는 사람과 요괴가 함께 살고 있었기에 기괴하게 생긴 요괴나 악당이 버젓이 길을 걸어가도 딱히 쳐다보는 사람이 없었다.

'몇 년 사이에 분위기가 바뀐 걸까?'

담천은 나귀를 타고 요괴들 앞으로 나아가 웃으며 물었다.

"복숭아 오라버니, 어딜 그리 가셔요?"

제일 앞서가던 복숭아 요괴가 담천을 보자 눈물이 그렁그렁해졌다. 담천에게 달려가 힘차게 포옹하지 못해 아쉬운 듯했다.

"천아! 역시 너밖에 없구나! 그간 우리가 얼마나 억울했는지 몰라. 다들 우리만 보면 소스라치게 놀라니 말이다. 마치 사람 잡아먹는 요괴 보듯 대하니, 억울해서 원! 우리 복숭아 요괴들이 착한 건 천지가 다 아는 사실인데. 우리는 단 한 번도 사람을 먹은 적이 없단 말이야!"

복숭아 요괴들은 말이 좀 많은 편이었다. 한 가지 얘기를 몇 번이나 되풀이하며 한나절 내내 말할 수 있는 재주가 있었다. 담천은 족히 반 시진을 듣고서야 무슨 일이 어떻게 돌아가는지 이해했다. 서쪽에 위치한 이 작은 나라의 왕은 패기라고는 없는 인물로, 천원국의 대군이 당도하기도 전에 투항하고 말았다. 그 후 좌상이 이곳을 다스리게 되었다고 한다. 원래 천원국은 대연을 평정한 뒤, 그 공이 크다고 자처하는 좌상을 대연의 고관 자리에 앉히려 했다. 하지만 대연국 백성들이 나라를 팔아먹은 승상을 원망하고 미워했기에 불필요한 마찰을 피하기 위해 좌상 본인이 이곳 한직으로 보내달라고 자청한 것이었다. 좌상은 이곳에 와서도 여전히 요괴 승상의 원칙을 마음껏 펼쳐 보이고 있었다.

며칠 전 요괴들의 동부洞府, 신선이 사는 곳 앞에 쪽지 하나가 전해졌다고 한다. 요괴들을 '백인연百人宴'에 초대한다는 쪽지였다. 복숭아 요괴들의 말을 빌리자면, 사람을 잡아먹는 잔치에 자신들을 초대했다는 것이다. 요괴가 범인들보다 강하다는 것을 과시하기 위함이었다. 듣기로 부근에 조금이라도 이름난 요괴들은 모두 그 쪽지를 받았다고 한다. 다들 놀라서는 누구도 그런 흙탕물에 발을 들이고 싶어 하지 않았다. 그런 연유로 차라리 오랫동안 살았던 동부를 포기하고 말썽 많은 이 동네를 멀리 떠나기로 마음먹은 것이었다.

훌쩍거리는 복숭아 오라버니들을 보내며, 담천은 그들을 몰래 훔쳐보던 사람들을 돌아보았다. 아쉬워하는 사람, 속상해하는 사람도 있었지만 공포에 떨거나 분노에 찬 사람도 있었다. 천원국이 일을 정말 크게 벌이고 있는 듯했다.

'천하를 통일해 요괴를 숭상하는 중원대국을 세우려는 것일까?'

담천은 나귀를 타고 방향을 바꿔 유유히 나아갔다.

찾을 때는 보이지 않더니 뜻밖에 이렇게 우연히 좌상을 찾게 될 줄이야. 그가 이렇게 코앞에 있을 줄은 생각도 못했다. 담천도 굳이 여정을 낭비할 필요가 없게 되었다.

어릴 때 좌상은 꽤 친근한 이미지였다. 그의 큰아들이 황자의 반독伴讀, 귀족, 황실 자제의 수학 동무가 되어주는 사람이었던 터라 이황자가 제희를 데리고 몰래 나가 좌상 집에서 그 집 자녀들과 놀기도 했다. 한번은 그 집에서 좌상과 마주쳤는데, 몰래 나온 것을 부황께 들키는 날에는 둘 다 금족령이 떨어질 것이 뻔했다. 그런데 뜻밖에도 좌상이 빙긋이 웃기만 할 뿐 이황자와 제희의 비밀을 끝까지 지켜주었다. 담천이 느낀 좌상의 첫인상은 친근하고 자상한 아저씨의 모습이었다.

그 후 자라면서 담천은 그가 속을 알 수 없는 사람이라는 것을 조금씩 알게 되었다. 언행에 한 치의 빈틈도 없어 무서운 느낌마저 들었다. 그 후로는 좌상의 집에 놀러 가는 횟수도 크게 줄어들었다.

종국에는 그가 나라를 팔려고 적과 내통했다는 사실을 알게 되었다. 좌상과 좌자진 부자에게 무수히 따져 묻고 싶었다. 묻고 싶은 말 한마디 한마디가 담천에게는 모두 피눈물과 같은 것이었다. 하지만 오랜 시간이 흐르니 더 이상 묻고 싶은 것도, 하고 싶은 말도 사라지고 없었다. 무슨 질문을 하고 무슨 대답을 듣든 이미 대연국은 존재하지 않았다. 자신의 참혹한 상처를 굳이 다시 꺼내 보일 필요가 무엇이겠는가. 과거 노스승이 담천을 아끼는 마음에, 좌상의 이름을 적어 벽에 붙여놓고 매일 단도로 그어 분이라도 풀라고 한 적이 있었다. 하지만 담천은 한 번도 그리하지 않았다. 그 정도로 풀릴 분노가 결코 아니었다.

이제 오랜 시간이 흘러 그때의 제희는 이미 담천이 되어 있었다. 담천은 나귀가 걸을 때마다 흔들림에 몸을 맡기며 생각했다.

'좌상을 죽이고 나면 배불리 밥이나 먹어야겠다. 배가 고프네.'

그날은 바람이 부드럽고 햇살이 따스했다. 꾀꼬리 소리가 아름답게 울렸다. 좌상은 모처럼 시적 감흥이 생겨 답

청踏靑, 청명절(4월 5일 무렵) 즈음 교외에서 자연을 즐기는 일 **나들이를 가는**

김에 몇몇 문인을 초청해 함께 시를 읊으며 시간을 보내려 했다. 담천은 부적 종이로 만든 결계 안에서 좌상을 훔쳐보았다. 좌상도 이제 노년에 이르러 살짝이 희끗희끗했다. 문득 부황이 떠올랐다.

천원국이 대연을 침입했을 때 담천은 급속도로 늙어가는 보안제의 모습을 눈앞에서 지켜보았다. 몇 달 사이에 백발이 성성했고, 병이 깊어졌을 때는 아예 등이 굽은 노인의 모습이었다. 그리 오랜 기간 황제로 지내면서 그는 좌상을 너무 신임했던 것이다. 그를 자신의 좌우 팔로 여겼으나, 그 팔이 돌연 본인의 심장에 비수를 꽂을 줄이야!

근래 들어 꽤 편히 지냈는지 좌상은 살이 부쩍 쪘고, 매사에 호기로운 모습이었다. 앞뒤 좌우로 염력이 출중한 요괴들이 그를 보호하고 있었다. 담천 옆에서 함께 지켜보던 맹호가 나지막이 으르렁거렸다. 평소 요괴를 먹고 사는 녀석인지라 흥분할 만도 했다.

담천은 맹호의 머리를 토닥이고 건곤 주머니에서 철궁_{鐵弓}을 꺼내 들었다. 80근이나 나가는 철궁의 활시위를 당기기까지 거의 2년의 시간이 걸렸다. 그 시간 동안 얼마나 고생했는지 모른다. 활시위를 처음 당긴 날, 노스승도 믿기지 않아 담천에게 시위를 당겨 하늘의 나는 새를 맞혀보라 했다. 담천은 매 한 마리를 단번에 명중했다. 활을 쏘면서 얼굴을 붉히지도, 숨 한 번 헐떡이지도 않았다. 노스승은 얼마나 감탄했는지 하마터면 그 자리에서 혼절할 뻔했다.

담천은 철전鐵箭,무쇠로 만든 화살을 올리고 활시위를 잡아당 겼다. 그녀의 손은 단단한 바위처럼 안정적이었다. 좌상 의 심장을 정조준한 뒤 반월 모양이 되도록 철궁을 끌어 당겼다.

챙 하는 소리와 함께 철전이 유성처럼 하늘을 갈라 좌 상의 가슴을 파고들었다. 화살의 힘이 워낙 강해 좌상이 몇 걸음이나 뒷걸음쳤다. 바닥에 털썩 주저앉더니 자신의 가슴을 찌른 화살이 믿기지 않는다는 듯한 표정을 지었 다. 화살이 얼마나 깊게 들어갔는지 피가 많이 쏟아지지 도 않았다. 그저 한 방울씩 천천히 흘러내려 가슴 한 부분 만 붉게 물들였다.

맹호가 더는 기다릴 수 없다는 듯 앞으로 튀어나갔다. 좌상 곁의 요괴 네 마리가 미처 반응하기도 전에 맹호는 한입에 한 마리씩 놈들을 집어삼켰다. 만족스럽게 트림을 한 맹호는 기분이 좋은지 바닥을 몇 번이나 구르고 나서 야 돌아왔다.

담천이 백지 한 뭉치를 꺼내 흩뿌렸다. 무수히 많은 괴 상망측한 모양의 요괴들이 순식간에 눈앞에 나타났고, 겁먹은 문인들은 줄행랑을 치기 시작했다. 그 짧은 순간 에 멀리까지 도망간 이도 있었고, 어떤 이는 놀라서 그대로 쓰러져 버리기도 했다. 담천은 그제야 자신의 모습을 드러내며 거침없이 좌상 앞으로 걸어갔다.

그는 아직 살아 있었다. 입을 크게 벌린 채 끄억끄억 고통스런 신음을 내뱉었다. 담천을 보자 질겁한 얼굴로 눈을 부릅떴다.

담천은 몸을 웅크려 가만히 그를 내려봤다.

"내가 누군지 아시겠습니까?"

그는 아무 대답도 없었다. 너무 놀라서 그런지 눈빛이 오락가락했다. 이 상황이 믿기지 않는 모양이었다. 말할 수 없는 두려움, 혹은 끝도 없는 절망감이 복잡하게 뒤섞인 눈빛이었다.

"원래는 당신을 죽여 가족들의 원수를 갚는 것이 목표였는데, 지금은 한 가지 목표가 더 생겼네요."

담천이 좌상 몸에 박힌 화살을 잡아당기자 푹 소리와 함께 시뻘건 피가 위로 솟구쳤다. 좌상이 몸을 떨며 떠듬떠듬 입을 열었다.

"제…… 제희…… 어찌 살아 있는 거지…… 분, 분명다…… 불타 죽었는데……."

담천이 고개를 끄덕였다.

"맞아요. 죽지 않았어요. 살아서 이렇게 당신이 대연 백성에게 진 빚을 받아내러 왔지요. 피는 피로 갚아야죠."

낯빛이 급변한 좌상이 입을 벌려 혀를 깨물려 했다. 몸속 피가 서서히 말라가는 고통을 덜고 싶은 것이었다.

담천이 담담하게 말했다.

"죽으면 모든 게 끝난다고 생각하진 말아요. 세상에 그리 쉬운 일이 어디 있다고. 하늘의 도는 자비로워서 인간에게 윤회와 환생을 주었지만, 난 그렇게 자비롭지 못하거든요."

담천이 부적 종이를 꺼내 좌상의 머리에 얹고 읊조렸다.

"좌상이 바로 첫 번째 혼백이 될 것입니다."

아직 육체를 떠나지 않은 혼백이 부적 종이에 불려 나왔다. 혼등에 좌상의 피가 닿자 혼등의 뚜껑이 흥분한 듯 퍽 하고 열렸다. 이내 혼백을 빨아들이더니 혼등 속 심지 하나가 미세하게 밝아졌다. 매우 연한 쪽빛 불꽃이 조그맣게 나타났다. 혼등은 영원히 꺼지지 않는 것이었다. 등불을 밝힌 혼백은 억겁의 세월 동안 윤회의 모든 고초를 받아야만 했다. 더러운 매국노에게 걸맞은 결말이었다.

담천은 살짝 불면 꺼져버릴 듯한 촛불을 들고 나지막이 말했다.

"……네놈이 대연국 백성에게 진 빚, 당연히 갚아야지."

담천은 혼등 뚜껑을 닫고 곧바로 자리를 떴다. 맹호는 불이 켜진 혼등이 꺼려졌는지 세 걸음쯤 떨어져서 따라왔다.

좌상의 죽음으로 온 동네가 술렁거렸다. 심지어 천원국 황실마저 놀라게 만든 사건이었다. 좌상의 시신은 천원국 수도인 고도皐都로 비밀스럽게 옮겨졌다. 국사가 슬쩍 한 번 보더니 곧바로 말했다.

"혼백을 빼간 것입니다. 손을 쓴 사람은 필시 선술에 능통한 자일 것입니다."

고도는 여덟 곳의 성문 앞에 검문소를 설치해놓고 선술을 다루는 자들의 출입을 금했다. 그 때문에 주변에서 수련하던 제자들은 속을 끓였지만, 그렇다고 나서서 항의할 수도 없었다.

담천은 그즈음 대연국의 작은 마을에 있는 객잔에 틀어박혀 지냈다. 끼니때마다 고기 면을 세 그릇씩 먹는 통에 순진한 주인 아주머니가 꽤나 당황한 것 같았다. 아주머니는 고기 면을 내올 때마다 얄팍하기만 한 담천의 배를 몇 번이나 힐끔거렸다. 그렇게 석 달이 지나자 담천은 포동포동 살이 올랐다. 유연한 허리나 아리따운 자태는 여전했지만, 전처럼 바람 불면 날아갈 것 같은 느낌은 전혀 찾아볼 수 없었다.

담천은 백지를 얼굴에 붙여 다른 얼굴이 나오게 만들었다. 거울에 좌우로 얼굴을 비춰본 담천은 변신한 자신의 모습에 꽤 만족스러워했다. 못생기지도, 예쁘지도 않았다. 포동포동한 얼굴에 둥글둥글한 눈이 천진난만한 느낌을 주었다. 부구운과 좌자진, 현주가 그녀의 얼굴을 가까이 마주한다 해도 이토록 풍만한 몸매의 여인에게서 담천을 떠올리는 일은 결코 없을 것이었다.

한 달이 지나는 동안 수련하는 자들의 압박에 못 이겨 검문소 경비가 차츰 허술해졌다. 그러던 어느 날 어수룩한 모습의 한 여인이 배를 타고 고도에 도착했다. 백주대낮에 떳떳하고 거리낌 없이 성문 안으로 들어갔고, 누구도 그녀를 눈여겨보지 않았다.

(다음 권에 계속)

삼천아살 1

1판 1쇄 인쇄 2021년 4월 19일
1판 1쇄 발행 2021년 4월 28일

지은이 십사랑
옮긴이 서미영
펴낸이 김기옥

문학팀 김세화 | **마케팅** 김주현
경영지원 고광현, 김형식, 임민진

표지디자인 강수정 | **일러스트** 라 | **본문디자인** 고은주
인쇄·제본 (주)민언프린텍

펴낸곳 한스미디어(한즈미디어(주))
주소 04037) 서울시 마포구 양화로 11길 13(서교동, 강원빌딩 5층)
전화 02-707-0337 | **팩스** 02-707-0198 | **홈페이지** www.hansmedia.com
출판신고번호 제313-2003-227호 | **신고일자** 2003년 6월 25일

ISBN 979-11-6007-600-4 04820
　　　979-11-6007-599-1 04820 (세트)

한스미디어 소설 카페 http://cafe.naver.com/ragno | **트위터** @hans_media
페이스북 www.facebook.com/hansmediabooks | **인스타그램** @hansmystery